Zu diesem Buch

Eine Zukunftsvision: Amerika im Jahre 1995. Es gibt keine Verbrechen mehr, keine Unzufriedenheit, das Leben verläuft reibungslos. Niemand kann sich über die alten Leute beklagen, denn – es gibt sie nicht mehr. Sie werden kurzerhand eingeschläfert. Auch Tess Bracken wartet am Morgen ihres 65. Geburtstags darauf, abgeholt zu werden. Noch einmal läßt sie ihr Leben Revue passieren. Da ist ihre stürmische Liebesaffäre mit dem Fotografen Ham Hoban, ihre glückliche Ehe mit dem vermögenden Juristen Elton Bracken. Da sind ihre Töchter Barbara und Joan, zwei Prachtmädchen. Dann taucht Harry Platt auf, ein Eiswürfelverkäufer, der sich in die «besseren Kreise» einschmuggeln will. Er heiratet Joan, und sein unheilvoller Aufstieg in die Regierung des neuen Staates beginnt. Und damit beginnt auch der Niedergang der Familie Bracken. Als der vorbestimmte Tag für Tess näherrückt, bietet ihr ehemaliger Liebhaber Ham ihr an, mit ihm nach Kanada auszuwandern; dort gibt es noch keine Einschläferungsgesetze. Aber Tess lehnt ab.

Am makaberen Ende eines vielgestaltigen Lebens angelangt, stellt sich dem Leser die Frage, wer angesichts dieser entmenschlichten Lebensbedingungen in einer Computer-Zukunftsgesellschaft mehr zu bedauern ist: Tess, die jetzt sterben muß, oder diejenigen, die weiterleben «dürfen».

Sumner Locke Elliott, 1917 in Sydney geboren, schrieb mit achtzehn Jahren seinen ersten Dreiakter. Seit 1948 lebt er in den USA. Er wurde Mitarbeiter führender amerikanischer Zeitschriften und einer der ersten großen Fernsehautoren. Seine Bühnenstücke waren in Sydney und am Broadway außerordentlich erfolgreich. Von Sumner Locke Elliott erschienen ferner im Rowohlt Verlag «Leise, er könnte dich hören» (rororo Nr. 1269), «Der Apfel rötet sich in Eden» (rororo Nr. 1916) und «Der Mann, der verschwand».

Sumner Locke Elliott

Der vorbestimmte Tag

Roman

Deutsch von Susanna Rademacher

rororo

Rowohlt

Deutsche Erstausgabe

Veröffentlicht im Rowohlt Taschenbuch Verlag GmbH,
Reinbek bei Hamburg, Dezember 1978
Die Originalausgabe erschien unter dem Titel «Going»
im Verlag Harper & Row, New York

Umschlagbild: Sabine Wilharm; Typographie: Manfred Waller
Satz Aldus (Linotron 505 C)
Gesamtherstellung Clausen & Bosse, Leck
Printed in Germany
480-ISBN 3 499 14301 1

Heute war der Tag.

Und ich muß dafür bereit sein, sagte sie zu sich, während sie beim Klingeln des Weckers aufstand. Nicht weil sie jede kostbare Minute brauchte, sondern eher weil sie heute allen einen Schritt voraus sein wollte. Das würde ihr das Vorrecht geben: sie würde vor allen anderen unten sein, würde warten. Es würde eine Art Vorzug sein, bereit zu sein und zu warten, angezogen und mit allem fertig, alles in Ordnung, fortgeräumt. Als kümmerte sie nicht, was ihr bevorstand.

Und sie würde zu Barbara sagen: «Da ist noch etwas Zahnpasta und Gesichtscreme übrig», ganz ruhig und gelassen. Und damit würde sie einen Strich ziehen zwischen sich und der Vulgarität der anderen. Heute würde sie diese Vulgarität und liebreiche Güte nicht akzeptieren müssen; das war ihr Vorrecht. Sie badete also und zog sich an, wählte ein leichtes blaues Kleid aus dem, was von ihrer eleganten Garderobe übrig war, und einen großen Strohhut, der einst üppig mit Taftrosen geschmückt gewesen und viel bewundert worden war, und zog ihre letzten guten Handschuhe an.

Dann nahm sie Stück für Stück ihre übrigen Kleider und Kostüme samt den Bügeln heraus und legte sie zum Verschenken aufs Bett – für welche gute Sache, mochte ihre Tochter entscheiden. Und auch das würde sie daran erinnern, daß sie bis zum allerletzten Augenblick umsichtig und wohlorganisiert gewesen war.

Sie legte also ihre Kleidungsstücke heraus, rückte die Gegenstände auf dem Ankleidetisch zurecht und sah sich zum letztenmal in dem Zimmer um, in dem sie in den Jahren nach dem Tode ihres Mannes freundlicherweise hatte wohnen dürfen.

Dann nahm sie ihre alte, einst elegante krokodillederne Handtasche und vergewisserte sich, daß sie alles hatte, was sie bis heute abend Schlag sieben Uhr brauchen würde: Taschentuch, Lippenstift, Feuerzeug und Kugelschreiber (doch was würde sie aufschreiben müssen?) und vor allem ihre Brille, denn sie konnte jetzt ohne Brille nichts mehr lesen (doch was würde sie *heute* schon lesen müssen?), und das kleine Lederetui mit der Fotografie ihres Mannes. Es würde hübsch sein, es herausnehmen und Elton ansehen zu können, wenn ihr danach war.

Dann öffnete sie die Tür und ging hinunter, die Hand auf dem Geländer, weil sie in den Beinen ein leichtes Zittern spürte, aber das war auch das einzige Anzeichen von richtiger physischer Angst.

Niemand war auf, und sie hatte das Haus für sich. Sie warf einen Blick in ihr Wohnzimmer, das mit so viel Sorgfalt eingerichtet war, wo zu ihrer Zeit immer große Kristallschalen und silberne Vasen mit

Blumen gestanden hatten und wo im Winter immer ein prächtiges Feuer gebrannt hatte. Heutzutage standen hier jeden Freitag von neun bis zwölf häßliche, plumpe Ständer, verbunden durch Seile aus imitiertem Samt, und Gruppen von Touristen schlurften durch den Raum (das war Teil der Abmachung zwischen ihrem Schwiegersohn Harry Platt und dem Wohnungsministerium, wodurch das Haus vor Zerstörung bewahrt geblieben und ihnen allen gestattet war, darin zu bleiben; nein, eigentlich nicht ihnen, sondern Harry: Harry Platt durfte hier wohnen) und starrten alles an, während ein Führer ihnen erzählte, das Haus sei in den dreißiger Jahren, also vor über sechzig Jahren, von einem gewissen Mr. John Adams erbaut worden, dem es ganz allein gehörte, und später sei es von seiner Tochter und seinem Schwiegersohn, Mr. und Mrs. Elton Bracken, bewohnt worden; er wies auf die hohe Decke hin, die Bildhauerarbeit am Kamin, der tatsächlich benutzt worden war; das merkwürdige Ding davor war ein reich verzierter Ofenschirm. Die bis zur Decke reichenden Regale hatten früher Bücher enthalten. An dieser Stelle ließ der Führer meistens einfließen, daß es damals, obgleich die Leute so viel gelesen hatten, Umweltverschmutzung, Straßenüberfälle, Geschlechtskrankheiten, politische Korruption und Anarchie gegeben habe.

Einmal hatte sie den Wochentag vergessen und war mitten während einer Führung hereingeplatzt; alle hatten sie neugierig angestarrt, sie in ihrem altmodischen Schneiderkostüm, als wäre sie eine zu der Führung gehörende Sehenswürdigkeit, diese ältere Dame, die ihr Haar nicht als Pagenkopf geschnitten, sondern oben auf dem Kopf zu einem kleinen Dutt aufgesteckt trug und viel zu stark geschminkt war, und sie – war sie nicht wirklich eine Sehenswürdigkeit? – hatte sie alle gemustert, als könnte sie für einen Augenblick wieder Hausherrin, Gastgeberin werden, und dann hatte sie «Verzeihung» gesagt und kehrtgemacht, und im Hinausgehen hatte sie den Führer sagen hören: «Das war Mrs. Bracken, sie lebt immer noch.» Ein leises Kichern war zu hören gewesen.

Nun ging sie mit noch ein wenig zitterigen Beinen durch ihr Wohnzimmer und durch die Terrassentür in den Garten, und sogleich überfiel sie beleidigend die Helle des Morgens. Der Tag war klar wie Glyzerin, so klar und sauber, daß es den Augen weh tat, wenn man zum Himmel aufsah. Sie hatten die Atmosphäre so gründlich gereinigt, daß der Morgen oft etwas Gnadenloses hatte, weil man jedes Blatt, jede Steinplatte des Weges, jeden Blumenstengel einzeln erkannte. Doch die reine Luft hatte keinen Geschmack; sie hatte den Nicht-Geruch klimatisierter Räume. Hier und da standen Sträucher aus Kunststoff.

Und über die sanften Hügel zogen sich die Baueinheiten aus Plexiglas bis ganz nach Mount Kisco. Wo einst der kleine Dom aus Fichtenholz gestanden hatte, dessen Anblick das Auge so erfreut hatte, stand jetzt der häßliche GLORIOUS PX 105 mit seinen rotierenden Türmen. Aber wenn sie den Blick genau geradeaus richtete, war ihr Garten unverändert, wenn auch verkürzt. Die Tennisplätze waren weg, aber die Scheune war noch da und hier der alte Pavillon (sie setzte sich einen Augenblick auf ihre alte Gartenbank, die seit Jahren nicht gestrichen worden war, das hielt man nicht für nötig); und da standen die Kübel mit Azaleen und Petunien und die Springkraut- und Fuchsientöpfe, die sie eigensinnig Jahr für Jahr pflanzte, um das Gefühl der Kontinuität zu bewahren, ein Bindeglied zu ihrer Zeit, so zart wie die Blätter selbst.

Noch tropfte Wasser in die Muschelschale.

Liebste (hatte die etwas heisere Stimme ihres Mannes auf dem Band gesagt), verzeih mir, aber ich habe keine Lust, länger so weiterzumachen . . . Sie hatte getan, was er verlangte, und das Band sofort vernichtet, so daß es keinen einwandfreien Beweis für Selbstmord gab, der sie hätte gefährden können; denn die Überlebenden hatten heutzutage schwere Strafen zu erwarten. Aber in ihr lebte die Stimme weiter. Oft lief das Band in der Stille ihrer Einsamkeit qualvoll ab.

Während sie jetzt in die Muschelschale niederblickte, wo sich leuchtend grünes Moos hin und her bewegte, sagte Eltons heisere Stimme: «Weißt du noch, wie du auf dem Vesuv ausgerutscht und hingefallen bist? Und das Feuerwerk über der Bucht von Neapel? Vielleicht hätten wir besser aufpassen sollen, wer weiß? Ich bin froh, daß es passiert ist; danke, daß du auf dem Vesuv ausgerutscht bist. Es tut mir schrecklich leid, dies alles, feige von mir, Liebste, aber ich bin einfach zu müde, Tess, ich kann nicht weiter, Liebling.»

Ein Schmetterling flog an ihr vorüber – erstaunlich, denn es gab jetzt so wenige –, und sie machte eine Bewegung in der Luft, um ihn zu erhaschen und in der Hand zu halten und einen Augenblick das Schlagen seiner Flügel zu fühlen; so gern hätte sie dieses kleine pulsierende Leben gespürt und es dann fliegen gelassen.

Fliege fort, fliege fort, hätte sie gern zu ihm gesagt. Denn hatten Schmetterlinge nicht ein außerordentlich kurzes Leben? Das war vielleicht eines von den Dingen, über die sich's nachzulesen lohnte, wenn man hier wäre. Aber sie würde nicht so lange hier sein wie der Schmetterling. Wenn ich jetzt beten könnte, dachte sie, würde ich etwa dies sagen: Laß im letzten Augenblick etwas dazwischenkommen, denn selbst *jetzt* ist alles zu kostbar, um es zu verlieren.

Sie stand auf und ging ein Stückchen über den Rasen und bückte sich, um ein Kleeblatt zu pflücken (vielleicht fand sie ein vierblättriges – das könnte ein Zeichen sein), und dann kniete sie sich ins Gras und sagte laut: «Hör zu, Gott oder wer du bist, kannst du nicht im letzten Augenblick etwas geschehen lassen? Selbst wenn ich irgendwohin geschickt werden müßte, auf eine bitterkalte Insel, das wäre oder erschiene mir vielleicht besser. Aber wenn du es nicht kannst, dann laß mich um Gottes willen bei dem Letzten nicht zittern. Laß mich den Mut haben, die verdammte Sache mit Würde durchzustehen.» Im selben Augenblick gab es einen lauten Knall. Ein Schuß? Sie fiel fast auf die Seite. Dann rappelte sie sich wieder auf.

Es war nur die Küchentür, die zugefallen war, und ihre Tochter Barbara kam auf sie zu in diesem aufreizenden Gang, den sie sich neuerdings angewöhnt hatte, ein salbungsvoller Krebsgang; sie schaukelte wie ein Kanu in einer Stromschnelle. Ein schreckliches Lächeln umhüllte sie.

«Ah, da bist du ja», sagte Barbara.

Sie war jetzt immer äußerst liebenswürdig; kaum auszuhalten.

Sie hakte Tess zärtlich unter, und ihr steifes Papierkleid (zum Wegwerfen) fühlte sich so rauh an wie Schmirgelpapier. «Habe ich dich erschreckt?» fragte Barbara und tat etwas Lächerliches: sie nahm Tess' Kinn in die Hand und bewegte es kräftig hin und her. «Hast du – hast du ein bißchen gebetet?»

«Lieber Gott, nein», sagte Tess. «Wer, *ich?*» Sie ging in königlicher Haltung voraus und sagte, auf ihre Kübel und Blumentöpfe zeigend: «Die müssen täglich gegossen werden. Bitte, vergiß das nicht.»

Und das arme Ding, das neben ihr herschlenderte, tat ihr leid, die arme Barbara mit ihrem Pfeffer-und-Salz-Pagenkopf und dem häßlichen billigen Papierkleid, fehlerhaft bedruckt mit einem scheußlichen Hibiskusmuster, das wie Blutstropfen aussah, als wäre Barbara tüchtig verprügelt worden. Als hätte Barbara nicht genug Prügel bekommen.

«Ah», sagte Barbara. Manchmal sagte sie: «Ah, *stell dir vor!*» Sie war wie ausgewechselt. Sie hatte einen nervösen Tick: Wenn man sie in Gedanken verloren oder mit gerunzelter Stirn ertappte, setzte sie dieses schreckliche Lächeln auf. «Ah», sagte Barbara. Sie war entschlossen, mit allem einverstanden zu sein, und Tess wußte, daß sie außerdem dazu entschlossen war, es heute zu keinen Szenen kommen zu lassen, denn Szenen riefen bei ihr Anfälle hervor, in denen sie sich die Nägel abbiß und manchmal am ganzen Körper zitterte und in einem dieser neuen Gebete lautlos die Lippen bewegte; diese Frau, deren Lebensinhalt einst leidenschaftliche Auseinandersetzungen und stimmstarke Meinungsäußerungen, Widerspruch, Kritik und Protestmärsche gewesen waren.

«Friede», sagte Barbara.

«Oh, Friede ist ein gewaltiges Wort», sagte ihr Vater.

«Krieg auch.»

Barbara mit fliegendem Haar, lodernden Augen, die in eine Pflaume biß und den Kern in die Gegend spuckte.

«Laß das, Liebling. Spuck auf deinen Teller.»

«Meiner Ansicht nach», sagte Barbara mit vollem Mund, «war Hitler nicht schlimmer als Truman, der die Atombombe auf unschuldige Zivilisten geworfen hat.»

«Vorher war Pearl Harbor, Liebling.»

«Es gibt keine, absolut keine Entschuldigung für einen Krieg.»

«Weißt du, wie viele junge Amerikaner bei Pearl Harbor getötet worden sind?»

«Na ja –»

«Liebling, tu das nicht mit einem Achselzucken ab, bitte. Du kannst weder Pearl Harbor noch Hitler einfach so abtun, und du willst mich bloß aufbringen, aber du wirst mich nicht aufbringen. Nein, Barbara, das wirst du nicht.»

«Du bist nie *im* Krieg gewesen.»

«Nein, aber –»

«Also weißt du auch nichts vom Krieg.»

«Ich weiß, was wir aus Verantwortung tun mußten.»

«Du theoretisierst bloß, sitzt mit deinen Freunden, diesen fetten, konservativen Faschistenschweinen im Harvard-Club –»

«Wir hatten eine Verantwortung, und außerdem . . .»

«Bleib du nur sicher in deinem Harvard-Club mit deinen Faschistenfreunden, während wir Leute aus Flugzeugen schmeißen, weil sie ihr eigenes Volk nicht verraten wollen.»

«Außerdem finde ich es ein bißchen unlogisch, daß ihr jungen Leute rumlauft und Frieden predigt und dabei weiter nichts tut als Häuser in die Luft sprengen und Menschen gefährden und Gewalttaten entschuldigen. Ich finde das absolut entsetzlich, wirklich, ekelhaft und entsetzlich . . .»

«Ich würde sehr gern den Harvard-Club in die Luft sprengen.»

Ja, sie hatten sie im Treibsand versinken lassen, die arme Barbara, oder etwa nicht? Nein, doch nicht ganz. Hatten sie nicht gewissermaßen einen Kampf aufgenommen? Sie erinnerte sich nur noch verschwommen an die Einzelheiten, es schien so viele Jahre zurückzuliegen, aber sie wußte noch, daß Elton Harry heftig widersprochen hatte, und dann später hatte es einen richtigen Kampf gegeben, als diese stämmigen Krankenschwestern gekommen waren, um Barbara mitzunehmen, und sie, Tess, eine der Schwestern ins Gesicht geschlagen hatte.

Sie bückte sich und pflückte drei Zweige Lavendel – nicht zuletzt um sich von Barbaras Arm loszumachen. «Riech mal», sagte sie und wedelte mit dem Lavendelzweig unter der Nase ihrer Tochter. Barbara war in Gedanken versunken; sie runzelte verwirrt die Stirn, und es war, als hätte sie gerade versucht, mit einem verlorenen Umkreis ihres Ichs wieder Verbindung aufzunehmen. Erschreckt fuhr sie zurück, als wären die Lavendelzweige ein Messer. Dann setzte sie wieder ihr Lächeln auf.

«Ah», sagte Barbara. «Hmmmm.»

In der Küche saß diese robuste junge Frau in der blauen Uniform der «Gesellschafterin». Sie hatte gerade einen Becher an den Mund gehoben.

«Ah», sagte Barbara, «da ist ja Hooper.» Dann sagte Barbara salbungsvoll, als hoffte sie, bei Hooper Billigung zu finden: «Alles in Ordnung. Sie war im Garten.»

Gesellschafterin! Sie hatten versprochen, ihr das zu ersparen, und hatten ihr Versprechen gebrochen.

«Guten Morgen, Miss Hooper», sagte Tess und streckte ihre behandschuhte Hand aus. Sie hatten es nicht gern, wenn man sie Miss oder Mrs. anredete.

«Einfach Hooper, Schätzchen», sagte Hooper.

Sie war so ununterscheidbar von anderen ihresgleichen wie ein Schaf in einer Herde, in diesem vorschriftsmäßigen Blau mit den imitierten Silberknöpfen und dem Abzeichen mit ihrem eigenen Foto darauf, und sie hatte kleine rosa Kaninchenaugen hinter ihrer Stahlbrille, aber ihr Händedruck war so, als wäre man mit der Hand in eine Bärenfalle geraten. Möglich, daß sie einen Schießprügel in der Handtasche hatte, und ihr Lächeln ging einem durch und durch, ohne einen im mindesten zu erwärmen. Sicherlich, sagte sich Tess, wurden diese jungen Frauen jeden Morgen truppweise auf einen Exerzierplatz geführt, um Lächeln zu üben.

«Nun, Schätzchen», sagte Hooper in quengeligem Ton, «mir ist, als kennte ich Sie schon lange, wirklich. Ich glaube bestimmt, daß wir gute Freunde sein werden.»

Diese freiwilligen Helferinnen, eine Armee von mausgrauen Seelen, meist alte Jungfern oder solche, die für eine qualifizierte Arbeit ungeeignet waren, wurden neuerdings den älteren Leuten wie unerwünschte Kinderfrauen zugeteilt, um ihnen in ihren letzten Tagen Trost und Hilfe zu spenden, indem sie ihnen vorlasen, sie herumfuhren oder mit ihnen Karten spielten. Aber jedermann wußte, daß sie dazu da waren, um ein Auge auf die Alten zu werfen, falls sie in Versuchung kamen, sich etwas anzutun, und damit die Vorstellung zerstörten, daß es sie freute, zu «gehen» und anderen Platz zu machen, was in einem Brief des Präsidenten als höchster Akt der Selbstlosigkeit ausdrücklich gebilligt wurde. Die Tatsache, daß diese Bussarde die Älteren ständig mahnten, daß ihre Tage gezählt waren, schien keine Rolle zu spielen.

«Nun werde ich einen Blick in Ihre Tasche werfen müssen, Schätzchen», sagte Hooper, die fleischige Hand danach ausstreckend.

Sie hatte die Unverschämtheit, das Lederetui aufzumachen und sich Eltons Bild anzusehen.

Dann schüttelte sie Tess' Lippenstift, um sicherzugehen, daß keine Kapsel darin versteckt war.

Sie reichte ihr die Tasche zurück.

«Alles in Ordnung, Schätzchen.»

«Frühstück», sagte Barbara.

Auf dem Tisch lag eine Birne.

Niemand sagte etwas dazu.

Sie sah, wie Barbara schnell den Blick abwandte, während sie Kaffee eingoß; die Birne sollte eine großzügige Geste sein, ein Salut, ein Lebewohl. Es mußte sie viel gekostet haben, mehr als Geld, mehr als den astronomischen Preis von Birnen, und Tess wurde es warm ums Herz. Sie hätte gern etwas gesagt und ihrer armen Tochter mit dem gewaschenen Gehirn einen Kuß gegeben, aber sie wußte, daß sie das nicht durfte.

«Heiße Brötchen», sagte Barbara.

Barbaras dürre Arme fuhren über den Tisch, hierhin und dorthin, rückten die geschmacklosen Brötchen zurecht, die klebrig-geronnenen Produkte, die heutzutage als Marmelade und Gelees verkauft wurden, während sie über Tess hinweg mit Hooper Konversation machte, in diesem eigentümlich vorgekauten Stil, der immer so klang, als sprächen zwei Bandaufnahmen miteinander, wo nie eine Meinung gewagt, vagen Vorschlägen vage zugestimmt und überreichlicher Gebrauch von den Wörtern «Güte» und «Dankbarkeit» gemacht wurde. Wie hübsch war der neue Condimarkt in dem neuen mehrstöckigen Einkaufszentrum in Bedford, wie unübertrefflich war das Wetter. Tess wunderte sich, daß sie sich so perfekt beherrschten, daß nicht mehr von ihnen bei dieser ständigen Unterdrückung von Ärger und Zorn zu rasenden Wüterichen wurden. Sie waren unaufhörlich dankbar und froh; sie sangen Loblieder; sie waren alle so gütige, so wunderbare Menschen. Natürlich hatten sie hin und wieder Wutanfälle und fingen im Condimarkt an zu kreischen und mit Gegenständen zu werfen und Obszönitäten zu brüllen, den Präsidenten und auch Gott zu verfluchen und sich in der Fußgängerzone die Kleider vom Leibe zu reißen, aber sie wurden rasch gebändigt und durch Beruhigungsmittel besänftigt oder in den schlimmsten Fällen nach

Orten wie Sea Island, Georgia, abgeschoben. Dorthin hatte Harry Barbara geschickt, sie hatte geschrien und um sich geschlagen, und als ein knochenloses Nervenbündel mit diesem endlosen Lächeln war sie wiedergekommen.

«Ich esse diese kleinen Brötchen zu gern», sagte Barbara. «Könnte man nicht meinen, sie wären aus richtigem Teig?»

Die Hooper sagte, ja, wirklich, das könnte man. Meine Güte, es war einfach wundervoll, was sie heutzutage alles machten, man konnte sich wahrhaftig einbilden, man äße wer weiß was.

Und jetzt kam der alte Zeekie zur Tür hereingekrochen, blind auf einem Auge, stocktaub und neuerdings nicht einmal mehr an Eichhörnchen interessiert. Alt-Zeekie also erschien und torkelte sabbernd ins Zimmer.

«Oh, das liebe alte Tier!» sagte die Hooper.

«Ja, das ist unser alter Zeekie», sagte Barbara und girrte ihn an: «Willst du dein Gutti-Gutti, Zeek?»

Er gab ihr eine altersschwache Pfote und musterte die Tischrunde hochmütig aus seinem einen Auge. Sein Schwanz klopfte einmal beschwichtigend auf den Boden, doch sein Selbstgefühl verbot ihm, sich noch weitere Umstände ihretwegen zu machen. Seine Würde war beträchtlich, trotz Verfall und Gestank.

«Oh, was ist er doch für ein Süßer!» rief Hooper und ihre verkniffenen Züge wurden weich; mit Hunden war sie fast menschlich.

«Ja, das kann man wohl sagen», girrte Barbara. «Ich würde das ohne weiteres sagen. Er ist ja auch eine richtige Persönlichkeit, darum.»

«Wie alt ist er?»

«Fast siebzehn.»

«Siebzehn!! Na, so was. *So* alt.»

«Unser armer alter Zeekie, er wird schon sehr schwach. Wahrscheinlich ist es grausam von uns, ihn zu behalten, aber –»

«Oh, ich weiß, ich weiß», krähte die Hooper. «Sie können's nicht ertragen, ihn einschläfern zu lassen.»

«Nein, das kann ich nicht», sagte Barbara, und dann wurde sie feuerrot bis in den Nacken hinunter. Aber niemand konnte etwas tun, um ihr über den Fauxpas hinwegzuhelfen, sie kniete neben dem Hund und streichelte ihn verzweifelt, um ihr hochrotes Gesicht zu verbergen. Es war ja nur ein Teil dieser absurden Situation, dieses Nebeneinander von Hunden und Menschen – Menschen, die eingeschläfert wurden, und Hunden, die siebzehn Jahre alt werden durften.

Aber es war nett, daß Barbara die Ironie bemerkt hatte, die darin lag. Und sie hatte die Birne gekauft.

Tess zerschnitt die Birne. Sie war hart und holzig.

Im selben Augenblick hörten sie den Hubschrauber unmittelbar über dem Haus und sahen, wie die Bäume sich bogen und niedergedrückt wurden und erzitterten, als fürchteten sie sich vor Harry Platts Ankunft. Und dann, fünf Minuten später, sahen sie den Kabinenroller auf dem Auffahrtsweg halten und den Fahrer heraushopsen, um die Luke zu öffnen. Es war ein Fehler, dachte Tess, daß man Harry einen so großen Fahrer zugeteilt hatte; er erschien daneben um so kleiner. Harry stieg aus. Jetzt fehlt ein Trommelwirbel, dachte sie, denn selbst aus der Entfernung empfand sie seine Wichtigkeit; selbst aus der Entfernung strahlte er eine Wichtigkeit aus, die Trommelwirbel heraufbeschwor. Harry Platt marschierte mit seinem eigentümlichen Gang zum Haus. Angeblich war es unmöglich, aber es war nicht zu leugnen: Er bewegte tatsächlich den rechten Arm gleichzeitig mit dem rechten Bein, den linken Arm mit dem linken Bein – links/links, rechts/rechts. Man hätte Mitleid bekommen müssen, wenn man es gewagt hätte. Aber andererseits mahnte er zur Vorsicht, dieser Gang einer lebendig gewordenen Puppe, die adretten Füßchen in den auf Hochglanz polierten Schnürschuhen, der wichtigtuerische Gang dieses kleinen Mannes im formellen marineblauen Anzug, der von Paul Stuart in der Nixon-Zeit hätte stammen können, wie aus dem Ei gepellt, mit dem affektierten Schlips und dem Abzeichen des Weißen Hauses am Revers. Harry Platt platzte bei ihnen herein, wie er es immer getan hatte, als wäre er durch einen Papierreifen gesprungen. Seine flinken Füßchen kamen die Vorderstufen herauf, dann hörte man sie klippklopp auf dem Marmorboden der Halle, und sogleich klingelte das Wechselsprechtelefon in seinem Arbeitszimmer (es war atemberaubend, wie pünktlich das funktionierte), und das Haus hallte wider vor Bedeutsamkeit. Barbara rannte. Die Hooper war schrecklich beeindruckt und zupfte ihr Uniformjackett zurecht. «Na, so was», sagte Hooper. «Er ist kleiner, als er im Fernsehen aussieht.» Nun also, er war da, und alle ihre Gebete hatten nichts genützt (hätte sie sich Weihrauch verschaffen können, sie hätte ihn verbrennen lassen). Sie hatte inbrünstig gehofft, Harry möge in Washington aufgehalten werden. Es wäre ein Segen gewesen, ihn an diesem ihrem letzten Tage nicht sehen zu müssen.

Arbeiter waren gekommen und hatten da, wo einmal Eltons Arbeitszimmer gewesen war, gesägt und gehämmert und Löcher in die Decke geschnitten, und das Ergebnis war – um es gelinde auszudrükken – pompös, denn Harry samt Schreibtisch und Sessel und allem Drum und Dran war auf eine Anzahl gestaffelter kleiner Ebenen erhoben, beleuchtet durch ein Oberlicht, das ihn in jenen Tagen des unbarmherzigen Glanzes in ein Licht tauchte, das (obwohl man das Harry gegenüber nie zu erwähnen gewagt hätte) genau die Farbe von Urin hatte. Er war so selbstzufrieden, er freute sich so aufrichtig an diesem Oberlicht und seiner Wirkung auf Leute, die sein Arbeitszimmer betraten, daß er sich wie ein kleiner Junge in seinem mit feinstem, fast unbeschaffbarem Handschuhleder bezogenen Drehstuhl hierhin und dorthin drehte, und sein Knabenlächeln war so verzückt, daß eine unvorstellbare Unüberlegtheit oder aber Gemeinheit dazu gehört hätte, zu ihm zu sagen, er sei von urinfarbenem Licht umflossen.

Alles ging korrekt vor sich. Man wurde gelobt.

Bis auf seine Frau Joan, die in einem ihrer seltenen nüchternen Augenblicke sagte: «Also, Harry, wir sehen dich in einem ganz anderen Licht», und Harrys mißmutige Miene wurde in dem goldenen Licht noch galliger.

«Na, Tessa», sagte Harry (es war einer seiner Witzchen, diese Form ihres Namens zu benutzen; er erinnerte sie damit jedesmal daran, daß sie hier lediglich eine Sklavin war). «Tessa, wie geht's dir?» sagte Harry, und nur ein Mensch von so bodenloser Gefühllosigkeit oder auch bewußter Bosheit wie Harry konnte heute diese Frage an sie richten. Wie geht es dir? Fragte man etwa jemand, der auf den Stufen zum Schafott stand, nach seinem Ergehen?

Eine weitere Entwürdigung war dieses Händeschütteln. Man mußte Harry die Hand geben, Harry, dem Verfasser der Regierungsreden, dem Berater des Präsidenten, dem Schwiegersohn; wie auch immer, man *mußte* ihm die Hand geben. Tess tat es also, behielt aber ihren weißen Handschuh an. Sie mußte den Arm ein bißchen recken, so hoch oben saß Harry auf seinem Thron in dem gelben Licht.

«Nun also», sagte Harry, die Brille auf der Nase, keine Zeit zu verlieren, was auch sonst im Hause, in der Welt vorgehen mochte, wer auch «aufgerufen» wurde, die wichtigen, sauberen Händchen wühlten in Papieren. «Nun also, Tessa, was können wir heute für dich tun? Was steht für heute auf dem Programm?»

Er meinte es natürlich nicht beleidigend. Er lächelte ihr zu; er war einfach reizend. Er hatte sehr gute Zähne und ein kleines, gespaltenes Kinn und eine Stupsnase, was alles in allem dazu verführen konnte, ihn für vertrauenswürdig zu halten.

«Gibt es irgend etwas Besonderes, was du heute gern tun möchtest?» fragte Harry zuvorkommend. «Könnte ich ein kleines Fest für dich arrangieren? Würdest du gern heute nachmittag nach Florida hinüberschwirren? Möchtest du irgend jemand besuchen?»

«Ich möchte Lacey Edwards besuchen», sagte sie.

«Aber gewiß», sagte Harry. «Ist ein Wagen zur Verfügung?»

«O ja, o ja», sagte Barbara. «Sie haben ein reizendes Mädchen geschickt.»

Tess wagte zu sagen, sie würde lieber ein Taxi nehmen. Es war nur bis Mount Kisco.

«O nein, wir können dich nicht im Taxi fahren lassen», sagte Harry. «Wir müssen an deine Bequemlichkeit denken», sagte er und knipste die Wechselsprechanlage an und sprach in scharfem Ton mit jemand in Washington, irgendeinem Untergebenen, der am anderen Ende der Leitung kauerte und vergessen hatte, eine Nummer auf eine Karteikarte zu stempeln. Ein winziges Insekt, vielleicht eine kleine Mücke, die auf einem Meer von warmem Mahagoni in der Sonne briet, und während Harry seinen Ärger über Faulheit und Untüchtigkeit ins Telefon blaffte, ließ er einen Finger sinken und beendete das Mückenleben, und dieser kleine Mord schien ihn zu besänftigen, denn er knipste den Apparat aus, lächelte sein wärmstes Lächeln (vor dem man sich am meisten hüten mußte) und erzählte ihnen eine menschlich interessante kleine Geschichte über die Präsidentin, über Mrs. Dudley Ward, die im Ovalen Zimmer (Harry war dabeigewesen) eine Gruppe von Kindern empfangen hatte, die irgendeinen Verband vertraten (Tess benahm sich musterhaft und hörte kaum zu; eine der kleinen Rachemöglichkeiten im Leben war, nur so zu tun, als hörte man Harry zu), und da war diese reizende Sache passiert. Das kleine Mädchen war so eingeschüchtert von der Präsidentin, daß es sein Blumenbukett fallen ließ, und es war ein peinlicher Augenblick mit all den Fernsehkameras rundum, und dann hatte die Präsidentin selbst die Situation gerettet, indem sie sich gebückt und das Bukett aufgehoben und dem kleinen Mädchen einen Kuß gegeben hatte. Etwas, wie Harry sagte, was man nicht für sie vorbereitet haben konnte, eine liebe, warme menschliche Geste, so charakteristisch für sie. Ah, sagte Barbara, ah.

Sie hatte das Bukett selbst aufgehoben.

Und jetzt möchte ich euch eine Geschichte erzählen, dachte Tess, während sie ihre Handschuhe glättete, eine Geschichte von einem kleinen Jungen.

Der kleine Junge mit dem Blumenknospengesicht sollte in den Bus gesetzt werden, der ihn zum DAUERHORT bringen würde. Er schrie und weinte und protestierte mit all der schwachen Kraft, die seine kleinen Arme und Beine aufbrachten. «Nein, nein», schrie er, während die Eltern und Nachbarn ihn umschmeichelten.

«Nein, nein, ich will nicht weg», schrie der kleine Junge.

«Also Sidney», sagte der junge Vater.

«*Sid*ney», sagte die Mutter. Sie lächelten geduldig und nachsichtig.

«So viele Spielkameraden», sagte der Vater.

«So ein schöner Schlafsaal», sagte die Mutter.

«Nein, nein», kreischte das Kind, als der Busfahrer es festhalten wollte, während die Umstehenden kicherten.

«Nein, nein», kreischte der kleine Junge.

«Oh, der ist schlau», sagte eine Frau.

«Manche setzen sich so was in den Kopf», sagte eine andere.

Tess hatte sich einen Weg durch das Gedränge gebahnt und den schluchzenden Kleinen in die Arme genommen. «Nicht weinen, Liebling», hatte sie gesagt, während sie ihn an sich drückte und das nasse Gesichtchen küßte. «Du mußt keine Angst haben, Schätzchen, niemand wird dir was tun, es ist nur eine Schule, Kleines, und es ist nicht so schlimm, nicht weinen, nicht weinen.» Das Kind sah sie mit flehenden Augen an und klammerte sich verzweifelt an sie, so daß sie wie verrückt überlegte, wann sie mit ihm weglaufen könne, aber wohin? Und sie rückten ihr schon auf den Leib. Es hatte ein richtiges Handgemenge gegeben, um sie und das Kind zu trennen, die Männer hielten ihre Arme fest, und die Frauen bemächtigten sich des um sich tretenden, schreienden Kindes und übergaben es dem Busfahrer. Der Bus brauste davon. Alle sahen Tess vorwurfsvoll an. «Was ist denn mit Ihnen los, meine Dame?» fragte der Vater des Kindes. «Sie sollten so was nicht tun, das ist grausam.» «Man muß sie dazu zwingen», sagte die Mutter. «Man darf nicht weich werden.»

Tess hob schwach die Hände, um sie abzuwehren.

«Ach, ihr», sagte sie. «Ich werde euch nie verstehen. Ich will euch nie verstehen.» Sie lief fort.

«Alt», sagte jemand.

«Sie können sich einfach nicht damit befreunden, nicht wahr?» sagte jemand.

Harry sagte jetzt, auf solche kleinen Dinge komme es an, Dinge wie das fallengelassene Bukett.

Sie dachte an all die kleinen Dinge, die geschehen waren, seit Harry in ihr Leben getreten war, und daß sie wie so viele andere sie einfach hatte geschehen lassen, und nun kamen sie mit einem Bus, um sie zu holen, und ihr blieben nur diese paar Stunden, und jetzt gab es sowieso nichts, was den geringsten Unterschied hätte machen können, nicht einmal wenn sie in diesem Augenblick das scharfe Papiermesser aufgenommen und Harry erstochen hätte, denn jetzt gab es überall Harry Platts. Jeder fünfte Mensch war eine Art Harry Platt.

Joan lehnte in der Tür.

«Oh, hal*lo*», sagte Joan. Sie war im Nachthemd und hielt eine Zigarette in der Hand; ihr Gesicht war vom Trinken am gestrigen Abend gedunsen. Sie war ungeschminkt, ihre Augen waren nur kleine Punkte, ihr Mund ein Knopf; sie hatte den benommenen Blick eines eben aufgewachten Säuglings.

«Ach, sieh mal an, wer ist denn da», sagte Joan. «Wenn das nicht der Meister persönlich ist.» Sie schlängelte sich um die Tür, verfilztes Haar fiel ihr über die Augen. «Wenn das nicht der Herr und Meister ist. Wie aufregend, wie ehrenvoll.»

«Du hast keinen Morgenrock an», sagte Harry essigsauer im urinfarbenen Licht.

«Ich glaubte, den amtlichen Hubschrauber gehört zu haben», sagte

Joan, «oder bist du per Molekulartransport gekommen? Wie ist das, wenn man per Telegramm geschickt wird? Da haben sie, glaube ich, Mühe, die kleinen Fehler auszumerzen, wußtest du das nicht? Es ist, als ob man per Telegramm geschickt wird, Mutter. Wie ich höre, haben sie von einem armen Kerl, der sich nach Seattle befördern lassen wollte, einen Finger ausgelassen, und als sie ihn wieder zusammengesetzt hatten, fehlte der Rumpf.»

Harry war von seinem Schreibtisch herabgestiegen und stand in militärischer Haltung vor seiner Frau, Füße in der ersten Position, Hände an der Hosennaht, mit einem Lächeln, das sie nur mit Mühe ertrug, etwa so, als redete sie, während die Nationalhymne gesungen wurde, und er wartete nur auf das Ende der Nationalhymne, um sie endlich schlagen zu können.

«Du wärest doch vorsichtig, Harry, nicht wahr?» sagte Joan. «Ich meine, wenn sie dich per Molekulartransport irgendwohin schickten, mein Schatz, ich meine, dann würdest du dich doch genau vergewissern, daß sie nichts von dir zurücklassen? Oh, stell dir meinen Kummer vor, wenn etwas von dir verlegt würde. Mal dir meine Verzweiflung aus, Schatz, wenn etwas von dir verlorenginge.»

«Nun, Joan», sagte Harry ruhig. Seine Augen glitzerten jetzt. «Nun, Joan, wir wollen doch heute lieber keinen Unsinn reden, o. k.?»

«Wer redet Unsinn? Ich bin todernst.»

«Nun, Joan, willst du dich nicht zur Abwechslung anziehen?»

Joan war jahrelang streng geheimgehalten worden. Nur die engste Familie wußte über sie Bescheid, und sie war nicht, wie es sonst in solchen Fällen geschah, zu einer Entziehungskur und Verhaltensmodifikation weggeschickt worden, um nicht zu riskieren, daß jemand entdeckte, daß sie *die* Mrs. Harry Platt war.

Man hatte also, als das Fernsehen einen Film über Harrys Privatleben gedreht hatte, eine Schauspielerin, von der niemand je etwas gehört hatte, als Double für Joan engagiert, unauffällig angezogen saß sie neben Harry, ihren Arm in den seinen geschoben, und las von einer Tafel die platten Bemerkungen ab, die von ihr erwartet wurden, und sie war genau die Art Ehefrau, die das Land von Harry erwartete.

Inzwischen hatte Joan, die man oben unter Schloß und Riegel hielt, ein Fenster aufgemacht, als die Fernsehleute weggingen, und geschrien: «Hilfe!! Ich bin Anastasia, die letzte der Romanows, die mit Vitaminen am Leben erhalten wird. Ich weiß, wo die Juwelen sind.»

«Warum ziehst du dich nicht an, Joan», sagte Harry ruhig. Er hielt ihren Ellbogen fest und fing an, ihr den Arm zu verdrehen.

«Warum spuckst du mich nicht an?» sagte Joan laut. «Warum nimmst du nicht dieses gottverdammt scheinheilige Lächeln von deinem Gesicht? Ach, tu es doch, Schätzchen. Willst du nicht dein gottverdammt lächelndes Sonntagsgesicht ablegen, Harry, und uns dein wirkliches Gesicht zeigen, diese Warzenschweinvisage?»

«Also, Joan.»

«Ach, komm schon. Sei kein Spielverderber und zeig uns den wirklichen Harry mit all den Warzen und kleinen Borsten, die um dein häßliches Schnäuzchen herumstehen!»

Jetzt hatte er sie in der Parodie einer Umarmung zu sich herumgedreht; die Gesichter einander zugewandt, glichen sie täuschend einem altmodischen spanischen Tanzpaar zu Beginn eines Flamencos, nur daß Harry Joan den Arm verdreht und fest an ihr Rückgrat gepreßt hatte, so daß er ihn hätte brechen können.

«Hol den Schlüssel, Barbara», sagte Harry ruhig, und Barbara lief plattfüßig davon.

Die gefesselte Joan drehte den Kopf gleichgültig bald nach dieser, bald nach jener Seite wie ein mäßig neugieriger Truthahn in der Sekunde, bevor das Beil ihn trifft. Sie zwinkerte Tess zu und fragte dann: «Warum habt ihr euch alle so fein gemacht?»

Dann, im selben Augenblick, als Harry die Gefesselte zusammengekrümmt, seitwärts im Krebsgang wie eine Strafgefangene aus dem Zimmer schob, begann Joan zu Tess zurückzuschreien: «Oh, mein Gott, Mutter. Sollst du eingeschläfert werden? Ist das heute? Oh, mein Gott, ist es heute?»

Harry brachte sie jetzt hinauf, stieß sie vor sich her und sprach die ganze Zeit zu ihr mit der unerbittlichen, unbewegten Stimme, die, wie sie alle wußten, keine Rebellion duldete; den ganzen Weg, während er sie stolpernd und kleine Schmerzensschreie ausstoßend vor sich hertrieb, den ganzen Weg lächelte Harry wie ein Kirchendiener.

Tess ging zum Fuß der Treppe.

«Räudiger Hund», rief sie Harry nach.

Lange danach sagte jemand, dieser junge Mann sei anscheinend einfach von draußen zu den Tennisspielern gekommen: einfach aus dem Kiefernhain über die Straße hereingeschlendert. Etwas stand einwandfrei fest: Lange nach Einbruch der Dunkelheit hatte jemand Jim Myers aus dem Umkleideraum in dem Pavillon hinter den Tennisplätzen rufen hören: «Jemand hat meine Hose genommen. Ich sitze hier ohne Hose.» Es hatte sich also herausgestellt, daß dieser junge Mann, der hereingeschlendert war, zu Jim gesagt hatte: «Würden Sie mir für ein Spiel Ihre Shorts borgen?» Und das Verrückte war, daß Jim seine Shorts ausgezogen und dem anderen gegeben hatte, aber der hatte sie nie zurückgebracht. Joan Bracken erzählte später ihrer Mutter, sie habe gespürt, daß jemand ihren Nacken anstarrte, habe so ein leises Prickeln gefühlt und sich umgedreht, und da hatte dieser junge Bursche an dem steinernen Trinkbrunnen gelehnt und sie mit einem sehr seltsamen Lächeln angesehen, als wüßte er alles von ihr; es war ihr unbehaglich, weil sie merkte, daß sie nicht anders konnte, als sich von Zeit zu Zeit umzudrehen, und immer noch stand er da, hatte sich nicht von der Stelle gerührt, und jedesmal sah er sie mit diesem wissenden Lächeln an. Dann hatte er sich, ohne daß jemand wußte wie, in die letzten Doppel des Tages eingeschmuggelt, weil Barbara Brackens Partner von einer Wespe gestochen worden war. Plötzlich war er da, dieser sonderbare Junge, aus dem Nichts aufgetaucht. In Tennisshorts, die ihm zu lang waren, schwang er den Schläger von irgend jemand und erbot sich einzuspringen: Niemand wollte ihn, aber wie er da stand und eifrig von einem zum andern blickte, hatte keiner das Herz zu sagen: ‹Hau ab, wer bist du überhaupt?› Er fragte nur: ‹O. k., wenn ich mitspiele?› Und in der nächsten Minute war er Barbaras Partner, und jemand erzählte später Tess Bracken, es sei faszinierend gewesen, als ob man jemand zusähe, dem man das Tennisspielen nur haargenau beschrieben hatte, der es aber nie hatte tatsächlich spielen sehen: wie er eifrig hin und her rannte (er hatte Plattfüße, und seine dicken grauen Wollsocken betonten das noch), so eifrig, als ginge es um sein Leben: wie er mit dem Hinterteil wackelte und mit seinen Plattfüßen im Kies scharrte, wenn er auf die Angabe wartete. «Genau wie ein läufiges Schweinchen», sagte Joan. Wie er sich bei einem Flugball, bei einem Rückschlag fast überschlug; wie er plattfüßig rannte; komisch war, wie er über den Tennisplatz marschierte: den rechten Arm gleichzeitig mit dem rechten Bein bewegte, den linken Arm mit dem linken Bein. Jemand fühlte sich an Jacques Tati erinnert; es gab viel unterdrücktes Lachen, und der Junge schien es zu merken. Einmal machte er ihnen allen eine steife kleine Verbeugung.

Joan erstickte nahezu vor Lachen. «Oh, er ist so lächerlich, oh, ich glaube, wahrscheinlich sind es hauptsächlich die grauen Socken, ja, die sind der Punkt auf dem i.» Joan hatte es zur Zeit auf Andrew la Farge abgesehen, von den Hafermehl-la Farges, und sie hängte sich an Andrew und schaukelte vor und zurück und fegte mit ihrem langen blonden Haar über sein Gesicht.

Dann war der Satz zu Ende, und Barbara und Jacques Tati hatten verloren, aber der Junge begnügte sich nicht damit, einfach wegzugehen; er mußte allen dreien die Hand schütteln, und das tat er mit einem raschen, kräftigen Händedruck und einer steifen, humorlosen Verbeugung aus den Hüften.

Dann gingen sie alle ins Haus zurück und ließen ihn allein auf dem Tennisplatz stehen.

Tess war natürlich erstaunt, als sie aus einem Fenster der Bibliothek blickte und ihn allein im Garten stehen sah, die Hände in den Taschen; in seiner billigen braunen Windjacke wirkte er wie ein Vogel, der sich verflogen hat. Er hatte etwas Rührendes an sich, wie er da noch so herumging; sogar die Frechheit, die darin lag, war ein bißchen rührend.

Tess öffnete die Tür zum Garten. Sofort fuhr er herum, als wäre er irgendwie auf frischer Tat ertappt worden, sah sie ängstlich und dann unterwürfig an. Er nickte ihr grinsend zu.

«Hallo», sagte er.

«Hallo», sagte sie. «Warten Sie auf jemand?»

«Nein», sagte er.

Nun wäre es angebracht gewesen zu sagen, das Abendessen werde gerade angerichtet, sie wollten sich gerade zu Tisch setzen, und mit diesem Wink den Eindringling höflich aber bestimmt zu verabschieden. Aber irgendwie konnte sie es nicht; von seinem abwartend auf sie gerichteten Blick festgenagelt, hatte sie nicht das Herz, es zu tun.

(Und hinterher hätte sie wer weiß was darum gegeben, wenn sie ihn auf der Stelle hätte unmißverständlich abfahren lassen, ihm die Tür gewiesen hätte.)

«Nun», sagte sie, «wir haben nur ein leichtes Essen, Bohnen mit Würstchen, aber wollen Sie nicht etwas mit uns essen, bevor Sie gehen?»

Er nickte ihr zu und sagte: «O ja, gern.» Er ließ sich herab; es fehlte nicht viel daran, daß er gefragt hätte, ob sie ihm nicht doch lieber ein Omelett machen könne?

Er stapfte neben ihr her.

«Ich glaube, wir haben uns noch nicht bekanntgemacht», sagte sie. «Ich bin Tess Bracken.»

«Harry Platt», sagte er. Er streckte ihr die Hand hin, die sie wohl oder übel schütteln mußte.

«Harry Platt», sagte sie zu der Gruppe junger Leute, die mit ihrem Drink auf dem Rasen standen (und sie sah, daß er sah, daß ein kleiner Krug heimlich herumging und daß er das mißbilligte). Manche kicherten, und Joan sank Andrew la Farge in einer Art Anfall an die Brust. Aber kaum eine Augenbraue hob sich. Sie waren alle wohlerzogen.

Dann hörte man Joan laut und deutlich sagen: «Manchen Leuten muß erst eine Ziegelmauer auf den Kopf fallen. Kann nicht jemand eine Ziegelmauer holen?»

«Harry Platt», sagte Tess zu ihrem Mann, «wird mit uns eine Kleinigkeit essen.»

Harry Platt ließ einen Arm hervorschießen und schlug sozusagen die Hacken zusammen. Elton sah überrascht aus. Aber nein, keinen Drink, sagte Harry Platt. Er – trank nie.

Jemand wurde nach Zitronenlimonade geschickt.

«Wer hat ihn mitgebracht?» fragte Elton.

«Er scheint zufällig hereingekommen zu sein.»

«Der hat Nerven.»

Harry Platt blieb zum Essen. Er wurde konsequent übersehen. Er setzte sich an einen der Tische und wurde abgedrängt und nur angesehen, wenn er jemandem Pfeffer und Salz oder Ketchup reichte, aber er stimmte herzhaft in jedes Gelächter ein, obwohl seine Augen nicht amüsiert aussahen; und als Elton, als es dunkel geworden war, die Beleuchtung der Aphrodite-Statue einschaltete, die in einem von Tess bepflanzten Beet dunkelblauer Stiefmütterchen stand, schien Harry Platt etwas verdutzt darüber zu sein, daß Leute sich die Mühe machen, eine Statue anzustrahlen und drum herum Stiefmütterchen zu pflanzen. Es schien über seinen Horizont zu gehen, schien ihn sogar ein bißchen zu beunruhigen.

Beim Aufbruch war er bemerkenswert hilfreich, lief zurück, um vergessene Regenmäntel und Tennisschläger zu holen, eilte voraus und hielt die Wagentüren auf für die Mädchen, deren Namen er alle behalten hatte. Gute Nacht, Ellen, sagte er. Gute Nacht, Lois. «Mrs. Bracken», sagte Harry sehr formell, «darf ich Ihnen meinen Dank für diesen reizenden Abend aussprechen.»

«Sir», sagte Harry Platt zu Elton, «darf ich Ihnen meinen Dank für diesen reizenden Abend aussprechen.»

Dann marschierte er mit seinem merkwürdigen Gang die Auffahrt hinunter; noch eigentümlicher war, daß Tess das Bedürfnis verspürte, ihm zu sagen, sie hätten sich über seinen Besuch sehr gefreut.

Dann sagte Hannah, die Köchin und lebenslange Freundin, ach, du meine Güte, sein Vater hat diesen Gebrauchtwagenhandel an der Route 9, wo all die häßlichen Schilder und Fähnchen sind, die der Umweltschutz abschaffen will, weil sie ein Schandfleck sind, und der junge Harry hat einen alten Lieferwagen und macht Gelegenheitsarbeiten. Der macht alles, sagte Hannah.

«Das kann ich mir denken», sagte Tess.

Na ja, erstens mal hat er eine Eismaschine und liefert Eiswürfel, so viel man braucht; heute nachmittag um vier herum hat er bei uns auch Eiswürfel geliefert, sagte Hannah.

Nun, sie lachten noch die ganze Woche darüber und erzählten es sich untereinander, achteten aber darauf, es nicht snobistisch klingen zu lassen. Joan konnte besonders komisch erzählen, wie «der Eismann kam».

Harry Platt verblaßte bald in ihrer Erinnerung, sie wußten beinah nicht mehr, wer er war, als an einem Sonntag nachmittag – einem ingwerfarbenen, regengepeitschten Tag – die Hausglocke klingelte.

«Wissen Sie, daß Ihre Rasensprenger nicht abgestellt sind?» fragte er. Er war völlig durchnäßt, sah aus, als wäre er durch den Michigansee geschwommen, um ihnen dies zu sagen, das Wasser von seinem gelben Regenmantel bildete Pfützen an der Tür, und bevor Elton irgend etwas sagen konnte, hatte er sich in den senkrecht fallenden Regen gestürzt, und sie konnten aus allen Fenstern des Hauses den gelben Regenmantel von einem Rasensprenger zum anderen rennen sehen, bis alle abgestellt waren. Dann erschien er nach Luft ringend wieder an der Vordertür.

«Vielen Dank», sagte Elton. Aber sonst nichts.

Harry Platt, der von jedem Haar seines unbedeckten Kopfes bis hinab zu den patschnassen Schuhen triefte, hatte entweder die Humorlosigkeit oder die Frechheit zu sagen: «Mr. Bracken, ob ich wohl ein Glas Wasser haben könnte?» Und saß triefend und schlürfend im Vestibül und unterhielt sich mit großem Respekt und vielen «Sirs» mit Elton, bis Tess zu Hilfe kam und sagte, wenn du dich nicht sofort umziehst, Elton, werden wir zu spät kommen.

In ihren Tischgesprächen ging es nicht um so weltliche Dinge wie eine Begegnung mit Harry Platt im Supermarkt oder im Zeitungsladen – schließlich brauchte er vermutlich Brot und Nescafé und Toilettenpapier genau wie jeder andere –, so daß keiner von ihnen es für erzählenswert hielt, daß Harry Platt in der Post am Nebenschalter gestanden hatte, daß er die *New York Times* gerade gekauft hatte, als Barbara sich die ihre holte, daß er zufällig aus der Apotheke kam, als Joan gerade hineinging, und ihr umständlich die Tür aufhielt, aber von ihr geschnitten wurde. Aber, überlegte Tess, die Häufung dieser kleinen Begegnungen begann sie ein ganz klein wenig zu bedrücken, etwa so wie beginnende Kopfschmerzen, so leichte Kopfschmerzen, daß man nicht einmal weiß, ob es sich lohnt, ein Aspirin zu nehmen; eine Art Müdigkeit, eine Depression beim Anblick der untersetzten, flinken Gestalt, die winkte, grüßte, nickte, die voll von kleinen guten Taten aus dem Nichts auftauchte, ihnen den einzigen freien Parkplatz zeigte (er hatte ganz zufällig vor einer Minute auch geparkt und sie kommen sehen und den Platz freigehalten); sie vor dem Kino erwartete, um sich angelegentlich zu erkundigen, ob ihnen der Film gefallen habe? Von Zeit zu Zeit glaubte sie Harry Platt dort zu sehen, wo er gar nicht war, fühlte sich für eine Sekunde bedrückt und gleich darauf erleichtert, wenn sie sah, daß es gar nicht Harry war.

Während Joan sich allein über seinen Anblick unaufhörlich amüsierte, unaufhörlich in Lachkrämpfe verfiel und Anlaß zu Spötteleien fand, als hätte er sich darauf vorbereitet, in der Öffentlichkeit ihr Opferlamm zu sein. Alles, was Harry tat, sagte, anhatte, versetzte Joan in eine Berg- und Talfahrt der Heiterkeit. Oh, keuchte sie, er trägt Hosenträger *und* Gürtel; ich hätte nicht gedacht, daß man so was noch in Kokomo, Indiana, tut. Oh, mein Gott, kreischte Joan, fahr langsam. Da ist Harry Platt mit einem Mädchen. Oh, das muß ich sehen, um es zu glauben. Setz doch ein Stückchen zurück, damit ich sehen kann, was los ist mit dem armen Ding. Oh, sie muß wenigstens zehn Zoll tiefe Pickel und einen Wolfsrachen haben, wenn sie mit Harry Platt ausgehen muß.

Manchmal schien es so, als triebe Joan dieses Spiel mit Absicht. Sie konnte Harry Platt verfolgen, ohne ihn zu sehen, weil sie die Fähigkeit besaß, ihn aus großer Entfernung im Nacken zu spüren (wie beim erstenmal auf dem Tennisplatz). Sie konnte müßig plaudernd, gelangweilt mit anderen Mädchen vor dem Drugstore in Mount Kisco stehen, und plötzlich riß sie die Augen weit auf, ihre Pupillen wurden zu schmalen Schlitzen wie bei Katzen, und dann sagte Joan, bitte dreht euch jetzt noch nicht um, aber ich bin gerade lebendiger Zeuge eines Anblicks, den ihr nicht glauben werdet, nämlich Harry Platt in einer Lederjacke und Lederstiefeln, als wäre er einer von den richtigen Jungens, und er kommt hier lang. Seht mich weiter an, als sähen wir ihn nicht, denn er ist dumm genug zu glauben, wir könnten *ihn* beachten, aber wenn er vorbeikommt, riskiert einen Blick – ihr werdet denken, ihr seid verrückt geworden!

Und wenn sie an Harry, der auf den Nebenstraßen und Seitenwegen entlangtrabte, vorbeidonnerten, beugte Joan sich aus dem Kombiwagen und rief: «He, Eismann!» und dann warf er ihr einen raschen, wachsamen Blick zu und winkte, und wenn sie zurücksah, winkte er immer noch; komisch und rührend war es, wie er da klein und stämmig stand und winkte, während sie davonrasten.

«Uff!» sagte Joan dann und schüttelte sich. «Was für ein Würmchen. Uff! Stell dir vor, daß er dich anfaßte.»

«Rate mal, wer heute abend unser Barmann ist», sagte Elton im Oktober am Abend von Barbaras Geburtstagsball. Natürlich wußte es Tess schon, bevor sie die Klappe des großen rosa-weiß gestreiften Zeltes zurückgeschlagen hatte: weißes Jackett, kleine schwarze genähte Krawatte, das Haar aalglatt zurückgebürstet, und noch aalglatter ging ihm die Geschichte vom Mund, wie Joe Canna (seit sechzehn Jahren ihr Barmann bei jeder großen Gelegenheit) vor einer Stunde mit einem eingeklemmten Weisheitszahn eiligst in die Ambulanz von White Plains geschafft worden war. Harry Platt blähte die Backe auf wie einen Luftballon und taumelte hin und her, um die qualvollen Schmerzen, die Joe Canna ausstand, zu demonstrieren. Er hatte vier große Kanister Eiswürfel – gratis – mitgebracht; er freute sich sehr, sagte er, daß er glücklicherweise frei gewesen war, um in dieser Notlage einzuspringen. Er hatte einen Gehilfen mitgebracht, einen pickeligen, anscheinend dauernd verlegenen Knaben, dem Harry, mit den Fingern schnalzend, barsch Befehle erteilte, mit einemmal übereifrig und diktatorisch («Kenny, *Kenny*, Eis, Limonensaft, Tabasco, Soda, aber schnell»), als die ersten Gäste eintrafen; Bourbon-Soda, schnauzte Harry, Scotch-Rocks, Wodka-Chinin, schnell, schnell, Kenny. Denn Namen merkte er sich, und zuvorkommend mixte Harry die Drinks selber.

«O *nein*», sagte Joan und tat so, als fiele sie Andy la Farge ohnmächtig in die Arme. «O nein; versprich mir auf Ehrenwort, daß ich Halluzinationen habe. Oh, der Wurm hat sich zu uns hereingewühlt», sagte Joan. «Paß nur auf, wie ich ihn fertigmache. Barmann!» Joan war grausam. Sie bestellte einen Drink nach Geheimrezept, den sie in Barbados getrunken hatte und der aus einer raffinierten Mischung von weißem Rum und drei weiteren Ingredienzien bestand. Harry blieb eiskalt. Doch ach, sie hatten keinen Grenadine. Aber er würde ihr eine «Passionsblume» mixen, was praktisch das gleiche war, nur mit Bitter. Für Joan war es nicht gerade eine Sternstunde gewesen. Das mochte der Grund sein, warum man Joan später an der Bar im Gespräch mit dem Barmann sehen konnte, der ihr Feuer für ihre Zigarette gab, und immer wenn jemand sie zum Tanzen wegholen wollte, sagte sie nein, nein, ich unterhalte mich mit Harry. Joan leitete alles, was sie sagte, mit «Sagen Sie mal, Harry . . .» ein, und alles, was Harry zu sagen hatte, schien sie brennend zu interessieren, ja, tief zu beeindrucken, und wer mit Joans Verschlagenheit nicht vertraut war, hätte nie argwöhnen können, daß sie etwas plante. Sie ließ sich von Harry Zigaretten anzünden und ihr Glas füllen und wartete die Gelegenheit ab, daß sie ihn in die Irre führen könnte. Harrys saubergeschrubbtes Gesicht war rosig vor Vergnügen, der Tau des Triumphes glitzerte auf seiner Stirn angesichts der Huldigung, die ihm zuteil wurde, der Aufmerksamkeit, die diese Nereide ihm schenkte (nur ganz zufällig ließ er seine Fingerspitzen die ihren berühren), bis Joan ihn dazu brachte, der ganzen Gruppe seinen kleinen Witz zu erzählen (er kenne nur den einen Witz, erklärte Harry ihr feierlich, aber vielleicht fände sie ihn komisch, sagte er, sie solle sagen, wenn sie ihn schon kenne, bat er sie aufrichtig in seinem Übereifer zu gefallen, und wenn Joan gütig gewesen wäre, hätte sie ihn auf der Stelle davon abgehalten; jeder hätte den Mut gehabt, ihn abzuhalten, denn es war der älteste Witz der Welt und selbst Joans Generation hatte ihn schon in der Wiege gehört; es wäre eine menschliche Tat gewesen, zu verhindern, daß jemand ihn noch einmal erzählte), und Harry begann die Geschichte so geschmeichelt und so todernst, daß er praktisch einen Aufstand verursachte, der aber mehr aus Stöhnen als aus Gelächter bestand, und die Wirkung an der ganzen Bar war so, als hätten sie alle Brechmittel geschluckt und versuchten zu kotzen; oh, Mann, wie ist das komisch, versicherten sie

Harry, ein todsicherer Lacherfolg, sagten sie, und Harry sah Joans verächtliches Lächeln und nahm ein Tuch und wischte sehr sorgfältig die Theke ab, bis alle gegangen waren, und in der Art, wie Harry die Theke so emsig abwischte, lag eine kleine Würde; beinah hätte man vermuten können, daß in Wirklichkeit er über sie lachte.

Barbara Bracken hatte offenbar diesen Eindruck. «Was Blöderes konntest du wohl nicht machen», sagte sie zu Joan.

Barbara trabte hinüber zur Bar. «Hallo», sagte sie zu Harry, der noch immer die Theke abwischte. «Wollen Sie mit mir tanzen?» fragte Barbara.

Während er mit ihr auf dem Tanzboden plattfüßig eine Runde nach der anderen drehte, hielt Barbara Harry bestimmt etwas zu bewußt fest; sie hatte schon begonnen, «Anliegen» zu haben, sich zu engagieren, und sie tanzte mit Harry, als wäre er ein solches Anliegen. Sie hielt ihn mit der einen zur Faust geballten kleinen Hand im Nacken fest, als wollte sie jeden, der ihm nahe kam, wegboxen. Sie waren das unwahrscheinlichste Paar, das man je auf einem Tanzboden gesehen hatte, Barbara, die sich an Harry klammerte, als wäre er ein «Anliegen», und Harry, der Barbara wie einen Besen hielt und an ihr vorbei ins Leere starrte, wo es von Flammen der Kränkung zu lodern schien, und so kreisten sie freudlos über die Tanzfläche, Barbaras spitzes Kinn hochgereckt zur Verteidigung von Barmännern, die uralte Witze erzählten, und der Barmann mit Augen, die in eine Zukunft gerichtet waren, in der die Flammen der Kränkung loderten und eines Tages dieses Haus, vielleicht die Welt in Brand setzen würden. So tapsten sie über den Tanzboden, er auf ihr Kleid tretend, sie die geballte Faust in seinem Nacken.

«Oh, warum tut sie das?» fragte Elton. Die Ader auf seiner Stirn pulsierte wie immer, wenn irgend etwas den friedlichen See seines Status quo aufwühlte.

Joan lachte zu laut und zu schrill.

«Joan, komm einen Augenblick her», sagte Tess.

«Ich rede nicht von Joan», sagte Elton. «Ich rede von Barbara. Mit dem *Barmann* zu tanzen. Ich bin, weiß Gott, demokratisch, aber – aber so etwas finde ich – taktlos. Ich bin, weiß Gott, kein Snob, aber warum glaubt sie denn, so etwas tun zu müssen, wo doch heute abend genug junge Leute im Abendanzug und rosa Hemd hier sind.»

Seine Adern pochten, ihr vulgäres Benehmen erboste ihn.

So kam es, daß Harry Platt Barbaras Freund wurde. Niemand wußte recht, was für ein Verhältnis es war. Mit Sicherheit kein intimes Verhältnis, aber auch so schien es eine unpassende, von gewissen Doppeldeutigkeiten eingeengte Beziehung zu sein: Barbara war ein

Rebell, ergriff jede Gelegenheit zur Rebellion und brüstete sich damit; Harry war konservativ und sanft. Harry ging sonntags zur Kirche. Harry bekannte sich zu Gottes- und Vaterlandsliebe. Wenn die Nationalhymne gespielt wurde, stand Harry sofort auf und legte die Hand aufs Herz. Barbara stand murrend auf und kaute weiter an einer Orange. Und doch schlossen sie diese merkwürdige Freundschaft, und Harry kam sonntags, um Barbara zu besuchen. Jeden Sonntag. Sie hielten sich abseits von Joans Freunden und von Tess' und Eltons Freunden, aber sie waren lästig, so wie die Maurer im Haushalt, sie saßen auf der Treppe oder auf den Eingangsstufen, und man mußte über sie wegsteigen. Außerdem waren sie unerträglich exklusiv, so daß alle anderen sich ausgeschlossen fühlten. Wenn Tess mit Gästen in ihr Wohnzimmer kam, konnte es passieren, daß Barbara und Harry schon da waren und sich auf dem Sofa räkelten, und dann standen sie, ärgerlich über die Störung, auf und stolzierten in den Garten; wenn man ins Eßzimmer kam, um Eistee zu servieren, war Barbara da und servierte Harry ihre häßlichen, unappetitlichen Bologna-Sandwiches auf Tess' bestem Porzellan, während Harry, in Eltons Stuhl geflezt, an der Spitze der Tafel saß. Manchmal mußte Tess aus dem Bett aufstehen und in die schummerig beleuchtete Halle hinausrufen, es sei Mitternacht vorüber, ohne eine Antwort zu bekommen.

«Mir fällt auf, daß er dich nie ausführt», sagte Tess.

«Ist dies nicht auch mein Haus?» fragte Barbara. Sie war zunehmend frecher geworden. «Oder befinde ich mich da im Irrtum?»

Joan weidete sich daran. «Barbaras Freund, der Eiswürfelhändler», sagte sie zu allen, auf Harry deutend. «Glaubst du, daß sie es miteinander *treiben*?» fragte sie Tess. «Ogelogelogel», sagte Joan und machte Geräusche, als müßte sie sich übergeben. «Ogelogel. Stell dir vor, mit so was im Bett zu liegen. Oh, ich kriege eine Gänsehaut. Oh, meine Poren schließen sich.»

Joan ging ohne einen Blick und ohne ein Wort an Harry vorbei, etwa so wie Eleonore von Aquitanien in einer zu engen Tür an einem Leibeigenen vorbeigegangen wäre. Aber Harry ließ Joan nicht aus den Augen.

Auch wenn er ganz auf Barbara konzentriert schien, wanderte der Blick seiner Siamesenkatzenaugen überall hin, wo Joan gerade war. Wenn Joan ins Zimmer trat, erstarrte sein Körper; dann spannte und lockerte er seine Muskeln und lachte sein humorloses, klapperiges Lachen, das ungefähr so klang, wie wenn ein Zug über eine eiserne Brücke fährt. Während er Joan beobachtete, strich er sich über seine kräftigen, unbehaarten Arme, während Barbara, völlig absorbiert von der Aufgabe, ihn zu dem, worum es in ihrem neuesten Kreuzzug ging, zu bekehren, nicht zu bemerken schien, daß er ihr immer wieder entschlüpfte und zurückkam, sich im Geiste ein Weilchen von ihrer Leine losriß, und umherstreunte wie ein Wolf in der Nacht.

Einmal bog Tess in der Dämmerung um eine Ligusterhecke und sah auf dem Krocketrasen einen gelben Pullover, den Joan dort liegengelassen hatte. Sie sah gerade noch Harry von der anderen Seite her kommen und trat zurück (dieses demütigende Versteckspiel mit Harry wurde immer häufiger; ständig mußte man hastig hinter Hecken oder in ein Gästebad schlüpfen, um ihm aus dem Wege zu gehen) und beobachtete Harry, der stehenblieb und den Pullover aufhob; fasziniert sah sie zu, wie er sich umsah und dann den Pullover mit ausgestreckten Armen vor sich hin hielt, als hätte Joan ihn an, als hielte er Joan in den Armen, um mit ihr zu tanzen. Dann ballte er den Pullover zusammen und stopfte ihn zwischen seine Beine; dann wandte er sich um, so daß Tess nur seinen Rücken und sein sich windendes Gesäß sehen konnte, aber selbst aus dieser Entfernung konnte sie das Keuchen und Stöhnen hören, das er in seinem Elend oder Entzücken ausstieß; er bewegte sich einen Schritt hin und einen her, einen vor und einen zurück, während er stöhnte und zum Himmel aufblickte und die ganze Zeit in seinem krampfigen Tanz fortfuhr; dann wandte er sich um und hielt den Pullover auf Armeslänge von sich ab, und Tess glaubte nie einen solchen Ausdruck auf einem Gesicht gesehen zu haben, verstärkt durch dieses flaschengrüne Licht des schwindenden Tages, während Harry den Ärmel des Pullovers zu verdrehen begann, ganz so als wäre es Joans Arm, und die ganze Zeit fuhr er sich mit der Zunge über die Lippen und lächelte und drehte den Ärmel immer weiter, bis der Arm schon längst gebrochen gewesen wäre.

Er drehte und drehte und pfiff durch die Zähne.

«Ich möchte nicht, daß Harry heute abend zum Essen bleibt, Barbara.»

«Warum nicht?»

«Ich möchte ihn heute abend nicht hier haben.»

«Warum nicht?»

«Geh mit ihm irgendwohin zum Essen.»

«Warum?»

«Ich will es nicht, Barbara, und ich brauche wohl nicht jedesmal Erklärungen abzugeben, wenn ich etwas nicht will.»

«Warum willst du Harry nicht hier haben?»

«Ich will es nun einmal nicht.»

«Ist das nicht auch mein Haus?»

Am Labor Day-Wochenende allein im Haus; Elton zum Fischen gefahren, Joan mit den La Farges auf Cape Cod, Barbara widerwillig mit einer lange vernachlässigten Freundin nach Amagansett gefahren, Hannah ihren freien Tag; sie hörte es an der Vordertür klingeln und dachte niedergeschlagen: Das ist er. Mit geschlossenen Augen lag sie auf ihrem Bett in dem kühlen, klimatisierten Schlafzimmer, wo sie passenderweise *Ein eigenes Zimmer* gelesen hatte, und wartete, während er klingelte, dann wieder klingelte. Jetzt, wo alle Fenster geschlossen, alle Jalousien heruntergelassen sind, muß das Haus doch bestimmt, bestimmt einen menschenleeren Eindruck machen, und bestimmt, dachte sie, wird selbst Harry nach einer Weile weggehen. Als das Klingeln also nach zehn Minuten aufhörte, stand sie auf und ging zum Fenster, zog den Vorhang ein Stückchen zurück und spähte zum vorderen Portal hinunter. Er war fort. Dann, gerade als sie wieder auf dem Bett lag, surrte die Klingel am Kücheneingang ärgerlich und surrte immer wieder, ungefähr fünf Minuten lang, und o Gott, sagte sie, denn sie mußte plötzlich an Thomas Becket denken, wer wird mich von diesem lästigen Priester befreien? Sie befahl ihrem Körper und ihrer Seele, sich still zu verhalten, zu entspannen, nichts zu hören, zwang sich dazu, nur an fließendes Wasser zu denken und sich, während es surrte und surrte, auf die Seite zu konzentrieren, die sie gerade las; er würde bald weggehen, mußte ja inzwischen gemerkt haben, daß niemand zu Hause war. Endlich verstummte das Surren, es wurde still. Sie seufzte erleichtert, und im selben Augenblick begann er nachdrücklich am Seiteneingang zu klingeln. Er machte die Runde ums Haus. Es hörte auf, dann fing es wieder an; nichts kam seiner Beharrlichkeit gleich. Aber so war Harry Platt eben.

Sie sprang vom Bett auf, hochrot vor Zorn und einer Art Überschwang, und lief hinunter. Lieber Gott, sagte sie, gib daß ich ihn jetzt, wo ich so schön wütend bin, ein für allemal loswerde.

Sie riß die Tür so ungestüm auf, daß sie fast mit ihm zusammenprallte.

«Es ist niemand zu Hause», kreischte sie. «Niemand zu Hause, Harry. Zu wem wollen Sie?»

«Barbara.»

«Barbara ist nicht da.»

«Ich dachte, sie wäre vielleicht wieder da, sie sagte, sie würde vielleicht einen Tag früher kommen –»

«Sie ist nicht da. Wir sind nicht zu Hause. Was wollen Sie?»

Er trat einen Schritt zurück und starrte sie milde an.

«Was wollen Sie? Wen wollen Sie?»

«Ich dachte nur, Barbara . . .»

«Warum tun Sie so, als wollten Sie Barbara besuchen?» kreischte sie. Sie machte einen Schritt auf ihn zu; er wich ein paar Schritte zurück, die Auffahrt hinunter; in der Hitze ihres Zornes erschien er ihr kleiner denn je. «Warum tun Sie so, als kämen Sie wegen Barbara, wenn Sie zu Joan wollen? Jeder kann das sehen, ein blinder Hund kann sehen, daß Sie wegen Joan kommen. Was wollen Sie?»

«Nichts.»

«Was wollen Sie? Warum kommen Sie immerfort her? Warum stören Sie uns immerfort? Merken Sie denn nicht, daß Joan nicht einmal einen Blick für Sie übrig hat? Warum bestehen Sie darauf? Hören Sie, ich muß grob werden: wir wollen nicht mehr, daß Sie herkommen. Mr. Bracken und ich wollen Sie nicht mehr hier sehen. Jetzt gehen Sie.»

Aber wie er sie so ansah, gedemütigt wie ein armer herrenloser Hund, der im Schneesturm von einer Tür verscheucht wird, in den Augen den Ausdruck von Schmerz und ehrlicher Ratlosigkeit, hatte sie einen Moment lang das verrückte Gefühl, daß er ein Opfer sei, und am liebsten wäre sie hingelaufen und hätte ihn gestreichelt, den armen Kleinen getröstet, denn er sah so aus, als hätte nie in seinem Leben jemand ein liebevolles Wort zu ihm gesagt; wahrscheinlich war seine Mutter eine Trinkerin und hatte ihn geschlagen. Das war die gefährliche Regung, die Harry Platt bei Frauen hervorrief, fast so etwas wie Mutterliebe.

Das war das Gefährliche an Harry.

«Gehen Sie, Harry», sagte sie.

Und schlug ihm die Tür vor der Nase zu.

«Na, dann wollen wir mal gehen.»

Hooper, die «Gesellschafterin», nahm sie fest beim Arm, als würde sie verhaftet, aber Tess schüttelte sie ab und sagte: «Lassen Sie das, ich kann es nicht leiden, wenn man mich anfaßt. Ich laufe Ihnen schon nicht weg.» Hooper lockerte ihren Griff, ließ aber die Hand unter Tess' Ellbogen, während sie zu Hoopers Wagen gingen. «Wohin sollte ich schon laufen?» Das war nur allzu wahr. Ihr Alter war auf ihre Kennkarte und ihre Lebensmittelkarte gestempelt, sie hätte keine Woche lang durchgehalten. Mit fünfundsechzig wurde man «aufgerufen» und eingeschläfert. Es hieß, das Betäubungsmittel schmecke nach Pfefferminz und verursache ein vorübergehendes Glücksgefühl. Man sterbe, so hieß es, lachend und singend.

Der Himmel leuchtete in der klaren Mittagsluft. Ein Jumbo-Trigger flog lautlos wie ein Laserstrahl über sie hinweg, und auf dem Radarring fuhren die programmierten Wagen vorüber, lautlos und alle mit der gleichen Geschwindigkeit.

Hooper programmierte ihren Wagen, und sie fuhren ab.

Als sie den häßlichen GLORIOUS PX 105 passierten, sagte Tess, um die Hooper zu ärgern: «Sehen Sie den Hügel dort? Ich erinnere mich noch an die Zeit, als er zu unserem Grundstück gehörte und meine Mutter dort an Sommerabenden Konzerte gegeben hat. Streichquartette. Meine Mutter war Cellistin, und Sie können sich nicht vorstellen, wie schön die Mondnächte waren in dem mit weißen Papierlaternen beleuchteten Birkenhain. Kleine weiße Falter flatterten um die Laternen, und wir saßen auf Kissen im Grase, während sie im Mondschein Mozart und Vivaldi und Reger spielten.»

«Nun ja», gluckste Hooper nachsichtig, «wenn man so was mag.»

«Es war alles so anmutig, so schön», sagte Tess, «Sie können sich das nicht vorstellen.»

«Denken Sie nur, jetzt können Sie das alles in einer Kapsel haben», sagte Hooper. «Sie können zweihundert Stunden Musik in einer kleinen Kapsel haben.»

«Aber nicht mit weißen Birken und Mondschein», sagte Tess, «nicht mit geisterhaften kleinen Nachtfaltern.»

«Na wenn schon», sagte Hooper.

Sie waren alle immunisiert gegen Schönheit, Humor, Musik, gegen jedes Denken. Ach Gott, dachte Tess, wie froh bin ich, daß Elton tot ist, wie froh bin ich, daß Daddy tot ist und alle ihresgleichen. Wie froh bin ich, daß Zina Edwards tot ist.

Sie sah Hooper an, die sich in den Radar-Ring eingeschaltet hatte und nun zurückgelehnt saß und an einem Gegenstand von besonders häßlicher Spinatfarbe häkelte; Hoopers faltenloses junges Gesicht, ein pflichtbewußtes Gesicht, ohne Zeichen von Schmerz oder Begierde oder Leidenschaft; ausdruckslos wie Kuchenteig. Sie hätte Hooper gern gefragt: Hast du dir nie die Augen ausgeweint? Hat sich nie ein anderer Mund auf deinen gelegt, und hast du nie gespürt, wie wunderbar es ist, wenn Zungen verschmelzen? Hast du nie erlebt, wie es ist, wenn ein Mann dich mit seinen Beinen umklammert hält?

«Was mögen *Sie* denn?» fragte sie.

«Blasmusik», sagte Hooper. «Ich habe über tausend Stunden davon.»

Im Zentrum von Mount Kisco, das inzwischen zu einer Ministadt geworden war, schaltete Hooper vom automatischen Fahren auf Selbstfahren um, und sie fuhren durch Straßen mit häßlichen Hochhäuserblocks bis zu einem großen alten Haus, das man stehengelassen hatte. Auf einem Schild stand HEIM FÜR GEREIFTE UND SENIOREN.

Von hohen Mauern umgeben, erstreckte sich das schöne alte rote Backsteingebäude mit trügerischem Charme über mehrere Morgen Land, hier und da ergänzt durch Anbauten und Schornsteine und Veranden, die unerwartet auftauchten. Mit den verwilderten Weinlaubengängen, dem Moos auf den Eingangsstufen, den Geranien sah alles so harmlos aus, daß man unwillkürlich damit rechnete, in der

Nähe der Tür abgestellte Kinderfahrräder zu sehen, oder darauf wartete, daß einem Hunde freundlich entgegensprangen.

Daß man freundliche Gesichter, Begrüßungen, Umarmungen erwartete.

«Aha», sagte die jugendliche Vorsteherin und fixierte Tess mit blanken kleinen Knopfaugen. «Haben Sie eine Besucherkarte, meine Liebe?»

«Sie hat Erlaubnis, Miss Edwards zu besuchen», sagte die Hooper und gab Tess einen kleinen Schubs vorwärts. Wie immer hatte das Haus auf sie so schockierend gewirkt, daß sie sich für ein Weilchen an die Tür hatte lehnen müssen: der Anblick der graubraunen Wände – dazu bestimmt, die Sinne abzustumpfen und die Seele zu entmutigen –, ihr Abscheu vor der furchtbaren Häßlichkeit des Ganzen und vor der unaussprechlichen Leere der Gesichter, die apathisch aufblickten, als sie durch den Raum ging; zweifellos standen sie teilweise unter Einfluß von Beruhigungsmitteln, diese Leute, die um ein Fernsehgerät herumsaßen oder mit Kopfhörern Vorlesungen auf einer Kassette anhörten. Selbst bei Feueralarm hätte sich niemand gerührt. Aber vielleicht wäre ihnen ein Feuer ganz willkommen gewesen. Dies war eine der Warteanstalten, wo alle, die auf die Fünfundsechzig zugingen oder im Ruhestand waren, aber keine Angehörigen hatten und darum als «Unerwünschte» abgestempelt waren, gesammelt wurden, um auf ihre Euthanasie zu warten.

Und, dachte Tess, wenn Harry Platt nicht so viel Einfluß hätte, wäre ich auch hier.

«Kommen Sie hier entlang, meine Liebe», sagte die Vorsteherin, geschäftig vorauseilend, und führte Tess in ein kahles kleines Besucherzimmer. Von der Wand lächelte Mrs. Ward herab, die Präsidentin der Vereinigten Staaten.

Auf einer Tafel stand: SEID GÜTIG!

Als die Schwester Lacey hereinführte, war zu sehen, daß man ihr für diese Gelegenheit besondere Vergünstigungen gewährt hatte. Sie hatte eines ihrer eigenen Kleider an. Es war zu kurz und schulmädchenhaft, man sah ihre knochigen Knie, sie hatte keine Brille auf und zuviel Lidschatten ungleichmäßig aufgetragen, was ihr ein etwas picassohaftes Aussehen verlieh. Ihr weißes Haar hatte sie mit einem Band zusammengebunden.

Die Freundinnen gaben sich einen Kuß.

«Nun werden wir Sie alleinlassen», sagte die Schwester. «Wir verlassen uns darauf, daß Sie sich tadellos benehmen.»

«Sieh dir ihren Arsch an», sagte Lacey, als die Schwester in ihren Gummischuhen hinauspatschte. «Sie haben alle Ärsche wie die Wasserbüffel.»

Sie setzten sich auf eine knarrende Korbbank, und Lacey sagte:

«Hast du Zigaretten?» Tess zog ihr letztes Päckchen heraus, und Lacey juchzte vor Freude. «Oh, *richtige.* Ich habe seit Monaten nichts als getrocknetes Seegras mit Filter geraucht.»

Lacey sog gierig an der Zigarette. Sie trug viele Ringe und Armbänder, die ihrer Mutter gehört hatten; Tess erinnerte sich an sie, besonders an einen großen Aquamarin. An den Ohren trug Lacey Bernsteinclips. Es wäre taktvoller gewesen, wenn sie sich nicht so herausgeputzt und einfach so getan hätte, als machte Tess ihr den üblichen allmonatlichen Besuch.

«Hast du mir was mitgebracht?» fragte Lacey.

Schließlich war Lacey nur knapp sechzehn Monate jünger als Tess, und die Abrufnummer für ihre Euthanasie war innerhalb eines Jahres fällig. Wenn es unbedingt erwähnt werden mußte, nannten sie es Einberufung. Der und der hat seine Einberufung bekommen, sagten sie.

«Alle alten Taschenbücher, die mir noch geblieben sind», sagte Tess.

«Oh, danke, oh, wunderbar. Du solltest den fürchterlichen Schund hören, den sie hier auf den Kassetten haben.» Lacey griff gierig nach den zerfledderten alten Büchern, von denen einige zu gelbem Staub zerfielen.

Hooper war hereingekommen und zerrte sich einen hölzernen Stuhl dorthin, von wo sie die beiden beobachten konnte, aber nicht alles mithörte. Sie nahm ihre häßliche Häkelei zur Hand.

«Wer ist das?» fragte Lacey.

«Meine Aufpasserin, Miss Hooper», sagte Tess mit gedämpfter Stimme.

«Was für riesige Brüste», sagte Lacey laut, denn das Wort Brüste gebrauchte man nicht in der neuen prüden Gesellschaft; selbst im Werbefernsehen wurden Hühnerbrüste euphemistisch «Brüstchen» genannt.

Und jetzt, da ihnen dieser letzte Besuch erlaubt war, schienen sie einander wenig zu sagen zu haben; es war wie auf dem Flughafen, wenn man jemanden verabschieden will und das Flugzeug Verspätung hat. Sie lächelten sich unsicher an, stellten belanglose Fragen und gaben belanglose Antworten. Lacey mußte sogar ein Gähnen unterdrücken, und in ihre geschminkten Augen traten Tränen. Aber dann sah Tess, wie die Tränen zu fließen begannen und Lacey den Mund zusammenpreßte, um das Schluchzen zurückzuhalten, und sie drehte Lacey zu sich herum, damit Hooper es nicht bemerkte. «Du mußt stark bleiben», sagte Tess halblaut. «Ist schon gut, Liebes. Ich bin ganz ruhig. Ich komme ganz gut zurecht.»

«Ach Gott, Tess», flüsterte Lacey. «Mir wurde gerade klar, daß du nicht bei mir sein wirst, wenn meine Zeit kommt. Und ich werde mich so fürchten.»

Wie komisch ihre Freundschaft angefangen hatte! Alles war ganz zufällig gekommen, und einmal in ihrem jungen Leben hatten sie gegenseitig die Mütter getauscht.

Tess hatte ihren Regenmantel verwechselt. Sie hatte es so eilig gehabt, von dem Ball wegzukommen (es war so eine Veranstaltung gewesen, wo man sie, «die jungen Leute», als Aushängeschild benutzte, man konnte sich also die ausgelassene Geselligkeit, die von ihnen erwartet wurde, leicht ausmalen), daß sie, als man ihr sagte, ihr Vater warte auf sie, aus dem Ballsaal ins Schlafzimmer floh, wo an die hundert Mäntel wie aufgestapelte Leichen nach einem Massenmord auf einem Bett lagen; als sie ausgegraben hatte, was sie für ihren Regenmantel hielt, war sie die Treppe hinuntergerannt, ohne jemandem gute Nacht zu sagen, und es war eine solche Erleichterung gewesen, Daddy wartend in der Halle sitzen zu sehen, daß sie den ganzen Weg hinunter «Ich komme, ich komme» gerufen und sich ihm dann in die Arme geworfen hatte. Brennt es, ist die Pest ausgebrochen? fragte Daddy.

Sie hatte von Anfang an nicht hingehen wollen. Man stelle sich vor: ein Fest unter dem Motto «Süße Sechzehn» im Jahre 1946. Sie sagte, sie würde dort keinen Menschen kennen außer dem Mädchen, das den Ball gab und das sie gut genug kannte, um die Einladung nicht anzunehmen. Sie sagte, dieses Mädchen sei spießig, und sie und ihre Familie sprächen mit so einem vornehmen Akzent, daß man kein Wort verstehen könne. (Sie imitierte die Mutter: «Wie befündest du dich, Lübchen? Du siehst entzüüückend aus!») Außerdem ließ sie durchblicken, daß der Bruder angeblich neun Radcliffe-Studentinnen geschwängert habe. Na ja, Tess, sagte Daddy, die Chancen, daß du in einem hell erleuchteten Ballsaal des früheren Wyankopf-Herrenhauses vergewaltigt wirst, scheinen mir nicht sehr groß zu sein. «Jedenfalls sind sie nichts Ungewöhnliches», sagte Tess. «Warum soll man seine Zeit mit Leuten verschwenden, die absolut nichts Ungewöhnliches sind?»

Das Kleid, das Mutter ihr kaufte, gefiel ihr nicht. Es war ihr erstes richtiges Abendkleid – aus blassem salatgrünen Organza, mit einer großen Schärpe. Einfach schrecklich, sagte sie, und sie nahm sich vor, ein wenig Salzwasser zu schlucken, damit sie sich kurz vor dem Weggehen dramatisch übergeben könnte, aber dann kam Daddy herein, und sie mußte die Augen zumachen, und dann legte er ihr ein Kettchen aus echten kleinen Perlen um den Hals und gab ihr einen Kuß – was blieb ihr anderes übrig, als hinzugehen?

Und im Taxi nahm Daddy ihre Hand in seine und sagte: «Hör zu, mein Engel, es ist eine unangenehme Tatsache, daß wir nicht durchs Leben gehen können, ohne manchmal mit Leuten zusammenzusein, die wir nicht besonders gern mögen, denn solcher ist das Himmelreich, Gottverdammich.»

Aber bitte, hol mich zeitig ab, bettelte sie. «Und dann wirst du nicht weg wollen», sagte er. So ist es immer, sagte Daddy, die Party, wo du nicht hin willst, ist immer die Party, wo du nicht weg willst.

Aber diesmal hatte Daddy nicht recht gehabt. Es war zum Sterben. Mit Geschenken für alle. Sie bekam eine Polizeipfeife. «Wü geht's dür, moin Künd?» sagte die Mutter. Ein paar Jungen tanzten wohl oder übel mit ihr, und einer fragte sie, ob sie in Miss Parsons Schule in der 75sten Straße gegangen sei, und als sie ja sagte, erzählte er, seine verstorbene Schwester sei auch in diese Schule gegangen. Es war, wie sie vorausgesagt hatte, eine ganz gewöhnliche Party, und sie hatte eine alte Dame tatsächlich sagen hören, es sei so nett zu sehen, wie «die jungen Leute» sich amüsierten.

Sie setzte also ihre arroganteste Miene auf und behielt sie bei, bis man ihr (Gott sei Dank) sagte, ihr Vater sei da.

Erst im Taxi, als sie fast zu Hause waren, hatte sie entdeckt, daß sie offenbar den falschen Regenmantel genommen hatte, denn sie fand in einer Tasche ein Päckchen Virginiazigaretten. Sie mußten also umkehren und zurückfahren. Die Party war gerade zu Ende, und man sagte ihnen, ein Mädchen namens Lacey Edwards habe Tess' Mantel und habe ihre Adresse am Sutton Place hinterlassen. Das war, wie sich herausstellte, in einer Reihe hübscher zweistöckiger Häuser mit Aussicht auf den Fluß.

Nach einer Unterhaltung an der Tür und Übergabe des falschen Mantels kam Daddy zum Taxi zurück. «Wo ist mein Mantel?» – «Sie sagte, wir sollten doch einen Augenblick hereinkommen.» – «Ach, wozu?» – «Komm nur, ich finde, wir sollten das tun», sagte Daddy und bezahlte das Taxi, es schien ihn zu freuen, daß er hereingebeten wurde, und das war komisch, denn gewöhnlich mied Daddy Fremde wie die Pest und wurde ihnen gegenüber aggressiv oder er wehrte sie mit seinem großen herzlichen Charme ab.

Im Flur des kleinen Hauses stand dieses Geschöpf, bleich, schillernd. «Ich bin Zina Edwards», sagte sie und streckte Tessa die Hand hin. «Hast du dich auch so gemopst wie Lacey?» Sie ist eine Libelle, dachte Tess. Sie trug etwas wunderbar Schimmerndes, Fließendes, das genau die Farbe von Insektenflügeln im Sonnenlicht hatte; Gesicht und Nase waren lang und spitz, und ihr seltsam dickes, schwarzes Haar hing lockig und zottelig herab; sie war, auf eine häßliche Weise, bemerkenswert reizvoll. Sie folgten ihr in einen niedrigen Raum mit schwarzweiß gekacheltem Fußboden und Tiffany-Lampen und hohen Farnkräutern und anderen Pflanzen. Auf Möbeln, die mit hellgelber Seide bezogen waren, saß oder räkelte sich eine gemischte Gesellschaft, unter anderem ein blendend aussehender Schwarzer, der in fehlerlosem Deutsch (so klang es wenigstens) etwas rezitierte, was alle anderen offenbar verstehen konnten, denn sie nickten bei jedem Wort und machten beifällige Geräusche; dann sagte eine Dame mit sehr faltigem Gesicht: «Aber Gregory, für solche wie mich bitte auf englisch.» Und der schwarze Mann sagte: «O meine Brüder! Bei wem liegt die größte Gefahr für die Zukunft der ganzen Menschheit? Liegt sie nicht bei den Guten und den Gerechten?» – «Amen», sagte die Dame. Niemand wandte sich um, um sie zu begrüßen, und Zina Edwards goß eine dunkle Flüssigkeit in einen Pokal und sagte: «Nehmen Sie einen Schwarzen Samt, Mr. Adams.» Sie holte Ingwerbier für Tess und rief (sie hatte eine tiefe Stimme, die genau zu ihr paßte): «Lacey, hier sind außerordentlich nette Leute, die deinen Mantel gebracht haben.»

Lacey war klein, hatte schwarzes Haar wie ihre Mutter und flinke kleine Knopfaugen, denen nichts entging, auch Tess' albernes Organzakleid nicht, und sie sagte: «Hallo.» Lacey hatte auch ein Abendkleid an, aber es sah mindestens zwei Jahre zu erwachsen aus an ihr, wie ein Abendkleid für einen Zwerg; es hatte sogar einen tiefen Rückenausschnitt, kurzum, sehr erwachsen. Es war aus braunem Samt, und dazu trug sie braune Samtschühchen. «Komm rauf», sagte Lacey und schoß die Treppe hinauf, und Tess folgte ihr. Ihr Schlafzimmer war furchtbar unordentlich, und an der Wand hing ein französisches Plakat, das eine Vergewaltigung auf einem Ball darzustellen schien. Lacey zündete sich eine Virginiazigarette an und forderte Tess auf, sich aufs Bett zu setzen, was diese tat, wobei sie sich, ihr Ingwerbier in der Hand, merkwürdig affektiert vorkam. «Besser hier», sagte Lacey, «als unten bei diesen Angebern. Uff, sie sind alle so verlogen. Meine Mutter kennt keine gewöhnlichen Leute. Gehst du zu Dalton?»

«Ja», sagte Tess. «Wie hast du das erraten?»

«Du siehst so aus», sagte Lacey mit einem mitleidigen Unterton.

«Wo gehst *du* hin?»

«Ich bin gerade bei Chapin rausgeflogen. Du hast keine Ahnung, wie beschränkt die da sind, schlimmer als bei Dalton, stell ich mir vor. Ich drücke mich nun so herum, bis ich in die Kunstschule aufgenommen werde. Es ist furchtbar schwer, da reinzukommen.»

«Willst du Schauspielerin werden?»

«Hast du einen Lippenstift?»

«Ja», sagte Tess.

Lacey borgte sich ihren Lippenstift und benutzte ihn großzügig, ohne in einen Spiegel zu sehen; das war das erste von all den Dingen, die Lacey sich in den kommenden Jahren borgen sollte. Es schien ihr ein Bedürfnis zu sein, sich Dinge zu borgen, vielleicht ein Bedürfnis nach Selbstbestätigung, nach Sicherheit, und wie manche Säugetiere im Wasser hin und wieder auftauchen müssen, um zu atmen, so borgte Lacey sich kleine Dinge. Hast du ein Kleenex für mich? Bitte, leih mir deinen Kamm. Hast du einen Bleistift? Gib mir einen Dollar für den Portier.

«Was macht dein Vater?» fragte Lacey.

«Er importiert schottischen Whisky.»

«Oh.»

«Eine sehr teure Marke», sagte Tess überflüssigerweise.

«Ich glaube nicht, daß das meiner Mutter gefallen wird.»

«Warum?»

«Es ist zu gewöhnlich.»

«Wir sind nur einen Augenblick auf einen Drink hereingekommen», sagte Tess und stand auf, um zu gehen.

«Ach wo, setz dich. Die reden noch stundenlang.»

Aber Tess blieb stehen, leicht pikiert, weil ihr Vater «gewöhnlich» sein sollte und weil es ihr nicht gelang, kaltblütig zu sagen, na schön, und meine Mutter ist Annelie van Hoorens, die Cellistin.

«Was macht denn *dein* Vater?» fragte sie.

«Ich habe keinen Vater.»

Tot? Geschieden? «Entschuldige.»

«Ich meine, natürlich *habe* ich einen Vater. O ja, ich habe einen Vater. Aber nur im Sinne der Zeugung.»

«Aha», sagte Tess und war zu höflich, darauf einzugehen.

«Wenn ich dir sagen würde, wer mein Vater ist, würdest du glatt durch die Decke gehen. Mein Vater ist nämlich sehr berühmt. Ich meine, nicht irgendwie durchschnittlich berühmt, sondern supersuperweltberühmt und gefeiert. Ich meine, so berühmt, daß man hier die Straße absperren müßte, wenn es bekannt würde, daß er hier ist.»

«Puh», sagte Tess unpassenderweise. Unpassend war alles, was sie empfand in Gegenwart dieses beunruhigenden Mädchens mit dem braunen Samtkleid, den Zigaretten und dem weltberühmten Vater.

Sie wartete, aber Lacey schien das Thema fallengelassen zu haben.

«Und kommt er manchmal her?» fragte sie.

«Ach nein, er ist nie hier gewesen», sagte Lacey. «Ich habe ihn nie gesehen – aus verschiedenen Gründen, die ich dir nicht verraten kann.»

«Aha.»

«Persönliche Gründe, verstehst du?»

«Aha.»

«Jedes Jahr am Silvesterabend ruft er garantiert – garantiert – kurz vor Mitternacht meine Mutter an, wo in der Welt er auch gerade ist, und sagt: ‹Prost Neujahr 1931.› Immer nur das. Jedes Jahr. Und dann legt er auf.»

«Wieso 1931?»

«Das war die Nacht, in der ich gezeugt wurde, Neujahr 1931.»

«Aha.»

«Und das war für ihn eine Art Höhepunkt, hat er einmal einem Reporter gesagt – nicht meine Zeugung, sondern das ganze Jahr, und von da an, hat er gesagt, ging alles schief.»

«Aha.» Wer in aller Welt konnte das sein? Filmstar? Senator? Wer war 1931 Präsident gewesen?

«Einmal hat sie mich mithören lassen.»

«Deine Mutter?»

«Nein, Madame Tschiangkaischek.» Lacey schloß einen Augenblick die Augen und tat so, als wäre sie aller Leute, die schwachsinnige Fragen stellten, überdrüssig, absolut überdrüssig.

«Entschuldige», sagte Tess rasch, um dieses exotische Geschöpf nicht zu reizen.

Nach einem langen Blick, der viel über «Noblesse oblige» verriet, fuhr Lacey fort: «Na ja, es war sehr aufregend, sehr herzbewegend für mich, denn ich hörte seine Stimme zum erstenmal, und er rief von Caracas an, und es knatterte und piepte, wie immer bei Ferngesprächen, und dann sagte er Hallo, und meine Mutter sagte Hallo und redete ihn mit Vornamen an, und er sagte Hallo, Zina, meine Teuerste, und dann kam diese Pause, und er seufzte so schrecklich – man hörte es über die weite Entfernung von Caracas –, und dann sagte er mit seiner tiefen, tiefen traurigen Stimme, die einen zu Tränen rührte: Also, Baby, Prost Neujahr 1931.»

«Gute Nacht», sagte Tess; etwas Blasphemischeres fiel ihr damals nicht ein. «Gute *Nacht.*»

«Ja», sagte Lacey, «das kann man wohl sagen.»

«War – hatte deine Mutter einen – ich meine, war sie mit jemand anderem verheiratet, als –»

«Offiziell war meine Mutter Mrs. Horace Quested Edwards III., aber den hatte sie längst verlassen – als sie *meinen* Vater kennenlernte.»

Meinen Vater. Selbst ihr Ton verlieh ihm Rang und Würde, als wäre sie ein königlicher Bastard und dazu berechtigt, das Wappen (wenn auch verkehrt herum) auf der Unterwäsche zu tragen; sie war ein bißchen zu eingebildet. Und (Tess wurmte es ein wenig in Gegenwart dieser fünfzehnjährigen *grande dame*) wenn ihr Daddy zu «gewöhnlich» war, um Laceys Mutter zu gefallen, dann würde Laceys Mutter für Daddy bestimmt ein bißchen zu übertrieben sein.

Daddy betrank sich oft, und dann sang und tanzte er ausgelassen, er riß Frauen leidenschaftlich in seine Arme, war der erste, der um Mitternacht ins Schwimmbad sprang, brachte das Küchenpersonal in Verlegenheit, indem er plötzlich in ihrer Mitte erschien und einen gefühlvollen Trinkspruch losließ; wenn ihm danach war, stieg er in Needles aus dem Express-Zug, um zu sehen, wie es da war, ließ

Mutter nebst Gepäck im Zug weiterfahren und blieb vier Tage verschollen, wurde zeitweise der Wilde Johnny Adams genannt – und doch hatte Daddy ein Körnchen Puritanismus in sich. Daddy könnte – könnte eventuell – darüber schockiert sein, daß Lacey ein Bastard war und sich so viel darauf einbildete.

«Wer meine Ma ist, weißt du ja wohl», sagte Lacey.

«Mrs. Edwards?»

«Wie alt bist du?»

«Sechzehneinhalb.»

«Du benimmst dich eher wie fünfzehn.»

«Na ja –»

«Sie ist die Zina auf den Bergdorf-Anzeigen», sagte Lacey und dann: «Du siehst dir doch bestimmt die Bergdorf-Anzeigen an.»

«Nein, eigentlich nicht sehr häufig.»

«Nein», sagte Lacey mit einem Blick auf Tess' Kleid, «anscheinend nicht. Nun ja, sie ist die Künstlerin, die all diese großen eleganten Frauen in Kleidern und Schals und Schmuck und so weiter entwirft. Sie ist die Zina, deren Name immer untendrunter steht.»

«Aha.»

«Hast du *The Fountainhead* von Ayn Rand gelesen?»

«Nein.»

Es kam zu keiner Diskussion; Tess sagte nichts – ein vielfarbiger Bericht über die Bücher und Filme, die man nach Laceys Meinung zur Zeit gelesen und gesehen haben mußte; Tess hatte von keinem der Bücher gehört und keine Filmanzeige gesehen, sie schienen alle entweder im Thalia im Norden der Stadt oder im Art-Kino im Village zu laufen. Sie überlegte gerade, wie intellektuell unterernährt sie Lacey vorkommen mußte, ein richtiges Schäfchen, als Lacey überraschend ihre Hand ergriff und sagte: «Komm, wir wollen runtergehen und es diesen Angebern zeigen; wir wollen runtergehen und schrecklich hochmütig sein.»

Auf der engen Treppe zog sie Tess zu sich heran und flüsterte: «Daß sie all diese Angeber um sich hat, kommt daher, daß sie solche Angst hat, gewöhnlich zu sein.»

Aber zu ihrer Überraschung hatten die Gäste sich verzogen bis auf den schönen Schwarzen, der sich in einer Ecke mit einer Frau unterhielt, die ganz in eine Stola mit Fransen gehüllt war und diese immerfort um sich zog, als fröre sie oder als habe sie Angst.

Zina Edwards und Daddy saßen auf einem Sofa. Daddy drehte Tess den Rücken zu, aber sie konnte an seinen Bewegungen sehen, daß er in der kurzen Zeit, die sie oben gewesen war, mehrere Drinks zu sich genommen hatte und sich gut amüsierte. Er redete überschwenglich und gestikulierte mit den Händen, in der einen Hand das Glas, in der anderen die Zigarette, und Zina schien entweder fasziniert zuzuhören oder kurz vor dem Einschlafen zu sein; die eine Hand mit dem Amethystring berührte das Kinn, die Augen waren schmale Schlitze. Als Tess und Lacey auf sie zukamen, rührte sich keiner von beiden, und Lacey hob ostentativ gelangweilt die Augenbrauen und sagte dann zu ihrer Mutter: «Kann ich einen kleinen Wermut *on the rocks* haben?»

«Nun», sagte Daddy, sich unterbrechend, und wandte sich zu Tess. Sein Gesicht war gerötet. «Und das ist Lucy?»

«Lacey», sagte Lacey und sah Daddy von oben bis unten an. «Würden Sie mir eine Zigarette geben?»

Und Daddy sah überrascht aus, aber Zina sagte: «Ja, sie raucht, manchmal.»

«Du bist wohl schon sehr erwachsen?» sagte Daddy und gab Lacey Feuer.

«Nun, Tess», sagte Daddy, «du hast uns zu lange hier aufgehalten.»

Und in der Halle sagte Daddy zu Zina: «Danke», und hielt ihre Hand zu lange fest.

«Wofür?» fragte Zina. Der Blick, mit dem sie Daddy ansah, sprach nicht dafür, daß er für sie zu gewöhnlich war.

«Eine ganz reizende schöne Dame», sagte Daddy, und Tess kannte diese Stimme. Er gluckste so, als wäre seine Stimmritze voller Sodawasser – es war unverkennbar die Stimme, die Daddy hatte, wenn er ein bißchen betrunken und sexy war.

«Taxi», brüllte Daddy dann, während er die Stufen hinunterstolperte.

Es war alles so schnell vorbei, daß Tess keine Zeit hatte, ein paar passende Worte zu Lacey zu sagen wie Vielleicht können wir uns mal treffen, oder Kann ich dich anrufen? Obwohl Lacey vermutlich schon von zu vielen Freunden in Anspruch genommen wurde. Aber als sie durch das Taxifenster zurückblickte, sah sie Lacey noch immer in der Haustür stehen, und sie schien entleert, geschrumpft zu sein, und im Schein des trauervollen blauen Straßenlichtes sah sie aus wie ein verlassenes mageres Kind in einem von der Heilsarmee abgelegten Abendkleid.

«Wir sitzen so fröhlich beisammen, beisammen, beisammen», sang Daddy, mit dem Arm Tess' Schulter drückend, «und haben einander so lieb.»

Es war komisch. Sonst hätte sie sich eng an ihn geschmiegt und mitgesungen, aber heute starrte sie hinaus auf die vorüberfliegenden Straßenlaternen und hätte fast gesagt: «Ach, sei doch nicht so kindisch, warum mußt du dich immer so kindisch benehmen, wenn du bei jemand Beachtung findest?»

Mama kam in die Halle und schien beunruhigt. «Na, das muß ja eine schöne Party gewesen sein. Du bist schrecklich lange geblieben.

Ich fing gerade an mich ein bißchen zu sorgen, du warst so lange weg.»

«Ja –» Tess begann die Sache mit den verwechselten Mänteln zu erzählen und wo sie die ganze Zeit gewesen waren, aber Daddy räusperte sich und blinzelte Tess hinter Mamas Rücken zu. Sie sollten lieber nichts erzählen.

«Wer war denn alles da?» fragte Mama, Tess in ihr Zimmer folgend. «Hast du dich gut amüsiert, Liebling? Hast du Komplimente für dein Kleid bekommen?»

Im Metropolitan Museum nahm Daddy ihren Arm und sagte: «Komm, gehen wir hier lang und sehen wir uns die frühen Griechen und Römer an.»

Sie hatte sich nie besonders für die Griechen und Römer begeistert; so eine langweilige Gesellschaft, alle glichen einander, und allen fehlte irgend etwas. Der ganze Flügel erschien ihr wie eine versteinerte Katastrophe, als käme sie eine Woche nach dem Vulkanausbruch nach Pompeji; die blicklosen Augen, die fehlenden Hände und Beine, die ungeheuren Torsos und Gesäße ohne Zusammenhang mit dem übrigen Körper, die weggefressenen Nasen. Sie hatte gleich hinaufgehen und ihren Bronzino-Knaben suchen wollen, den schielenden in schwarzem Samt, aber Daddy sagte, gehen wir hier lang und sehen wir uns die frühen Griechen und Römer an. Er hatte ganz bestimmte Vorlieben, Bilder von Rubens und Tintoretto. Heute kam alles ein bißchen unerwartet, auch der Lunch (aus heiterem Himmel: Zieh den Mantel an, wir gehen zum Lunch ins Stanhope und essen als Vorspeise Austern), und als sie dann aus dem Stanhope herauskamen, sagte er: Ach, wollen wir nicht ins Metropolitan hineinschauen, es ist ja gleich nebenan. «Ah», sagte er von Zeit zu Zeit. «Elftes Jahrhundert v. Chr.» – «Hm. Aus der Umgebung von Kreta, sechstes Jahrhundert. Wie gefällt dir das, Tiz?»

Hinter einem riesigen Torso standen Zina Edwards und Lacey.

Er trat einen Schritt zurück, bedeckte in einer übertriebenen Geste seine Augen mit der Hand und sagte: «Nein, was sehen meine Augen!»

Zina war ganz in Schwarz, wie in tiefer Trauer. «Mr. Adams, wenn mich nicht alles trügt», sagte sie mit ihrer kehligen Stimme. Lacey trug schmutzige blaue Jeans und eine Lederjacke. Sie hatte eine dunkle Sonnenbrille auf, vielleicht um ihr Desinteresse an den Kunstwerken zu verbergen.

«Hallo Tess», sagte Lacey. Es war schwer zu sagen, ob sie über ihre Komplicenrolle amüsiert oder verärgert war.

Tess war darüber unbeschreiblich verärgert und böse auf sich selbst, weil sie geglaubt hatte, ihm läge etwas daran, mit ihr allein zu sein.

Aber nun gingen sie und Lacey wie gelangweilte Eltern neben den beiden mittelalten Verschwörern her. Nicht zu fassen, wie übertrieben Zina und ihr Vater sich benahmen!

«Ich habe zu Lacey gesagt, ich möchte heute so furchtbar gern ins Metropolitan –»

«Wir haben gerade drüben im Stanhope gegessen, da sagte ich –»

«So ein Zufall –»

«Ich muß Ihnen doch sagen, wie reizend es neulich abend bei Ihnen war –»

«. . . so überstürzt aufzubrechen –»

So gingen sie voran, gesittet wie ein Pfauenpärchen, traten bald hier-, bald dorthin; ihre Höflichkeit wirkte fast sinnlich.

«Und dies», sagte Zina, als gehöre es ihr, «ist eine hockende Aphrodite.»

«Göttin der Liebe, Schönheit und Fruchtbarkeit», las Daddy und berührte Zina ganz leicht.

«Herakles.» Zina deutete auf eine Skulptur.

«Hast du einen Kaugummi oder Pfefferminz?» fragte Lacey.

«Nein», sagte Tess. Sie sollten ruhig merken, daß es sie ärgerte, benutzt zu werden. Sie sah sich kaum etwas an, und als Zina sagte: «Siehst du, manchmal wurden diese Dinge als Opfergaben in die Höhlen gestellt», sagte sie: «Ach, *wirklich*? Das hätte ich nie gedacht.» Und später, als Zina, die alles (mehr als man hören wollte) über griechische Kunst zu wissen schien, sagte, dieses sei Sostratos, einen *strigil* haltend, warf sie unhöflich ein: «*Was* haltend?» – «Das lateinische Wort für eine Bürste», sagte Zina, und Daddy legte einen Augenblick den Arm um Tess und sagte honigsüß: «Sei kein Spielverderber, Liebling.»

«Als er anrief», sagte Lacey, während sie zurückblieben, «sagte *sie*, er solle zu uns kommen, aber er wollte es so arrangieren, daß wir uns zufällig trafen. Weißt du, ich glaube, sie schätzt seine Anständigkeit und Aufrichtigkeit. Ich glaube, es fasziniert sie einfach, nach all diesen Angebern mit jemand wie ihm zusammenzusein. Mir gegenüber tat sie so, als machte sie sich lustig über ihn. ‹Ob du's glaubst oder nicht: es war dieser alte Spießer›, sagte sie zu mir, und dann ging sie rauf und schminkte sich ab und machte sich ganz neu zurecht.»

«Oh, sie hat dir erzählt, daß er angerufen hat?»

«O ja, sie erzählt mir alles», sagte Lacey.

«Warum hat sie dich mitgebracht?»

«Sie hat mich nicht mitgebracht. Sie könnte mich nirgendwohin bringen, wenn *ich* nicht will. Ich wollte dich sehen.»

Ach so. Tess war geschmeichelt. Lacey mochte sie also. Aber das entschuldigte Daddys Benehmen nicht.

«Sie ist offensichtlich an ihm interessiert», sagte Lacey.

«Na ja, hoffentlich nimmt sie es nicht zu ernst, denn es dauert bei ihm nie lange», sagte Tess und starrte auf eine Skulptur, einen betrunkenen Gott, über dessen Genitalien eine Fliege lief.

Ihr Vater war der geborene Zauberer, und Frauen, besonders solche seines Alters, mißverstanden häufig den kleinen Flirt, für den er ein Talent hatte, und vermuteten ernste Absichten. Oft mußte er sich eilig zurückziehen und sich auf die Etikette besinnen; Miss Brian im Büro war darin versiert, Frauen abzuweisen, Frauen mit scharfen, leidenschaftlichen Stimmen, die absolut wissen wollten, wann Mr. Adams zurück sein würde? Manche riefen in ihrer Verzweiflung in der Wohnung an, und dann wurden sie von Mrs. Adams abgefertigt; bei Amelia van Hoorens-Adams erreichten sie nichts. Ihre Unbestimmtheit war ganz aufrichtig; ihre Zerstreutheit war bodenlos; es wäre durchaus im Bereich des Möglichen gewesen, daß Amelia gefragt hätte: *Welchen* Mr. Adams möchten Sie sprechen?

Was also war diesmal anders?

«Tee?»

Zina tat alles mit konzentrierter Klarheit; sie umriß die Idee des Teetrinkens. «Kommen Sie mit, und trinken Sie bei uns Tee», hatte sie plötzlich im europäischen Flügel vorgeschlagen, als sie alle genug von der Kunst gehabt hatten. Aber wie sie «Tee» sagte, das klang wollüstig, sogar verboten. Sie bereitete ihn in einer silbernen Kanne. «Tee?» fragte sie, und das Wort klang wie dunkler Bernstein. «Rosinentoast?» sagte sie, selbst überrascht, daß sie überhaupt daran gedacht hatte, aber plötzlich wurde Rosinentoast etwas so Köstliches, daß einem das Wasser im Munde zusammenlief.

So schien es mit allem zu sein, was sie sagte und tat; als wäre es ihr gerade in diesem Moment eingefallen. Tee? Rosinentoast? Als ob sie sich ihr Leben im Vorübergehen zusammensuchte. Sie würde genauso sagen können Europa? Liebe? Der Gedanke würde sie entzücken.

Wollen wir ein Feuer machen?

So mußte sie zu diesem weltberühmten Mann gesagt haben: «Wollen wir ein Kind haben?» So sagte sie zu John Adams: «Wollen wir ein Verhältnis haben?» Sie drückte es nicht so direkt aus, sondern vorsichtiger, einfühlsamer. «Wer, glauben Sie, wird dieses Jahr die Meisterschaft gewinnen?» – «Glauben Sie, daß Truman etwas taugt?» – «Glauben Sie an fliegende Untertassen?» Fühlst du für mich dasselbe wie ich für dich?

Und Daddys Fuß ging auf und ab wie der Schwanz einer Katze. Er beugte sich zu ihr, Ellbogen auf einem Knie, die Tasse in der Hand, und leitete alles ein mit «Ich möchte Sie folgendes fragen . . .» oder «Ich nehme an, Sie sind wie ich . . .», und nichts konnte verräterischer sein, dachte Tess, als daß ihr Vater sich gegenüber Zina so formell benahm. Der Unterschied zwischen dieser Dame und anderen

Damen war, daß Daddy ausnahmsweise nicht führte, sondern geführt wurde und daß es ihm gefiel.

Und Tess war noch nie einer Frau begegnet, die so sexy war wie Zina Edwards; selbst ihre Hände, die groß und häßlich waren (das einzige Plumpe an ihr): es waren die Hände einer schwedischen Masseuse, und irgend etwas an ihnen ließ einen an Sex denken.

Das Dämmerlicht verdichtete sich und wurde dunkelblau, und sie saßen und spielten ihr Spiel «Sollen wir ein Verhältnis anfangen?», bis (vielleicht auf ein geheimes Zeichen hin) Lacey sagte: «Tess, wollen wir uns zusammen *Les Enfants du Paradis* ansehen?» Ja, gern, sagte sie, irgendwann diese Woche? «Nein, jetzt», sagte Lacey. Ach nein, jetzt nicht, rief sie.

«Lauf nur, Liebling», sagte Daddy. «Hier sind fünf Dollar, damit du dir ein Taxi nach Hause nehmen kannst.»

«Einen Drink?» sagte Zina, während die Mädchen ihre Mäntel anzogen.

Tess fand *Les Enfants du Paradis* zu lang; sie konnte nur schwer folgen und ihre Gedanken nicht auf die Untertitel konzentrieren.

Es war, als wäre sie wieder ein Kind und jemand hätte in einem überfüllten Laden ihre Hand losgelassen, wäre einfach weggegangen und hätte sie alleingelassen. Ihr war sonderbar zumute, und sie schloß ihre Schlafzimmertür, so daß er klopfen mußte, und dann war sie böse und gekränkt, als sie ihn, ohne zu klopfen, vorbeigehen hörte. Er schien jetzt so gedankenverloren.

Sie nahm seine Briefe heraus, die er ihr damals ins Internat geschrieben hatte.

Mein Liebstes, nun sind wir wieder zu Hause, nachdem wir Dich dorthin gefahren haben, und die Wohnung kommt mir so groß und leer vor ohne Dich. Ich habe einen Blick in Dein Zimmer geworfen, und siehe da, es war nichts weiter da als ein großer, gelber Mond, der durchs Fenster schaute, und ein großer, einsamer Daddy.

Tizzie, mein Liebling, ob Du mir fehlst? Habe ich Dir nie von dem schrecklichen, bösen, grausamen Zahnarzt in Tarrytown erzählt? Also: als ich ein kleiner Junge war, hatten wir diesen Zahnarzt Dr. Ringgold (Dr. Ringwurm hätte besser gepaßt), und der pflegte zu mir zu sagen: «Johnnie, ich muß bohren, und weil der Nerv an einer so dummen Stelle liegt, kann ich dir vorher keine Spritze geben», und dann bohrte er genau auf dem Nerv und immer weiter, und dabei beobachtete er mich, ob ich bald Zetermordio schreien würde, und ich hielt mich an den Armlehnen des Stuhles so fest, daß ich sie beinah abgerissen hätte, nur um nicht zu stöhnen, und so versuche ich jetzt nicht darüber zu weinen, daß mir mein kleines Mädchen so fehlt.

Liebe Miss Adams, ich möchte Sie um einen großen persönlichen Gefallen bitten. Unter Aufwendung erheblicher Mühe und Unkosten habe ich zwei Karten (Orchestersitz dritte Reihe) am Abend des Thanksgiving-Tages für die neue Rogers (falsch geschrieben) und Hammerstein-Revue erworben. Zuverlässigen Informationen gemäß werden Sie in der betreffenden Woche in New York sein. Ich möchte Sie ergebenst fragen, ob Sie sich entschließen könnten, mich an dem genannten Abend zu begleiten (wenn Sie nicht bereits von Einladungen überschwemmt sind) und vorher mit mir im Edwardian Room des Plaza Hotels zu Abend zu essen. Ihr aufrichtiger und ergebener Bewunderer

John Purvis Adams

Nun, Tess, ich kenne nicht alle Tatsachen hinsichtlich Deines Streites mit diesem Mädchen Sheila Hipple (?) (Ich kann Deine Schrift nicht lesen, Du scheinst beim Schreiben des Briefes sehr verkrampft gewesen zu sein), aber es scheint mir klar zu sein, daß Du den Kampf gegen sie verloren hast. Nun ist es nicht das Wichtigste, ob Du in einem dummen Streit mit diesem Mädchen gewonnen oder verloren hast, sondern (so scheint mir) daß Du keine eigene Überzeugung hattest und Dir anderer Leute Ideen über das Thema ausgeborgt hast, und so hat sie Dich geschlagen, und Du wurdest wütend, Liebling, borge Dir nie *anderer Leute Meinungen, ohne sie erst auszuprobieren oder wenigstens in bezug auf Dich selbst zu durchdenken. Damit setzt Du Dich immer unerwarteten Argumentationslücken und Widersprüchen aus, die Dich nicht nur in einer Auseinandersetzung verlieren lassen, sondern auch Dein Selbstvertrauen erschüttern. Außerdem ist es pure Faulheit. Um Gottes willen, bilde Dir Deine* eigene *Meinung und bleibe dabei. Ich liebe Dich. Daddy*

Tessilein, du bist so fern
Wie ein blanker Himmelsstern.
Hält sie sich vor mir verborgen?
Nicht ein Wort seit Montag morgen.

Es erinnerte sie daran, wie sie – vielleicht absichtlich – krank wurde in dieser verhaßten Schule mit ihren öden grauen Räumen und zugigen Korridoren und wie er, als sie eine Nachricht für ihn durchgeschmuggelt hatte, kam und gegen die Vorsteherin und den Schularzt wütete, als sie mit ihren Vorschriften anfingen, und er brüllte, der Teufel hole

Ihre Vorschriften, das ist mein Kind, und er hob sie dramatisch aus dem Bett und trug sie im Nachthemd auf seinen Armen hinunter und mitten durch die Haupthalle, wo die Mädchen sich zum Abendessen versammelt hatten, trug sie, den Kopf an seine Brust gekuschelt, zum Wagen.

Aber wenn sie jetzt vielsagend ihre Schlafzimmertür schloß, reagierte er nicht; wenn er sie in der Halle traf, sah er sie nur leicht überrascht an und sagte etwas abwesend: «Hei Liebling», oder «Hallo, meine Tiz.» Jetzt, in dieser unglaublich kurzen Zeit, seit es Zina Edwards gab, war ihr Vater einfach nicht mehr ihr Vater. Und wenn sie an Wochenenden wie üblich in das große Haus nach Bedford fuhren, schien er keinen Spaß daran zu haben; er brauste wie ein Sturmwind durch die Berge und verriet sich ständig, indem er Dinge sagte wie: Oh, ich glaube, wir sollten heut kein Feuer machen, ich muß nämlich heute abend zeitig in die Stadt zurück. Sie sah, wie er vor Ungeduld brannte, zu Zina zu kommen. Manchmal, so unglaublich es war, fuhren sie am Wochenende gar nicht mehr nach Bedford; unerklärliche Geschäfte hielten ihn in der Stadt zurück.

Sie sah, daß er tief in sein Glück versunken war (oder war es Schwermut, und wenn ja, waren beides dieselben Gefühle?), wenn er am Eßtisch saß, mit den Fingern aufs Tischtuch trommelte und auf etwas starrte, das tausend Meilen weit weg war und von wo er nur mühsam wieder zurückfand. Oh? sagte er oder Hm, oder er fragte sie «Wie ging es heute?», während er, ihr den Rücken kehrend, am Fenster stand und den Schnee um die Laternen der Einundsiebzigsten Straße wirbeln sah.

Na ja, sagte sie, sie habe hierin ein A und darin ein B bekommen, sie konnte ihm nicht beschreiben, wie schlecht sie in Algebra war und daß der Algebralehrer denkbar unfähig war und außerdem ihrer Meinung nach ein Sadist. «Aha», sagte Daddy und «Hm».

«Na ja», sagte sie, «und dann bin ich zwischen Geographie und Französisch auf dem Korridor ausgerutscht, und es war eine sehr, sehr tiefe Wunde, die sich entzündete, und da mußten sie mir das Bein abnehmen.»

«Hm. Wie nett, mein Süßes.»

Sie warf ein Buch nach ihm. Verfehlte ihn. «Spar dir die Mühe, zuzuhören», kreischte sie.

«Doch, ich höre ja. Ich *höre*. Ich will, ich will.»

Später: «Entschuldige, Liebling, Engel. Verzeihst du mir? Daddy hat ein geschäftliches Problem im Kopf.» Dicker Kuß auf den Nacken. «Verziehen?»

«Verziehen.»

Sie wurde regelrecht zur Korruption gezwungen. Sie registrierte nicht nur seine Lügen; sie spionierte, sie belauschte ihn. Sie kam nach Hause, und während sie ihre Schneestiefel auszog, hörte sie ihn an dem Nebenapparat telefonieren, der in dem kleinen Raum stand, wo immer die Mäntel und Schirme von Gästen untergebracht wurden. Hinter der geschlossenen Wohnzimmertür übte ihre Mutter, die sich für ein Konzert vorbereitete, und die tiefen Cellotöne klangen wie ein Weinen und Trauern über das, was Daddy sagte. Wie er sagte: «Aber wirklich? Ganz bestimmt?» Sagte: «Mein ganzes Leben lang.» Während Tess sich an die Wand drückte, wie sie es bei Lauschern im Film gesehen hatte, die gespreizten Hände an die Wand gepreßt, und ihn sagen hörte: «Mein Liebling, liebste Frau, es ist die Hölle; für mich ist es auch nicht leicht, den ganzen Tag meinen Geschäften nachzugehen, das kann ich dir sagen.» So ging es immer weiter, er schüttete seine Ekstase oder sein Unglück aus, während Mama ihn die ganze Zeit hinter der geschlossenen Wohnzimmertür auf ihrem Cello begleitete. Der tiefe, traurige Klang des Cellos schwebte und pulsierte über Daddys Stimme, die sagte: «Weil mich noch nie im Leben etwas so angerührt hat, noch nie», und hinter Daddys halbersticktem Geflüster: «Ach, liebste Frau, liebste Frau.» Die ganze Zeit stand Tess flach an die Wand gedrückt und lauschte.

So gemein und kriecherisch kam sie sich vor, so schmutzig, wenn sie in seinen Liebesgeschichten herumschnüffelte. War es das, was sie so böse machte? Sie war bleich vor Wut. Sie wünschte ihm den Tod. Nein, das ging zu weit. Sie wollte ihn für sich allein haben. Sie wünschte ihm . . . nun, eine *Krankheit.* Eine ansteckende Krankheit, sagen wir Gelbsucht, und da sie mit neun Jahren Scharlachfieber gehabt hatte, war sie wahrscheinlich immun und die einzige, die ihn pflegen konnte. Tag und Nacht würde sie nasse Tücher auswringen, um seine Fieberhitze zu kühlen, nächtelang an seinem Bett sitzen und ihm Kühlung zufächeln, und alle würden sagen du *mußt* dich ausruhen, du *mußt* ein bißchen schlafen, Tess, kein Mensch hält das aus, wie du, achtundsechzig Stunden ohne ein bißchen Schlaf, ohne auch nur einmal die Kleider zu wechseln oder die Schuhe auszuziehen. Sie würde sie alle wegscheuchen, ihn fächeln, fächeln, bis das Fieber zurückging, die Krise überstanden war und er in friedlichen Schlaf sank, und wenn er dann die Augen aufschlug, würde er sie sehen und die Arme nach ihr . . .

«Hallo?»

«Hier ist Lacey.»

«Hei.»

«Hör zu, ich werde weggeschickt.»

«Wohin?»

«Frankreich.»

«Wozu? Warum?»

«Na ja, du weißt doch, warum. Angeblich soll ich vier Monate bei einer französischen Familie leben, um fließend sprechen zu lernen.»

«Französisch?»

«Nein, Chinesisch.»

«So plötzlich?»

«*Oui.* Ich habe zu ihr gesagt: ‹Oh, ich durchschaue dich, Mutter. Also verschlimmere die Heuchelei nicht noch, indem du so tust, als handelte sich's nur darum, mein Französisch zu verbessern.› Na ja, sie können sich nicht länger in der Stanhope-Bar treffen und dann in irgendeine Absteige gehen, die er da oben in den neunziger Straßen hat; ein Freund hat ihm die Wohnung geliehen. Sie sind so gereizt, man kann's ihnen nicht verdenken, es ist ziemlich scheußlich, und *sie* ist so etwas gar nicht gewohnt . . . Hallo?»

«Ja, ich bin hier.»

«Dachte schon, wir wären getrennt. Jedenfalls habe ich zu ihr gesagt: ‹Es ist dasselbe wie mit mir. Du wolltest mich nicht um meiner selbst willen, sondern weil ich von *ihm* war.› Du weißt schon. Der und der, dessen Namen ich dir nicht sagen darf. Ich habe ihr gesagt, daß sie mich mein Leben lang nur ausgenutzt hat, weil ich das Kind dieses Menschen bin und sie immer daran denken kann, wie wunderbar es war, daß sie *ihn* gehabt hat. Ach, ich sage dir, *les parents sont merdes.*»

Lacey fuhr also weg, und Daddy schenkte Mama einen Ring mit Perlen und Saphiren. Mama nahm ihn irgendwie unentschlossen entgegen und sagte: «Aber Jack, aber Jack, das ist sehr lieb, aber du hättest wirklich nicht so verschwenderisch sein sollen, gerade jetzt, wo du all die Ausgaben für mein Konzert hast . . .» Dann steckte sie den Ring an und betrachtete ihn ohne Begeisterung, etwa so wie ein Mädchen, das sich widerwillig mit dem einzig vorhandenen Verehrer verlobt hat; Mama sah aus wie ein trauriges Mädchen, das sich mit dem Besten, was es kriegen kann, abfinden muß, was bei Mama natürlich nicht der Fall war. Sie betrachtete den Ring mit merkwürdiger Resignation, und dann begegnete Tess Daddys Blick, und er hatte die Grausamkeit, die unglaubliche Unverschämtheit, ihr zuzublinzeln, so daß sie würgen mußte, um nicht herauszuschreien, daß der Ring nichts weiter als der Ausdruck seines schlechten Gewissens sei, weil er wahrscheinlich den ganzen Nachmittag mit Zina im Bett gelegen hatte.

Aber als er dann sagte (und er war in ungeheuer aufgeräumter Stimmung): «Mein Gott, es macht mich fuchsteufelswild, diese Sache mit General Motors, daß die auf diese Weise davonzukommen versuchen; also, das sind doch von A bis Z Lügen und Korruption –»

«Jesus Christus», explodierte Tess, «wer ist denn da auf einmal so moralisch!»

Und Daddy sagte: «Steh auf und geh raus. Ich will so etwas nicht von dir hören, weder bei Tisch noch sonstwo. Hast du gehört?»

«Ich habe gehört», sagte sie, stand auf und ging hinaus.

«Nie wieder. Hast du gehört?» brüllte er. «Du bleibst in deinem Zimmer, bis du in der Lage bist, dich anständig bei mir zu entschuldigen.»

Komisch war, daß ausnahmsweise Mama einmal kam, um sie zu trösten.

«Liebes», sagte Mama, «fehlt dir irgendwas? Tess, ich glaube, was dich so aufregt, sind diese ständigen schlechten Zensuren.»

Ach, Mama, hätte sie gern gesagt, ich fühle mich verraten.

«Oder hast du Kummer, Liebes?»

«Nein, ich finde ihn bloß zum Kotzen.»

«Aber warum? Weil wir Weihnachten nicht nach Bermuda fahren?»

«Nein.»

«Aber Tess, du bist ungewohnt heftig, und was das Fluchen betrifft, so hat er doch völlig recht. Fluchen ist unschön, Liebes, unter allen Umständen. Aber was in aller Welt fehlt dir, Tess? Wenn du es mir doch sagtest.»

Sie hätte Mama gleich ihr Herz ausgeschüttet, wenn sie es über sich gebracht hätte, ein Judas zu sein und Daddy zu verraten, aber dann sah sie die besorgten Augen ihrer Mutter; Mama beugte sich zu ihr, aber während sie noch auf eine Liebkosung wartete, streckte Mama die Hand aus und griff nach dem Vorhang hinter ihr, betrachtete ihn prüfend und sagte: «Weißt du, daß dieser Vorhang verkehrtherum hängt? Ich dachte, das hier wären kleine Girlanden, aber es sind ja Seepferdchen, die auf dem Kopf stehen. Stell dir vor! Und wir haben es nie bemerkt. Also, es ist mir unbegreiflich, daß die Firma Altman solche Fehler machen kann.»

Hohoho, lachte Mama, während sie hinausging, Mamas seltenes Lachen (für gewöhnlich hinter der entschuldigend vorgehaltenen Hand), und Was? Was? sagte Daddys Stimme gereizt. «Oh, Jack, wir haben gelacht, weil der Vorhang bei Tessie jetzt seit mindestens zwei Jahren verkehrtherum hängt. Ach, ist das nicht komisch? Die arme Tess, mit einem verkehrtherum hängenden Vorhang, und wir haben es nicht einmal bemerkt.»

Einmal im Jahr gab Mama ein Konzert. Das war ein Geschenk von Daddy an Mama. Etwa einen Monat zuvor wurde es unter der Fülle von Annoncen auf der Konzertseite der *New York Sunday Times* angekündigt: «*Amelia van Hoorens, Cello.* Carnegie Recital Hall,

Dienstag, 8. Dezember, pünktlich 8 Uhr 30. Werke von Reger, Bach, Korda, Bloch. Karten zu vier, drei und zwei Dollar.» Etwa zwei Drittel des kleinen Konzertsaales war immer besetzt. Mama wußte nichts davon (nahm man an), daß Daddy diese Plätze bezahlte, daß er telefonierte, sanft drängte, erpreßte. Freunde und Bekannte kamen im Abendanzug, und dazwischen saßen Leute, von denen sie wußten, daß sie musikalisch, aber arm waren und ihr Leben in Hinterhauswohnungen und billigen Pensionen fristeten und auf jede Einladung warteten, die ihnen wie ein Knochen vorgeworfen wurde. Programme mit einem Foto von Mama auf der Titelseite wurden gedruckt, und Avery Marchbanks wurde als Begleiter engagiert und kam ungefähr einen Monat lang täglich zu Mama zum Üben, und dann folgte er ihr aufs Podium, als hätte er brandige Füße und stand scheu daneben, während Mama sich dreimal schnell und knapp verbeugte. Der Applaus der Freunde war zu laut und freigebig – so als wäre Mama Pablo Casals. Er wurde von Daddy angeführt und dauerte bei ihrem Auftreten und nach jeder Nummer mindestens anderthalb Minuten. Dann setzte sich Mama und stimmte ihr Instrument und wartete, bis sich das Husten und Stühleknarren gelegt hatte. Dann geschah etwas Merkwürdiges. Mama wurde schön. Mamas langes schmales, schuldbewußtes Gesicht wurde schön, und bei den ersten klagenden, vollen Klängen wurde Mama von einem Traum davongetragen, den sie früher einmal gehabt hatte.

Mama hätte nach Leipzig oder Salzburg gehen sollen, nachdem sie bei Juilliard Examen gemacht hatte. Alle hatten das gesagt. Aber Mama heiratete den großen John Adams, der keine Melodie behalten konnte, nicht einmal den «Yankee Doodle». Es war köstlich, Daddy von der Seite zu beobachten, die Beine übereinandergeschlagen in den Abendhosen mit Satinstreifen, ein bißchen schwitzend im steifen Oberhemd, schön rasiert und parfümiert und gekämmt und rosig, die Brille auf der Nase, so daß er das Programm lesen konnte, um sich dann, das Programm in der Hand, zurückzulehnen und die aufmerksame Miene des Musikliebhabers aufzusetzen. Und wenn der letzte seelenvolle Ton dahinstarb und Mama so still saß, als wäre auch sie in dieser letzten Sekunde der Trennung von ihrem Traum gestorben, den Kopf gesenkt, Hand und Bogen noch auf der Saite, während der Begleiter eine Hand über dem sterbenden Klavierton schweben ließ, herrschte absolute Stille, bis Daddy (immer) *Unnk* brummte. *Unnk*, brummte Daddy, was man in «Schöner als sich in Worte fassen läßt» übersetzen könnte, und die Freunde brummten auch etwas und wandten sich nach rechts und nach links, *Unnk, Unnk*, dann brachen sie in Beifall aus, während Mama erschrocken zu sich kam und unvermittelt ihr Cello ansah, als hätte sie es gerade in einem Bus gefunden.

Und Mamas Mama, Großmutter van Hoorens, war zu beduselt

(Tante Rosines Ausdruck) gewesen, um zur Hochzeit zu kommen, und hatte sich wegen schwerer Bronchitis entschuldigen lassen. Jedermann in diesem Teil Pennsylvaniens wußte, daß Mrs. van Hoorens trank und daß Mama aus diesem Grunde bis zum heutigen Tag nie etwas getrunken hatte, nicht ein einziges Mal in ihrem Leben, nicht einmal am Silvesterabend oder bei ihrer Hochzeit, und so betrachtete man es als eine Laune von ihr, daß sie den Sohn eines der größten Scotchimporteure des Landes erwählte, mit dem sie ohnehin nicht viel gemeinsam zu haben schien. Genauso lächelte man über ihre Feldzüge gegen die Wild- und Fasanenjagd in ausdrücklich freigegebenen Jagdgebieten. Alles, was Tess von Mamas Jugend wußte, wie sie Daddy kennengelernt hatte und von Juilliard und so weiter, stammte von Mamas älterer Schwester Rosine, die alles, was Mama je getan hatte, mit scheinbarer Begeisterung, ja mit Genuß erzählte, wobei sie sich ununterbrochen wie ein Kätzchen mit ihrer kleinen Zunge über ihre kleinen Vorderzähne fuhr und hin und wieder zuckte und eine Zigarette nach der anderen paffte. So begabt, sagte Tante Rosine, so diszipliniert, so talentiert. Es war klar, dachte Tess, daß Tante Rosine Mama verabscheute.

Und in dem Jahr, als Mama bei Juilliard Examen gemacht hatte und alle sagten, sie solle in Leipzig studieren, kam sie zu Weihnachten und Neujahr nach Hause, und eben damals kam Jack Adams zu Bunces auf Besuch, und mit seinem stattlichen Aussehen und der Tatsache, daß er eine «gute Partie» war, verursachte er erhebliche Unruhe und wilde Hoffnungen unter den Mädchen und Müttern von Coleville. «Dein Vater war damals – und bis zu einem gewissen Grade ist er heute noch – der bestaussehende Mann, den ich je gesehen habe, und vielleicht der allercharmanteste», sagte Tante Rosine, kolossale Rauchwolken ausstoßend, und ihre Äuglein verengten sich vor Vergnügen über die kleinen Ironien des Lebens, denn «alle Mädchen überstürzten sich bei den Parties und Lunches, um seine Aufmerksamkeit zu erregen, und das Komische war – hahaha, oh, ich muß lachen, wenn ich daran denke –, daß er es auf *mich* abgesehen hatte. Oh, hohohoho, und ich interessierte mich gar nicht für ihn, und alle hübschen Mädchen in Coleville lagen ihm buchstäblich zu Füßen, und dann, wer kommt daher und schnappt ihn weg? Meine kleine Schwester. Mein kleines Vögelchen, meine Schwester Amelia.» Tante Rosine kicherte und wiegte sich vor Vergnügen und umschlang sich selbst mit ihren dünnen Armen. «Ganz einfach so. Die Leute wollten ihren Augen nicht trauen. Ach, was war das für ein Spaß.»

Na ja, aber das einzig Traurige daran, das Haar in der Suppe sozusagen, war diese schändliche Vergeudung von Mamas Talent, sagte Tante Rosine. Mama war so furchtbar begabt und wäre weltberühmt geworden, und das gab sie alles auf, um diesen großen, netten, vergnügten Jack Adams zu heiraten. Nun ja, sie hatte es nicht anders gewollt. Aber welch eine Vergeudung.

«Schändlich», sagte Tante Rosine. «Geradezu ein Verbrechen. So begabt, wie sie war. Nun, ich nehme an, sie hat es nie bereut . . .»

Bis auf . . .

Bis auf diese sonderbare Sache in Mailand. «Ich habe dir wohl nie davon erzählt, oder doch?» fragte Tante Rosine. Wie Tante Rosine mit Mama und Daddy nach Europa fuhr, als Tess ungefähr sechs war und bei Tante Gretchen gelassen wurde? Sie hatte erst nicht mitfahren wollen, sagte Tante Rosine, aber Daddy hatte darauf bestanden, ihr geradezu befohlen, sie müsse mitkommen, weil sie einen «dummen kleinen Nervenzusammenbruch» gehabt hatte, und außerdem «haben Jack und ich uns immer gut vertragen, und ich war jemand, mit dem er ein Gläschen trinken und Späßchen machen konnte, während Mama nichts trank und immer und ewig in *Konzerte* gehen wollte.» Tante Rosine und Daddy schienen in vielen Bars gesessen und viel Spaß miteinander gehabt zu haben. Ja, und dann in Mailand, da verschwand Mama. An dem Tage, als sie nach Zermatt abreisen wollten. Zunächst glaubten sie, sie wäre weggegangen, um in letzter Minute Seife oder dergleichen zu kaufen. Aber sie kam nicht zurück. Sie mußten einen Zug abfahren lassen, dann den nächsten. Sie waren außer sich. Sie liefen herum und suchten in Straßencafés und Läden. Gegen Abend ließen sie den Hotelportier bei der Polizei und den Krankenhäusern anfragen, ob eine amerikanische Dame einen Unfall gehabt habe. Dann, gerade als sie den amerikanischen Vizekonsul in seiner Wohnung zu erreichen versuchten, war Mama seelenruhig in die Hotelhalle hereinmarschiert und hatte sich ein *gelato* bestellt, ebenso kühl wie das Eis und ohne jede Erklärung, während Daddy, ohne sich um die glotzenden Italiener zu kümmern, sie einerseits wütend, andererseits erleichtert immer wieder bestürmte, was zum Kuckuck sie sich dabei gedacht habe, ihn so bis zum Wahnsinn zu ängstigen, ganz zu schweigen davon, was sie der armen Rosine angetan habe, die gerade einen Nervenzusammenbruch überstanden hätte, warum bloß, und welcher Teufel sie geritten habe? Und nachdem Mama eine Zeitlang nichts weiter gesagt hatte als Es tut mir leid, Jack, Es tut mir leid, und Ich kann nur sagen, es tut mir *leid,* erklärte sie schließlich: «Ach, ich wollte nur für ein paar Stunden sehen, wie es hätte sein können, wenn ich mein eigenes Leben gelebt hätte.»

Tante Rosines Augenbrauen verzogen sich, als ob sie sagen wollte: Wahnsinn, Selbstmord. Sagen wollte: Ja, wenn man mit John Adams verheiratet ist . . .

Sie wartete mit einem Sprichwort auf, das sie für eine Eigenerfindung und nagelneu zu halten schien – Sprichwörter gefielen ihr so gut.

Na ja, Tess, wie man sich bettet, so liegt man.

Tante Rosine starb an einer Fischgräte, die ihr im Hals steckenblieb; das passierte in einem Restaurant in New Orleans, einer Stadt, die sie ohnehin nicht gemocht hatte, und Mama hatte seitdem nie wieder etwas Ungewöhnliches getan.

Nie wieder war sie geflüchtet außer in die Musik, so wie jetzt, wo sie weit weg war, in der Sonate von Korda.

Ihre Arme bewegten sich so über das Cello, wie Liebende einander mit den Händen streicheln, stellte Tess sich vor, und sie bemerkte, daß Daddy nach rechts hinüberstarrte, denn jenseits des Mittelganges hatte Zina Edwards sich verspätet hereingestohlen, ganz in Silber mit einem silbernen Turban (zu elegant für den kleinen Carnegie Konzertsaal), und hatte Daddy ihr Gesicht zugewandt, und obwohl Tess sein Gesicht nicht sehen konnte, las sie in Zinas Gesicht, daß das, was sie einander sagten, etwas Reales und Ungeheures sein mußte, so stark, daß sie davon Herzstiche bekamen wie vom Atmen bei Frostwetter, und es ging Tess blitzartig auf, daß es etwas Aufrichtiges und Verzweiflungsvolles und Hungriges war und daß sie vielleicht durchs Leben gehen und nie eine solche Liebe haben würde, wahrscheinlich war das selten, und der Gedanke schoß ihr in den Kopf wie eine Flamme und erschreckte und erboste sie derart, daß sie, als sie sich wieder dem Podium zuwandte, drei Mamas drei Celli spielen sah.

«Ich habe sie einfach nicht beachtet.»

«Sehr unhöflich von dir. Ich habe es bemerkt.»

Sie machten reinen Tisch. Tess war wütend.

«Sie zu Mamas Konzert einzuladen . . .»

«Tizzie.»

«Vor Mamas sämtlichen Freunden.»

«Tiz-*zie.*»

«Und ihr den Hof zu machen, während meine arme Mutter –»

«Hör auf», sagte er und hob einen Finger. «Hör auf so zu tun, als würdest du dich aus Sorge um deine Mutter so aufregen.»

«Zufällig muß ich mich um meine Mutter sorgen.»

«Dann wollte ich, du würdest es ihr mehr zeigen.»

«Oh, das ist großartig, aus deinem Munde.»

«Ich meine, du sollst dich nicht in eine Wut gegen mich hineinsteigern und so tun, als regtest du dich wegen Mama auf. Ich höre mir kein hochtrabendes Geschwätz über Mama an. Du bist wütend über mich und Mrs. Edwards. Stimmt's?»

«Ach, es ist mir total schnuppe, was du machst, Vater.»

«Nun hör zu, mein Schatz, hör zu, ich nehme dir diesen Unsinn nicht ab. Du bist wütend über mich und Mrs. Edwards, stimmt's?»

«Es geht mich nichts an, was ihr macht, du und Mrs. Edwards.»

«Sehr richtig. Trotzdem bist du wütend, stimmt's? Antworte mir.»

«Na ja, ich finde es ziemlich schäbig von dir.»

«Ja, das habe ich gewußt, aber ich danke dir für die ehrliche Antwort, denn was *dich* wütend macht, geht dich und mich direkt an. Würdest du es besser finden, wenn ich es Mama sagte?»

«Ich weiß nicht.»

«Wäre es für Mama besser, wenn sie es wüßte?»

«Ich weiß nicht. Vermutlich nicht.»

«Was würde es nützen?»

«Ach, bei dir klingt es so, als wäre es völlig in Ordnung, so weiterzumachen; bei dir klingt alles sehr schön.»

«Du willst mich zerknirscht am Boden sehen, Liebling, ich soll eine Menge – eine Menge heuchlerische Lügen erzählen. Das werde ich nicht tun, Kleines, denn ich bereue nichts.»

«Nein, du tust nie etwas Unrechtes.»

«Tessie, Tessie, ich tue sehr großes Unrecht, ich bin egoistisch, ich bin egoistisch und verlogen, und da du es anscheinend wissen willst: ich gedenke es auch weiterhin zu sein.»

«Oh, daran zweifle ich nicht.»

«Ohne Entschuldigungen, verstanden?»

«Verstanden.»

«Wolltest du das wissen?»

«Zum Teil. Ich dachte mir, daß du etwas in der Art sagen würdest.»

«Ich will nicht betonen, daß es mir sehr viel lieber gewesen wäre, wenn wir diese Aussprache, wie du es nennst, hätten vermeiden können.»

«Kann ich mir denken, ich habe sowieso nichts mehr zu sagen, also –»

«Einen Augenblick, bitte.»

«Ich will nicht mehr hören, was du noch dazu zu sagen hast, Punkt – nichts mehr.»

«Tu mir bitte den Gefallen und setz dich wieder hin, bis ich fertig bin, Tess.»

«Aber gewiß.»

«O Gott. Laß es mich also so ausdrücken. Würde es dir etwas ausmachen, mich nur für eine Minute anzusehen? Danke. Laß mich nur eines sagen, Kleines, und ich werde nie wieder etwas darüber sagen. Wenn ich mein Leben noch einmal zu leben hätte und wenn dieses . . . diese Sache wieder in mein Leben träte, würde ich alles wieder genauso machen. Aber meine Liebe zu dir würde nicht davon berührt werden und wird es auch nie werden. Du bist mein liebstes bestes Mädchen, und niemand kann daran etwas ändern, aber es ist ein solches Wunder, was mir da geschehen ist, du kannst nicht wissen, wie das ist, wenn jemand in dein Leben tritt zu einer Zeit, wo man glaubt, daß nichts mehr passieren wird und daß man vielleicht das

Beste versäumt hat, und es tut mir leid, wenn es dich so aufregt, aber es ist mit nichts zu vergleichen, was ich je vorher erlebt habe, nicht einmal mit Mama, die ich in einer ganz anderen Weise liebe, ob du es glauben willst oder nicht. Siehst du, dies ist etwas, wovon ich nie gedacht hätte, daß es passieren könnte. Ich bin ganz offen zu dir, Liebstes, und ich bitte dich, versuch ein bißchen Verständnis aufzubringen. Nur weil es dir auch eines Tages passieren kann. Ich hoffe sogar, daß es dir passiert.»

«Fertig, Vater?»

«Nun, meine Liebe, hier möchte Sie jemand begrüßen», sagte die Vorsteherin, die plötzlich um die Ecke in das häßliche kleine Besuchszimmer hereinfegte, wo Tess und Lacey saßen.

«Hier ist jemand, der Ihnen etwas sagen möchte», sagte die Vorsteherin und ließ ihr kaltes Lächeln auf Tess herniederregnen. Die Vorsteherin trat in den Flur und klatschte zweimal in die Hände. «Doyle», sagte sie. «Kommen Sie.»

Doyle? Tess kannte keinen Menschen namens Doyle. Es war ziemlich erschreckend, wie sie einem irgendwelche Leute aufdrängten; man mußte auf der Hut sein, denn heutzutage spielte man den «alten» Leuten unter dem Vorwand der Unterhaltung allerlei unangenehme Streiche. Häufig wurden sie früher als erwartet «aufgerufen», und man sagte ihnen, sie führen an einen hübschen Ort, wo sie in altmodischer Art picknicken oder Unterhaltungsmusik vom Band hören würden, um später zu entdecken, daß sie in dem Bus zur Sterbekammer saßen und daß sie nicht einmal von ihren Angehörigen hatten Abschied nehmen dürfen.

«Fettarsch», brummte Lacey mit einem Blick auf die Vorsteherin, die jetzt mit einer uniformierten, stämmigen, etwa fünfzigjährigen Frau mit verblichenem rotem Haar zurückkam.

«Das ist Doyle», sagte die Vorsteherin. «Möchte Sie begrüßen.» Die Vorsteherin ließ sie allein.

«Ich bin Eunice», sagte Doyle.

«Ach, *Eunice*, ich habe Sie gar nicht erkannt. Wie viele Jahre ist es her, meine Liebe.» Eunice hatte bei Tess und Elton gearbeitet. War als Küchenmädchen zu ihnen gekommen, als sie etwa fünfzehn war. Sie hatte bei größeren Gesellschaften beim Servieren geholfen und die Wäsche besorgt. Blusen hatte sie geradezu engelhaft gebügelt. «Ach, Eunice», pflegte Tess, das Kunstwerk bewundernd, immer zu sagen, «wie Sie die Blusen bügeln – fast möchte ich sie gar nicht anziehen.»

Nun rief Eunices Anblick bei ihr merkwürdige Gefühle wach. So seltsam es war, die Wäscherin, eine Stundenhilfe, an die sie sich kaum erinnerte, rührte an eine wunde Stelle. Sie schüttelte Eunices rote Hand. «Ach, Eunice», sagte sie, «wie nett, Sie zu sehen. Ach, wissen Sie noch, unsere Gesellschaften? Wissen Sie noch, wie wir immer die gelben Röschen für die Tischdekoration gepflückt haben?»

«Ich hab Sie reinkommen sehen», sagte Eunice. Sie hatte die farblose Stimme dieser institutionellen Zeit bekommen. Als das Hauspersonal abgeschafft wurde, war sie auf eine Schule für soziales Verhalten gegangen, hatte die Abschlußprüfung (wie sie Tess stolz erzählte) bestanden und durfte sich nun Dienerin nennen – das Wort hatte nichts mehr von seinem früheren verächtlichen Beigeschmack.

«Sie waren sehr freundlich zu mir», sagte Eunice.

«Ach, Eunice, Sie haben doch zur Familie gehört.»

«Ja, ich erinnere mich, daß Sie mir Kleider und alles mögliche geschenkt haben.»

«Ach, Eunice.»

«Und wie oft sind Sie früh aufgestanden, um mich zur Frühmesse zu fahren.»

«Ach, nicht der Rede wert.»

«Ich erinnere mich noch an die Bälle. Ach, Sie haben schöne Bälle gegeben, Mrs. Bracken.»

«O ja, das haben wir wirklich.»

«Und Ihre alte Mutter hat draußen unter den Bäumen das – wie heißt es noch – das Cello gespielt.»

«Sie haben mir beim Anzünden der Papierlaternen geholfen, Eunice.»

«Ja, es war sehr hübsch. Wirklich hübsch war das.»

«Alles vorbei.»

«Wir sollen ja nichts Gutes über damals sagen, aber eins möchte ich doch sagen, Mrs. Bracken: Sie waren immer gut zu mir. Mr. Bracken auch. Er hat mir oft zehn Dollar gegeben, wenn es abends sehr spät wurde. Ich habe mich deswegen nie gekränkt gefühlt.»

«*Wirklich* nicht?»

«Auch nicht, wenn die Mädchen mir ihre abgelegten Sachen und ihr Parfum und so was gegeben haben, was sie geschenkt bekommen hatten, aber nicht mochten. Ich habe mich nie in meinem Stolz verletzt gefühlt. Jetzt, wo wir alle so herrlich gleich sind, kann ich Ihnen das ja sagen.»

«Danke, Eunice, sicher hat keiner von uns –»

«Sie haben ein wundervolles Leben gehabt, Mrs. Bracken.»

«Ja, das hab ich.»

«Sie sollten glücklich gehen –»

«Ich habe wirklich ein wundervolles Leben gehabt.»

«– in der Erinnerung an Ihr wundervolles Leben und Ihre schöne Wohnung in New York mit den riesengroßen Perserteppichen – man brauchte Stunden, sie zu saugen – und dem Silber, das man ewig putzen mußte, und Ihr Haus hier in Bedford und Ihre Reisen nach Europa –»

«Oh, hören Sie auf», sagte Lacey. «Sie boshaftes Weib.»

«Und Ihre schönen Töchter und ein Mann, der alles für Sie getan hätte, und Sie sollten sich jetzt keine Vorwürfe machen, nicht einmal wegen Ihrer Lügen und Betrügereien, als Sie damals mit dem Mann diese Affäre hatten –»

«Machen Sie, daß Sie rauskommen», schrie Lacey und rannte in den Flur hinaus und rief nach allen Seiten erfolglos nach der Vorsteherin, nach irgend jemand, der dieses irische Weibsbild hinausbefördern würde.

Es kam sehr plötzlich, daß Daddy krank wurde.

Eines Tages fühlte er sich einfach nicht auf der Höhe, wie er sagte, und so ging er nicht ins Büro, und am nächsten Tag lag er in einem Einzelzimmer in Lenox Hill, und er sah eher entrüstet als krank aus. Daddy mit entrüsteter Miene in dem halb hochgestellten Bett, das grau-blonde Haar säuberlich in die Stirn gebürstet, fast wie ein kleiner Junge, und wütend über die pedantischen Vorschriften. «Was? Du willst schon gehen?», und wenn man an die Besuchszeit etc. erinnerte, schnaubte Daddy: «Lächerlich. Bleib hier, nimm dir was zu trinken oder sonst was.» Zwischendurch flirtete er mit den Schwestern, besonders mit der reizlosen Nachtschwester mit dem Rübengesicht, die er «Laraine Day» anredete und in deren Gegenwart er sagte: «Sieh mal, wie sie mir den Puls fühlt. Sie hat etwas von Lana Turner in einer Schwesternrolle.»

Sie wußten ziemlich bald, daß keine Hoffnung mehr bestand.

Tess saß an seinem Bett und fühlte seinen Tod in sich, als hätte sie einen kalten rohen Fisch im ganzen verschluckt. Hätte sie auch nur den geringsten Glauben an Gott, dachte sie, würde sie für sein Leben alles opfern – ewig Jungfrau bleiben, die Leprakranken in Morotai pflegen, alles –, und als sie einmal allein waren, befeuchtete sie ihre Lippen und fragte, ob sie Zina holen solle? Soll ich Zina anrufen? Sie befeuchtete ihre Lippen, um das sagen zu können und um ihn um Verzeihung zu bitten für ihre Eifersucht und für ihr entsetzliches Benehmen gegen ihn in den letzten neun Monaten, seit dem Abend von Mamas Konzert, als er sie um Verständnis gebeten hatte. Aber sie hatte nur den Kopf gesenkt und in schwach angedeutetem Mitleid (Gott verzeihe ihr) die Augen niedergeschlagen; um ein Haar hätte sie ihm zu verstehen gegeben, daß sein Ehebruch bei ihr möglicherweise lebenslängliche Narben hinterlassen hätte. Sie präsentierte ihm diese

Haltung wortlos wie ein arabischer Bettler seine Wunde, und nun wollte sie ihn wie Cordelia umarmen und trösten, ihre gemeine Eifersucht und Besitzgier beklagen – und schließlich hatte sie nie einen Mann mehr geliebt, würde sie nie einen Mann mehr lieben. Manchmal schien er darauf zu warten, daß sie etwas sagte (und warte nicht zu lange, deine Tage verrinnen), schien darauf zu warten, daß sie die einfachen Worte spräche «Es tut mir leid», und so befeuchtete sie verzweifelt ihre Lippen und brachte sich mit schrecklicher Anstrengung dazu, ihm zu erzählen, daß in ihrem Haus ein neuer Fahrstuhlführer sei, der sich offensichtlich sehr komisch fand, wenn er die Stockwerke im Ton von Donald Duck ausrief. Jeden Abend ging sie mit einem Gefühl der Verzweiflung und Wut über sich selbst nach Hause, und sie war zu jung, dieses Gefühl richtig zu diagnostizieren, nämlich als das Erstaunen und den Groll über seinen nahenden Tod, über *jeden* Tod einschließlich ihres eigenen. Es war ihr nie eingefallen, daß sie auch sterben würde, vielleicht ganz plötzlich wie Daddy. Wie würde es bei ihr sein? Würde jemand dabei sein? Würde sie es vorher wissen oder niedergeworfen werden, ohne den Lastwagen kommen zu sehen?

Einmal schlug Daddy die Augen auf und sagte: «Ich habe den ganzen Tag an London gedacht.» Sagte: «Sobald ich wieder auf den Beinen bin, wollen wir alle nach London fahren und im Claridge wohnen und uns die Wachablösung ansehen und nachsehen, ob die verdammten Raben noch immer um den Tower fliegen, und bei Simpson am Strand Roast Beef essen.»

Und Mama sagte: «*Roast Beef*! Jack, da haben sie noch immer Rationierung, und alles ist schrecklich. Ja», sagte Mama, «sie sind praktisch am Verhungern. Myfanwy Abbotts Schwester, die in der Hyde Park Lane wohnt, hat neulich geschrieben, sie habe seit drei Monaten kein Ei gesehen, Jack.»

Zwing dich, so zu tun, als führen wir hin, befahl sich Tess im stillen, um Gottes willen, zwing dich dazu. Nie hat er es so gebraucht wie jetzt, daß man ihm etwas vormacht.

«Ich würde es nicht richtig finden», sagte Mama, die einen Blumenstrauß neu, aber nicht besser ordnete, «wenn die Amerikaner hinfahren und den armen Engländern das Essen wegnehmen.»

Schließlich sah er so schrecklich aus, wie er da in den Kissen lag, nur noch Haut und Knochen, daß Tess Mut faßte. Sie versuchte es sich zu erleichtern, indem sie sagte: «Lacey Edwards ist aus Paris zurück.» Er sah sie nur müde an, als wollte er sagen: Belaste mich nicht mit nutzlosen Mitteilungen. Da beugte sie sich über ihn und sagte: «Daddy, willst du, daß Zina kommt? Soll ich Zina anrufen?»

Er drehte sich zur anderen Seite und sagte mit einer Stimme, die so hohl klang wie Regen, der auf Blech tropft: «Oh, das ist seit Monaten zu Ende, wußtest du das nicht?»

Eines Abends erwachte er aus einem langen Schlaf und wandte sich um und tastete nach ihrer Hand und sah sie an und sagte: «Niemand ist glücklich, aber versuch es dir so schön wie möglich zu machen, ja?»

Er starb, als wollte er sie nicht belästigen, am nächsten Abend um sieben Uhr zwanzig, während sie und Mama unten in der Kaffeestube waren.

Natürlich war es nicht wahr, es war nicht wahr, war nicht geschehen, sagte sie sich jeden elenden Morgen beim Aufwachen, es war nicht er in diesem (gemeines, grausiges Wort) Sarg, es waren nicht seine Sachen, die Mama für die Heilsarmee einpackte. Es war nicht möglich, daß er nicht auf der Welt war, einfach nicht möglich, sie konnte es nicht akzeptieren, jedenfalls nicht ohne einen langen Kampf, und sie zeigte den Schülerinnen in Dalton die kalte Schulter, als sie ihr kondolierten. Vielleicht war es dieser Entschluß, es nicht zu akzeptieren, der es ihr so schwer machte, denn eine Zeitlang empfand sie keinen Schmerz, nicht die Tränen, die Erleichterung brachten, sondern nur eine Erstarrung und ein Gefühl, als trüge sie etwas zu Enges um die Stirn. Außerdem mußte sie mit ihrer Mutter fertigwerden.

Als sie nach der Einäscherung wieder in die riesige, leere Wohnung kamen, schien es zunächst, als könnten sie auf Grund eines stillschweigenden Einverständnisses nur wie Bekannte miteinander sprechen.

«Ich fand Dorothy Dares rote Nelken einfach wunderschön, du nicht auch, Tiz?»

«Ja, Mama.»

«Es war lieb von den Petersons, die weite Reise von Albany zu machen, besonders wo sie den ganzen Winter so krank war. Alle sind so freundlich.»

Dann saßen sie lange schweigend da, und Mama starrte den Perserteppich an.

«Ohhhh.» Es war ein langgezogener Schmerzensschrei von blauer Farbe, ein blauer Schmerz. «Ohhhh», sagte Mama, «er war so gut.» Sie ging zum Fenster und stand lange dort, ihre dünnen Cellohände vor der Brust gefaltet. «Er war so gut zu mir, du kannst es dir nicht vorstellen. Als wir uns kennenlernten, hatte ich gerade etwas durchgemacht – etwas *so* – na, egal. Ich frage mich oft, ob ich das Richtige getan habe, das ist der springende Punkt, aber – ach, er war so gut. Ich hatte etwas durchgemacht – also jedenfalls war ich sehr unglücklich gewesen. Ich hatte etwas mit einem Mann durchgemacht, das – nun ja, siehst du, jedenfalls hatte ich diese Affäre mit jemand, die –» Sie schüttelte jetzt den Kopf, sah ihn in dem kalten, schwarzen Glas, sah diesen Mann, von dem Tess noch nie gehört hatte. «Jedenfalls wollte ich Leipzig für ihn aufgeben. Ich hätte alles für ihn getan, alles. Und dann erfuhr ich von jemand, den ich kaum kannte, daß er morgen oder übermorgen oder so heiraten würde; einfach auf der Straße hörte ich das, verstehst du, praktisch von einem Fremden. Aber ich ging nach Hause, anstatt – anstatt das zu tun, was ich zuerst tun wollte, und da war Jack, verstehst du, und er hatte etwas Ähnliches mit einem Mädchen erlebt, siehst du, und – ach, seine Güte, die ungeheure Zärtlichkeit von Jack Adams war – du darfst Daddys Güte nie vergessen.»

Und dann ging Mama zu Daddys Bar mit der Marmorplatte hinüber, wo all die Karaffen mit ihren silbernen Halsbändchen standen. «Daddys Scotch», sagte sie und goß sich den ersten Drink ihres Lebens ein und trank ihn.

Und ihre Mutter, die alte Mrs. van Hooren, war Trinkerin gewesen und daran gestorben, das hatte man Tess immer wieder erzählt.

Als Mama sich das zweite Glas eingoß, sagte Tess: «Sei lieber vorsichtig, Mama, du bist nicht daran gewöhnt.»

«Es fällt mir ein bißchen schwer, Vergangenheit und Gegenwart zusammenzubringen», sagte Mama. «Vielleicht hilft mir das.»

«Er würde wollen, daß mir geholfen wird», sagte Mama wieder nach einem langen Schweigen und starrte auf den Teppich. «Verstehst du das?»

«Ja, Mama.»

Zur Dinnerzeit war sie betrunken; sie nahm das Glas mit an den Eßtisch, sie hatte Schwierigkeiten, sich von dem Lammbraten und dem Gemüse zu nehmen, das Dora reichte, und verschüttete Bohnen und Sauce; einmal rutschte ihr Ellbogen vom Tisch, und sie hätte sich beinahe das Kinn angeschlagen. Dora sah Tess mit hochgezogenen Augenbrauen an. Später, als Dora Mamas kaum angerührten Teller abräumte, sagte Mama: «Sie müssen entschuldigen, Dora. Ich habe Schwierigkeiten mit den Zusammenhängen.»

«Ja, Mrs. Adams.»

Mama lächelte Dora liebevoll an, lächelte Tess liebevoll an. «Ich habe das Gefühl, von meiner Vergangenheit abgeschnitten zu sein», sagte sie.

Am nächsten Morgen war sie so elend und verkatert, daß Tess sicher war, sie würde nie wieder Alkohol anrühren, aber abends war sie zur Dinnerzeit wieder betrunken und am folgenden Abend auch. «Daddy wollte immer, daß ich was trinke, weißt du», sagte sie. Sie führte weitschweifige, unlogische Telefongespräche mit ihren Freunden und erschreckte sie mit ihrer hochgeschraubten Stimme. Habe ich dir jemals erzählt, was Jack einmal in Paris für mich getan hat? fragte sie.

Wenn ihre Freunde sie besuchten, brachte sie es fertig, sich zusammenzunehmen; sie drückte sich mit großer Anstrengung einigermaßen klar aus und war schlimmstenfalls leicht beschwipst.

«Das ist der Schock», sagten Mamas Freunde in der Halle zu Tess. «Es ist der Kummer, die arme Liebe.»

Und mein Kummer? Tess starrte sie mit ihren großen Augen, aus denen noch immer keine Tränen geflossen waren, vorwurfsvoll an. Und mein Schmerz? Ich wollte, *ich* könnte trinken. Ich würde trinken und trinken, bis ich diesen festen Klumpen kalten Kummers, der weder rauf- noch runterrutschen will, weggebrannt hätte.

«Ich bin kein Psychiater», sagte Dr. Ainslee, «ich bin praktischer Arzt, aber man braucht keinen Psychiater, um festzustellen, daß sie einfach ein bißchen verwirrt ist durch den Verlust.» Dr. Ainslee war über Tess' alarmierenden Anruf so verärgert, als wäre er gerufen worden und durch einen Schneesturm gefahren, um schließlich bloß eine harmlose Grippe zu behandeln.

«Aber sie ist keine Trinkerin», sagte Tess immer wieder.

«Ich habe so was wer weiß wie oft erlebt», sagte Dr. Ainslee. «Sie wird aufhören, wenn sie anfängt sich besser zu fühlen.» Er verschrieb ein leichtes Beruhigungsmittel. Aber Mama trank weiter. Tess begann sich davor zu fürchten, die Haustür aufzumachen, wenn sie von der Schule nach Hause kam.

Die einzigen Geräusche im Wohnzimmer vor dem Essen waren die große Uhr und das Klirren von Mamas Glas, wenn sie es absetzte. Mama war unverändert liebenswürdig.

«Hast du dich – gut amüsiert – gestern abend?»

«Ich bin gestern abend nicht ausgegangen.»

«Ach so, ich dachte.»

Klirr.

«Ich werde wieder in Ordnung kommen, Liebes, wenn ich erst meinen Zu-Zusammenhang wieder-finden-finden kann.»

«Mama», sagte Tess kühn, «wenn du wenigstens etwas spielen würdest, wenn du nur zu deiner Musik zurückkehrtest.»

«Nein, nein.» Mama machte eine abwehrende Geste nach der Ecke hin, wo das Cello in seinem Kasten stand.

«Nein, nein, das ist aus. Das ist *auch* etwas, was ich bereue. Immer habe ich ihm Cello vorgespielt, statt mit ihm zu trinken, dem Lieben.»

«Also, weißt du, Mama . . .»

«Er wollte mit mir trinken, aber nein, nein . . .» Sie spielte lange, schwungvolle Akkorde auf einem unsichtbaren Cello. «Ohh, das verfolgt mich. Vielleicht verdiene ich es, abgeschnitten zu sein.»

«Abgeschnitten – aber wovon?»

«Ich weiß nicht, frag mich nicht. Aber ich bin abgeschnitten, ich bin ein Spiel der Wellen, verstehst du?»

«Meinst du, auf einem Meer?»

«Nein.» Mama schwenkte in Verzweiflung die Arme. «Laß das. Laß das.» Sie machte eine abwehrende Bewegung in die Luft. «Interpretiere mich nicht so, merk dir das. Ich will nicht interpretiert werden, bitte! Du kannst nichts tun. Was kannst *du* schon tun?»

«Ich möchte versuchen, dir zu helfen, Mama.»

Mama stand rasch auf, taumelte, dann ging sie mit dieser königlichen Erhabenheit, deren man in gewissen Stadien der Trunkenheit fähig ist, wie eine Herzogin zur Bar hinüber, planschte Whisky in ihr Glas und schickte dann ein Herzoginnenlächeln ungefähr in die Richtung von Tess. Sie war liebenswürdig wie eine völlig Fremde.

«Schrecklich lieb von dir, Liebling.»

«Es ist angerichtet.» Dora an der Tür, die Augen zum Himmel verdrehend, ach, herrje.

«Wissen Sie, Dora, ich weiß, wie köstlich es ist, liebe Dora, aber ich glaube, ich habe heute abend kein bitzibißchen Hunger.»

«Na, Mrs. Adams –»

«Ganz köstliches Essen, sicher.»

«Mrs. Adams, Sie müssen was essen.»

«Bitte.»

«Kommen Sie jetzt zum Essen.»

Mama entfernte sich seitlings wie ein Krebs und warf Dora den Herzoginnenblick zu, diesmal allerdings verächtlich. «Mein Mann ist der einzige, der mir sagen darf, was ich tun soll.»

Hilflos, ziellos, taumelte sie von einem Zimmer zum anderen, als ob sie ihn suchte.

Die Hilfe kam wie so oft von einer Seite, wo man sie am wenigsten erwartet hätte. Lacey Edwards am Telefon: «Sind wir Freunde oder Feinde?» Tess kühl, sich an die letzten Fäden ihres alten Grolls gegen Zina klammernd. «Willst du Charles Boyer in Mayerling im Art-Kino sehen?» Tess zwängte sich mit dem Telefon in die Gästetoilette, und plötzlich brach es aus ihr hervor. «Meine Mutter trinkt, Lacey, seit über zwei Wochen trinkt sie pausenlos. Ich weiß nicht, was ich machen soll. Oh, ich glaube, ich werde verrückt.»

«Ich komme rüber.»

Dann Lacey an der Tür, ganz in Schwarz – zu alt für sie – und in den Ohren zwei goldene Reifen, so groß, daß darin kleine Vögel hätten schaukeln können.

«Sie ist ein bißchen . . . du weißt schon.» Tess in der Halle. «Tu so, als merktest du nichts.»

«Warum?»

«Mutter, das ist Lacey Edwards, eine Freundin von mir.»

Mama fuhr erschrocken herum, das verschwommene Lächeln.

«'n Tag.»

«Ich freue mich, Sie kennenzulernen», sagte Lacey. «Was für eine schöne Wohnung.»

«Fin' Sie? Mein Mann . . . nämlich sehr guten Geschmack.»

«Ich habe Mr. Adams gekannt», sagte Lacey kühn und setzte sich auf einen Fußschemel neben Mama. «Er ist einmal mit Tess und mir im Museum gewesen.»

«Ach so.» Mama versuchte Lacey unterzubringen.

«Er war so witzig», sagte Lacey unbestimmt. «Ach, dieses Zimmer ist wirklich wunderschön. Geben Sie in diesem Zimmer Konzerte, Mrs. Adams?»

«Ja, früher –»

«Aha –»

«– haben wir, aber –»

«Aber Sie sollten hier stärkere Glühbirnen haben. In so einem großen Zimmer sollten Sie Hundertwattbirnen haben.»

«Vielleicht», sagte Mama, sich umsehend.

«Rosa getönt; das wirkt freundlicher. So ein großer Raum braucht Licht. Darf ich mir eine von diesen Zigaretten nehmen? Was für ein niedliches Kästchen; ist das Malachit?»

Mama bemerkte Laceys tiefschwarzes Kleid und fragte: «Sind Sie auch in Trauer?»

«O nein, ich trage fast immer Schwarz. Ob ich wohl eine Tasse Tee haben könnte?»

Das war Laceys Stichwort für Tess, hinauszugehen.

«Könnten wir wohl eine Kanne Tee haben?»

Als Tess mit dem Tee zurückkam, sagte Lacey gerade: «Wenn ich Ihnen sagen würde, wer mein Vater ist, Sie würden glatt vom Stuhl fallen.» Als Mama nach ihrem leeren Glas griff, stand Lacey ganz frech auf und nahm es ihr weg. «Ach nein, Mrs. Adams, Sie haben gesagt, Sie wollen mit mir *Tee* trinken, bitte, tun Sie's.» Lacey reichte Mama eine Tasse Tee und gab Tess das Glas, begleitet von einem Ruck ihrer Ohrringe in Richtung Tür.

«Ich will mal sehen, ob wir etwas Gebäck haben», sagte Tess und blieb lange draußen. Als sie das Gebäck brachte, sagte Lacey: «Es kommt alles darauf an, herauszufinden, wie man ganz allein mit einer Situation wie meiner fertig wird. Meine Mutter und ich haben völlig verschiedene Wellenlängen.» Mama, die ihren Tee schlürfte, nahm Lacey gelassener zur Kenntnis.

Lacey hatte den Spieß umgedreht. «Mein ganzes Leben war einfach Selbsterhaltung, Mrs. Adams», sagte sie. «Langweilt es Sie auch nicht, wenn ich Ihnen das alles erzähle?» Und Mama sagte, nein, natürlich nicht. Mama war ganz Ohr. Sie starrte auf Lacey, die zu ihren Füßen saß. Ihr Atem ging schneller, ihre magere Brust hob und senkte sich rasch. Hier wandte sich jemand an sie, vielleicht um Hilfe, um Verständnis, und das war ihr noch nie geschehen. Mama war immer die Beschützte gewesen. Ihre Familie hatte sie beschützt und viel Aufhebens um sie gemacht wegen ihres kostbaren Talents, und dann hatte Daddy sie während ihres ganzen Ehelebens beschützt, und sogar Tess hatte sie beschützt, indem sie ihr nichts anvertraute. Es war so, als wäre sie eine Kranke gewesen, die in einem stillen Zimmer lag, während alle auf Zehenspitzen herumgingen, um sie nicht zu stören, und nun bat Lacey um ihr Verständnis, und das hatte eine geheime, unbeleuchtete Stelle in Mamas Herzen erreicht, die es mit einer vielleicht schönen und auch erschreckenden Botschaft erhellte.

Mama sagte «Kind» zu Lacey, sehr zärtlich; sie war durch diesen Appell offenbar zutiefst erschüttert. Sie hatte vorübergehend den Tod und sich selbst vergessen.

Als Tess hinausging, stand Lacey auf und schloß die Tür; so konnte Tess, die in der Halle saß, nur unablässiges Gemurmel hören.

Dann, sehr viel später, die tiefen, süßen Klänge des Cellos.

«Tess!»

«Darf ich einen Augenblick hereinkommen?»

Nun sah Zina Edwards sie ebenso bestürzt an, wie Mama Lacey angesehen hatte.

«Lacey ist nicht zu Hause», sagte Zina.

«Ich wollte *Ihnen* etwas sagen», sagte Tess. Sie hatte sich ganz plötzlich entschlossen, hatte sich einen Mantel übergeworfen und war losgerannt. Etwas mußte zwischen Zina und ihr bereinigt werden, um Daddys willen. Jetzt stand sie steif da, als hätte sie ein Barett auf dem Kopf und sollte ihre Promotionsrede halten, und hörte sich sagen: «Mein Vater hätte es gewünscht . . .» und ihre Stimme klang künstlich, unecht, dick, als hätte sie den Mund voll Erdnußbutter, und sie benutzte Phrasen wie «während im Gegenteil»; überelegante steife Entschuldigungen für ihr Benehmen, die wie in einer Kathedrale des Schweigens verhallten, denn Zina war verdutzt über ihre Affektiertheit, über das Schauspiel, das sie mit ihrem gestelzten Vortrag bot; sie wußten ja beide, daß es verlogenes Geschwätz war, daß sie ebensowenig gekommen war, um sich zu entschuldigen, wie um mit Zina Freundschaft zu schließen. Sie konnte Zina absolut nicht leiden und hatte das reichlich zu erkennen gegeben, und dadurch, daß sie hier in Zinas Wohnzimmer stand und affektiert fromme Entschuldigungen deklamierte, fügte sie dem Unrecht noch grobe Beleidigungen hinzu, und es war eine Entweihung, den toten Leib ihres Vaters hier hereinzuzerren und zwischen sich und Zina auf den Teppich zu legen, und daß sie sich mit ihren kleinen Kümmernissen dem aufdrängte, was eine größere Liebe, eine größere Tragödie gewesen war, hieß diese Liebe in Zweifel ziehen. In diesem Zimmer, das so heftige Schwingungen von Liebe und Leidenschaft und Schmerz erlebt hatte, daß davon die Zimmerdecke hätte zerspringen können – in diesem Zimmer zu stehen und Aufmerksamkeit für den eigenen Schmerz zu fordern, das war so, als zeigte man einem Todkranken sein vom Tennis verletztes Knie. Und Daddy wäre unsagbar wütend gewesen, er hätte sie wahrscheinlich gepackt und geschüttelt.

Und je länger sie von ihm sprach, mein Vater dies, mein Vater das, um so fremder wurde er ihr; je mehr sie ihr Recht auf ihn geltend machte, um so unbekannter wurde er, er wich zurück in weite Ferne, verschwamm und wurde zu einer flüchtigen Bekanntschaft (und auf diesem gelben Sofa mußte er den Kopf an Zinas Brust gelegt haben, gerade hier auf diesen gelben Kissen mußte er ihr allerlei Heimliches gesagt haben), und die ganze Zeit hörte Zina schweigend zu, und es wurde immer deutlicher, daß sie nicht denselben John Adams gekannt hatten und daß Zina sie aus Höflichkeit erduldete, und eigentlich hätte sie am liebsten die Faust in Zinas spitzes Gesicht geschmettert und ihr ein für allemal gesagt, wie sehr sie sie haßte, sie verabscheute, weil sie ihren Vater besser gekannt hatte als sie, aber jetzt begannen schwarze Pünktchen um Zinas Gesicht herumzuhüpfen, und die Wände begannen ein bißchen zu tanzen, und dann strömte heißes Wasser aus ihren Augen, und als nächstes wurde ihr bewußt, daß sie auf den Knien lag, ihre Tasche offen neben ihr am Boden, sie ertrank in diesem Sturzbach, und ihr Kopf lag in Zinas Schoß, und sie hörte diese bellenden Geräusche, die sie machte, und dann langgezogene, würgende Schluchzer, wie das herzbrechende Schluchzen und Schlucken weinender Kinder, kaum fähig, zwischen den markerschütternden Krämpfen ekstatischen Kummers Atem zu holen.

Zina sagte: «Jetzt würde ein Schluck Sherry nichts schaden, glaube ich.» Zina war sehr geduldig mit ihr. Wenn ein neuer Anfall bevorzustehen schien, sagte Zina, trink deinen Sherry, oder deutete plötzlich auf die gegenüberliegende Wand und sagte, geh mal da rüber und sieh dir das kleine Bild an, es ist von einem Freund von mir, gefällt es dir? Sie zog die Schuhe aus und trank, auf dem Sofa sitzend, noch einen Sherry, und sie hatten ein interessantes Gespräch über die Liebe. Es war fast entmutigend festzustellen, daß sie nahe daran war, Zina gern zu haben, während Zina ganz kühl und nüchtern über ihre Ansichten vom Bedürfnis der Menschen nach Liebe sprach, daß so vieles daran wirklich und wahrhaftig ein Mythos sei, daß so vieles einfach daher komme, daß es undenkbar sei, nicht zu lieben. Nur hin und wieder sagte Zina, dein Vater hat dies oder das nicht verstanden. Dann stand sie auf und ging hinüber zu einer Pflanze und knipste ein Blatt ab und sagte, sie gedeihe nicht recht, diese oder jene Pflanze. Man mußte ihren Reiz, ihre Anmut und ihre innere Freiheit anerkennen. Nun ja, sagte sie, die mehrfarbigen Chiffonfalten um sich zusammenraffend, wir brauchen alle etwas, wir müssen uns alle mit etwas verbunden fühlen, und wenn es nicht Liebe ist, dann etwas anderes, vermutlich so wie manche Leute Nonnen werden oder manche sich damit begnügen, enorm viel Geld zu verdienen oder Macht über andere Leute zu gewinnen. «Manchmal glaube ich, daß sie einfach fühlen müssen, daß sie etwas versäumt haben», sagte Zina. «Ich habe einen sehr mächtigen Staatsmann gekannt, der im Schlaf weinte.»

«Mit anderen Worten», sagte Zina, als Tess, nun beschwichtigt, an dem marmornen Tischchen in der Halle herumstand, um noch nicht gehen zu müssen, «ich meine, es wird eine ungeheure Menge dummes Zeug über die Liebe geschrieben und geredet und weiß Gott gesungen, und wir sind alle davon durchdrungen. Mich wundert nur, wieso die zivilisierte Welt das noch nicht sterbenssatt hat.»

Hattest du einen Schirm? Nein? Hör zu, komm doch mal wieder, sagte Zina und beugte sich zu der orangefarbenen Kapuzinerkresse vor der Tür, und dann richtete sie sich auf und legte ihr ein paar Blüten in die Hand und sagte, als wäre sie plötzlich ärgerlich über all diese Zeitvergeudung, all dieses Händeringen wegen der Liebe: «Wichtig ist das Mitgefühl», sagte sie. «Niemand weint wirklich um einen andern, glaub das nur nicht, nicht einmal du um deinen Vater. Wir weinen um uns selber. Kalte Tränen um uns selber. Wenn du wirklich um jemand anderen weinen kannst, mein Gott, dann könntest du vielleicht anfangen, glücklich zu sein.»

«Deine Mutter», sagte Tess am Telefon zu Lacey (denn sie hatte darüber nachgedacht, und es war eine Offenbarung für sie) «hat mir etwas ganz Wunderbares gesagt. Sie hat gesagt, ich habe eigentlich kein Mitgefühl, und wenn ich lerne, um jemand anderen zu weinen, wirklich, wirklich um jemand anderen zu weinen, dann könnte ich vielleicht anfangen, glücklich zu sein.»

«O ja, sie kommt immer mit irgendeiner großen Weisheit», sagte Lacey.

Und jetzt war die Zeit um.

«Die Zeit ist um, Kinder», sagte die Vorsteherin, in das Besuchszimmer hereinfegend; Tess und Lacey hatten gerade erst richtig angefangen, sich zu unterhalten; die Gesellschafterin packte ihre Häkelarbeit ein.

«Wir müssen jetzt gehen, meine Liebe», sagte die Hooper.

«Gut», sagte Tess.

«Gut», sagte Lacey.

Sie standen auf und gingen mit verschränkten Fingern hinter der dickärschigen Vorsteherin und der Gesellschafterin her, bis zu einem Schild, auf dem stand, INSASSEN NUR BIS ZU DIESEM EINGANG.

Hier umarmten sie sich. Aber es war besser, nichts zu sagen, und sowieso: was sollte man sagen? Leb wohl? Auf Wiedersehen? Freut mich, deine Bekanntschaft gemacht zu haben? Laceys Mund arbeitete, als ob sie ihn mit einem scharfen Mundwasser spülte, und Tess hielt es für eine Gemütsbewegung, aber dann beugte sich Lacey zu ihr, um sie zu küssen, und zischte ihr ins Ohr: «Tess, du wirst sie ja doch nicht mehr brauchen, kann ich den Rest von deinen richtigen Zigaretten haben?»

Der Katonah Landklub befand sich dort, wo früher die Mount Holly Road war, im achtzehnten Stock des neuen Gebäudes der IT & T. Tess und Hooper wurden zusammen mit den sehr Einflußreichen in den Luftblasenaufzug eingesaugt. Nur die sehr Einflußreichen konnten dem Katonah Landklub angehören. Nur die Harry Platts und die Großen konnten sich nicht nur den Beitrag leisten, sondern auch die Gefahr, für Reaktionäre gehalten zu werden. Der Katonah Landklub war eine Reproduktion. Ein helles Feuer knisterte im Kamin genau wie in Wirklichkeit; es gab eine lange Theke aus Eichenholz und eichene Balken, und durch die Fenster blickte man auf hügeligen grünen Rasen und einen Golfplatz, auf Bäume und Teiche. Natürlich war der Raum vor den Fenstern nur knapp dreißig Zentimeter breit; die Wirkung kam auf stereoskopischem Wege zustande, dazu kamen die Bandaufnahmen von Vogelgezwitscher und fernen «Achtung!»-Rufen, und wenn man auf einen Knopf drückte, schlug ein Puppengewitterregen gegen die Scheiben. Zu astronomischen Preisen konnte man eine echte Mahlzeit bekommen, gar nicht so schlecht gekocht.

Die Hostess im langen Kleid kam ihnen entgegen, lächelnd die Zähne fletschend.

«Mrs. Bracken, nicht wahr? Bitte, hier entlang, meine Liebe. Mr. Platt hat einen Fenstertisch. Was für einen schönen Tag Sie sich ausgesucht haben, meine Liebe.»

Als sie durchgingen, sah Tess noch einen alten Menschen, dem die Familie sein Abschiedsessen gab. Er lehnte mit schwächlicher Gebärde den Kuchen ab und weinte, während die Verwandten ihn umschmeichelten.

Harry Platt stand höflich auf.

«Ah, Tessa. Da bist du ja.»

Es hätte ein Sonntagsessen vor langer Zeit sein können. Blumen auf dem Tisch. Große Speisekarten wurden gebracht.Grüne Schildkrötensuppe, las sie. Lammrippenstück Provençal. Garnelencurry.

Barbara sagte: «Laßt Mutter so sitzen, daß sie die Aussicht hat.»

Sie hatten Joan ein Beruhigungsmittel gegeben, und sie saß teilnahmslos blinzelnd da.

Harry hielt höflich den Stuhl für Tess, während sie sich setzte.

Auf dem Teller lag der Schemabrief vom Weißen Haus. «Liebe Mrs. Brackin» (falsch geschrieben), «heute brechen Sie gleich Kolumbus zu einer ungeheuer bedeutsamen Reise auf, und –»

Sie legte ihn ungelesen beiseite.

Nun, sagte Harry, müsse sie sich alles aussuchen, was sie gern äße, nichts sei zu gut oder zu teuer. Ob sie vielleicht als Vorspeise den Alaska-Hering wünsche? Er sei gut.

Er sei nicht das einzig Gute an Alaska, wollte sie bitter sagen. In dem unterbevölkerten Alaska gab es bisher noch keine gesetzliche Zwangseuthanasie.

«Was ist das hier?» fragte Joan mit schwerer Zunge. «Wo sind wir?»

«In der Hölle», hätte sie am liebsten gesagt.

Es war nicht so sehr das Feinschmeckeressen, die forcierte Herzlichkeit, die Geste, bei der sich einem der Magen umdrehte, sondern die totale Schamlosigkeit, mit der sie das alles taten, die rohe Gefühllosigkeit, die Unverschämtheit, auch noch zu glauben, sie täten etwas Gutes. Es war ihr erschreckend aufrichtiger Glaube, daß sie sich aus Güte für sie in Unkosten stürzten.

Sie konnte nicht anders: sie mußte mit einer Geste ihre Mißbilligung zeigen.

Mit ungeheurer Verachtung warf sie die Speisekarte auf die Erde. Ein paar Sekunden lang herrschte erschrockenes Schweigen am Tisch, dann bückte Harry sich, um die Speisekarte aufzuheben; er lächelte sie gelassen an und legte ihr den Arm sanft um die Schultern, während er mit der anderen Hand ihre verkrampften Finger löste und die Speisekarte hineinschob. «Nun werde ich dir sagen, was wir vor allem brauchen», sagte Harry. «Vor allem brauchen wir gutes Benehmen.»

Als Harry Platt hinter Elton ins Zimmer trat, erkannten sie ihn zunächst nicht. An diesem sorgfältig gekleideten jungen Mann im Maßanzug (bis auf den Schlips, dachte Tess, der Schlips entsprach nicht den Erwartungen des Anzugs, und an ihren Schlipsen sollt ihr sie erkennen), mit dem etwas längeren und nicht mehr glatt anliegenden Haar erinnerte auf den ersten Blick nichts an den eifrigen Eisverkäufer; er sah besser aus und merkwürdigerweise größer, fand Tess, und dann merkte sie, daß er Schuhe mit Einlagen trug, was seinen Gliederpuppengang noch betonte. Er schüttelte ihnen formell die Hand. Sein Auftreten hatte sich ebenso unauffällig verbessert wie seine Kleidung; es war grauflanellen und selbstsicher. Fröhliche Weihnachten, sagte er, und Tess fand, daß in der Art, wie er es sagte, eine Spur von endlich erreichter Vergeltung lag.

«Er meinte, er wäre vielleicht nicht willkommen», sagte Elton.

Es war über ein Jahr her, seit Harry Platt aus ihrem Leben verschwunden war. Er hatte Elton im Zug angesprochen, nach Tess und den Mädchen gefragt und gemeint, daß er vielleicht nicht willkommen wäre. Unsinn, hatte Elton gesagt. Wie er darauf komme? Außerdem war Weihnachtsabend. Jedenfalls war am Bahnhof kein Taxi. Setzen Sie sich, setzen Sie sich, sagte Elton und schickte Barbara, um für Harry Eierlikör zu holen. Harry Platt setzte sich und schlug vorsichtig die Beine übereinander, um seine Bügelfalten nicht zu zerdrücken; vielleicht auch, um sie seine teuren Sulkasocken mit Zwickeln sehen zu lassen. Er benahm sich wie einer, der etwas aus sich gemacht hat. Er hatte ja auch etwas aus sich gemacht. Welchen Beruf hatte er ergriffen? Er mußte eine wirkungsvolle Pause einlegen. Nun ja, er war bei B und K. B und K? Werbung, sagte Harry. Keine große Firma, nicht J. Walter Thompson, aber nichtsdestoweniger ganz nette Geschäfte, und er sammelte Erfahrungen. Vielleicht hatten sie die Anzeige mit dem kleinen Kind gesehen, das einem riesigen Bernhardiner das Fell wäscht und einen Fingerhut voll flüssiger Seife in einen Berg von Schaum verwandelt? Das war Harrys Schöpfung. Aber warum sollte man ein kleines Kind damit beauftragen, einem Bernhardiner das Fell zu waschen? fragte Joan, von der am Weihnachtsbaum lehnenden Leiter auf ihn niederblickend. Ist das nicht ein etwas absonderlicher Einfall? fragte sie, aber Harry war vorsichtig geworden und antwortete nicht. Er trank ein Schlückchen Eierlikör und setzte dann das Glas ab, wobei er durch eine winzige Bewegung zu erkennen gab, daß er ihm zu süß war, und als Tess ein Stück Holz, das sie zum Kamin trug, fallen ließ, machte er keine Miene, es aufzuheben.

«Nun, Harry», sagte Joan, «Sie haben ja eine erstaunliche Verwandlung durchgemacht. Ich glaube, wir werden Sie Harry den Verwandlungskünstler nennen», sagte Joan, nahm einen Rauschgoldstern und krönte Harry damit, aber Harry lächelte nur nachsichtig, und als die anderen Gäste allmählich kamen, Andrew la Farge und die Kelly-Mädchen und andere Leute, die er von der Zeit her kannte, als sie ihn von oben herab behandelt und sich über ihn lustig gemacht hatten, begrüßte er sie kühl mit Handschlag und Hei! oder Hallo! oder Wie geht's? – eiskalt. Er gab ihnen zu verstehen, daß er ihresgleichen war.

Er schien genau zur richtigen Zeit zu wissen, wann er sich zurückzuziehen hatte, und fragte, ob er sich ein Taxi bestellen dürfe.

Natürlich, sagte Tess erleichtert.

Aber er wisse nicht mehr genau, wo in der Halle das Telefon sei, sagte er. Kommen Sie mit, sagte Tess, ich werde es Ihnen zeigen, und führte ihn in die Halle und nahm den Hörer für ihn ab. Die Nummer ist 7770, sagte sie, und Harry sagte danke und ging direkt an ihr vorbei zur Toilette, und da merkte sie, daß er ihr die Angelegenheit überlassen hatte; er hatte gewonnen, und ihr blieb nichts übrig als zu sagen, man möchte einen Wagen zum Haus Bracken schicken. Keine große Affäre, aber kühl geplant, und eine Falle bleibt eine Falle, wie flach sie auch sei. Nun, es war nur eine zufällige Begegnung im Zug gewesen, sagte sie sich, und er hatte sich in New York eingenistet, so daß kaum zu fürchten war, daß er wieder versuchen würde, sich ihnen anzuschließen. Und was schadete es im übrigen? Er war einfach ein langweiliger junger Mann. Nein, langweilig nicht; undurchsichtig. Undurchsichtig und ehrgeizig und kalt und auf irgendeine Beute aus.

Und die Beute war in ihrem Haus, sagte Tess sich, und sie konnte nicht leugnen, daß ihr dabei kalt wurde. Als sie in der Anrichte die Gläser für den Abschiedstrunk herunternahm, waren ihre Finger so ungeschickt, daß sie ein Glas im Spülbecken zerbrach, weil sie an Harry Platt dachte und in einem hellseherischen Moment die Zukunft vorausahnte.

Harry war mit ihnen bei weitem noch nicht fertig.

«Ermutige ihn nicht, wiederzukommen, Barbara», sagte sie. Und Barbara sagte in ihrer scharfen Art (eine leidenschaftliche Vorkämpferin für Women's Lib, die hinter allem Chauvinismus witterte), glaubst du, ich wäre hinter den Männern her? «Wieso sollte *ich* ihn ermutigen wollen?» fragte Barbara und schüttelte sich, als wäre ihr eine Tarantel zwischen die Brüste gekrochen. Trotzdem konnte man sie nach Harrys Besuch bei einiger Aufmerksamkeit dabei ertappen, daß sie ins Feuer oder ins Leere starrte mit einer Miene wie bestellt und nicht abgeholt.

«Wo, ach, wo ist Harry, der Verwandlungskünstler? An einem kalten, frostigen Morgen», sang Joan.

Aber Harry kam nicht.

Zu Tess' Erleichterung erschien er weder in den Feiertagen noch den ganzen Januar über, und als auch der Februar verging, sagte sie sich, diese hellseherischen Vorahnungen mußten blinder Alarm gewesen sein. Sie glaubte nicht an Schicksal oder einen *deus ex machina*. Es war offenkundig, daß Harry Platt sie zugunsten eines interessanteren Wildes fallengelassen hatte.

Dann sagte Harrys Stimme, Amerika sei durch und durch verrottet. «Ich glaube, uns steht eine große moralische Krise bevor», sagte Harrys Stimme draußen auf der Veranda, und Tess verschüttete den Drink, den sie Elton hinausbringen wollte. «Da stimme ich Ihnen zu», sagte ihr Mann.

Sie stand da, starr vor Enttäuschung und mit einem Gefühl der Niedergeschlagenheit, das von Harry ausging.

«Nicht nur im politischen Sinne», sagte Harry, «sondern bis in unsere tiefsten Fasern. Haben Sie nicht auch das Gefühl, daß sich bald etwas ganz Unvergleichliches ereignen wird?»

Sie stand in der Geborgenheit ihres rosig beleuchteten Wohnzimmers, das Feuer knisterte, und im Fernsehen spielten sie «Sesame Street», und sie hörte Harry eine Menge sagen über Gott und das Vaterland und die Liebe zum Präsidenten und über den Trend zum Rosaroten in der Presse an der Ostküste und im Fernsehen, das nur noch eine Organisation zur Diffamierung und Verhöhnung aller grundlegenden amerikanischen Prinzipien sei, ein ziemlich dreckiger Sumpf, sagte Harry. Nach Harrys Meinung wimmelte das State Department von Homosexuellen wie ein Hund von Flöhen. «Diese Schwulen würde ich als erstes ausrotten», sagte Harry. Als Tess herauskam und Elton seinen Drink reichte, machte er pro forma eine Geste, als wollte er aufstehen. «Hallo, Harry», sagte sie, ohne ihm das übliche Ingwerbier anzubieten. «Sie bleiben doch und essen einen Happen mit uns?» fragte Elton, und Harry sagte, nun ja, wenn er nicht störe. Er trug (das bemerkte sie, als sie sich zur Suppe setzten) ein salopp sitzendes Jackett aus teurem Stoff, hatte sich aber die Nägel maniküren und farblos lackieren lassen, und wenn sie einen Funken Sympathie für ihn gehabt hätte, würde sie ihm vielleicht gesagt haben, daß dies seine Zugehörigkeit zu eben jener Bourgeoisie symbolisiere, der er entfliehen wollte. Sonst war an seinen Manieren nichts auszusetzen, obwohl er ihr und Barbara nur das erforderliche Mindestmaß an Aufmerksamkeit schenkte. In seinem Benehmen Frauen gegenüber hatte er etwas von einem Mann des neunzehnten Jahrhunderts, und Barbara mußte das gespürt haben, denn ihr Gesicht war gerötet, und sie zerkrümelte ununterbrochen Brot, während Harry sich im Gespräch ausschließlich an Elton wandte. Seine Fragen klangen eifrig und wißbegierig, und wenn er eine Meinung äußerte, so tat er es – wie er taktvoll andeutete – nur unter der Voraussetzung, daß man dabei seine geringe Erfahrung berücksichtige, aber Elton sagte mehrmals, das zeugt wirklich von Ihrem Verstand, Harry, oder bei Gott, das finde ich auch. Harry schien entweder gründliche Erkundigungen über Elton eingezogen zu haben oder einen katzenhaften Instinkt zu besitzen; dann und wann sprach er indirekt Eltons Meinung aus (in Form von Fragen, die bereits Eltons Gedanken enthielten). Bei Gott, sagte Elton, ich werde mit Gittelson über Ihre Anstellung bei McRand sprechen; wir sind ihre Anwälte. Wahrhaftig, Tess, sie müßten Harry gebrauchen können, meinst du nicht?

«Würdest du mir bitte die Mintsauce reichen?» sagte sie, wütend auf Elton.

«Du läßt dich bestimmt von ihm da hineinmanövrieren», sagte sie, nachdem Harry gegangen war.

«Also, Tess», sagte Elton, «da ist ein junger Bursche, der anfangs Eiswürfel verkauft hat und es dann so schnell zum Produktionsleiter gebracht hat, na, das ist doch wie im Roman, Liebste, das ist die typisch amerikanische Karriere.»

Man konnte ihm das Ungreifbare nicht erklären; wie lieb und was er sonst auch alles sein mochte, das Ungreifbare war an Elton Bracken verschwendet. Sie sah keine Möglichkeit, ihre panische Angst auszudrücken.

«Seine Ideen gefallen mir», sagte Elton.

Harry trat also bei McRand ein. Sein Dankesbrief war der Inbegriff höflicher Floskeln. Er hätte in Bronze gegossen und am Sockel einer Statue von Elton eingelassen werden können.

«Ich verstehe nicht, was du gegen ihn hast», sagte Elton.

Im Frühjahr begann er wieder sonntags zu kommen und lief in seinem eigentümlich verbissenen, hastig stürzenden Laufschritt auf dem Tennisplatz herum, und er schoß seine Schmetter- und Luftbälle so lustlos, als wären die Bälle Granaten.

«Oh, ich werde nicht klug aus ihm», sagte Joan. Sie behandelte ihn weiter mit einer Art amüsierter Verachtung, aber sie versuchte nicht mehr, ihn zu demütigen.

«Oh, der Wagen ist doch eigentlich recht hübsch», sagte sie, als jemand meinte, sein Toyota sei doch ein bißchen *zu rot.*

«Er hat jetzt seine rote Phase», sagte Joan. Sie beobachtete ihn mit leisem amüsierten Kichern; fast fürsorglich warf sie hin und wieder ein Wort zu seiner Verteidigung ein. «Von hinten gesehen hat Harry gute Beine.» – «Harry hat einen ganz niedlichen kleinen Hintern, hast du gesehen?»

Einmal, nach langem Schweigen in der stehenden Hitze des Spätnachmittags, als niemand mehr Lust hatte zum Tennis, sprang sie plötzlich auf, nahm ihren Schläger, gab Harry damit einen Klaps aufs Knie und sagte laut: «Komm, spiel mit mir, Kampf bis aufs Messer! Wollen doch mal sehen, wer von uns den andern umbringen kann.»

Und genau so wurde es: Joan und Harry, jeden dürstete es nach dem Blut des andern, und wenn Joan sich Mühe gab, war sie eine erstklassige Tennisspielerin. Aber wie plattfüßig auch immer, Harry reagierte ebenso auf ihre Herausforderung. Es war, als lastete eine epische Bedeutung auf dem Ausgang des Spiels, während die beiden Gestalten in wütender Konzentration ihre Bälle schossen und schmetterten, und alles wurde noch unheimlicher dadurch, daß etwa zur Halbzeit düstere Gewitterwolken aufzogen und über den beiden Kämpfenden die ersten Blitze zuckten. Zweimal wurde Harry von Joan glatt geschlagen, zweimal jagte er sie mit einem unerwarteten wilden Schmetterball zurück, und beim grünlichen Züngeln der Sommerblitze klang das Aufschlagen der Bälle auf den Darmsaiten wie Gewehrschüsse. Vielleicht lag es an dem schwindenden Licht, daß manche Zuschauer dachten, Joan hätte Harry gewinnen lassen. Jedenfalls gewann Harry durch den kleinen Vorsprung, den sie ihm ließ; er hinkte und keuchte. Joan warf ihren Schläger in einen Hortensienbusch. Soviel man weiß, spielte sie ihr Leben lang nie wieder Tennis.

Das Match hatte einen sehr unangenehmen Beigeschmack.

Als Tess beim Essen einmal den Kopf wandte, sah sie zufällig, wie Joan Harry beobachtete. Er saß neben ihr, den Ellbogen auf den Tisch und das Kinn in die Hand gestützt, den Blick, von Joan fort, dem dunklen Garten zugewandt; die niedergebrannte Kerze im roten Glas war auf einer Höhe mit seinem Gesicht und übergoß es mit rosigem Licht. Joan hatte ihren Stuhl vom Tisch abgerückt und sich zurückgelehnt, so daß sie ein Stückchen hinter ihm saß, den einen Arm schlaff auf der Stuhllehne, den anderen schlaff auf dem Tisch. Sie schien halb zu schlafen, zu dösen, während sie den Fuß ihres Weinglases träge drehte und drehte, und die ganze Zeit starrte sie direkt auf Harrys Nacken, die Stelle hinter dem Ohr, wo die Haut glatt und im rosigen Kerzenlicht aprikosenfarbig und seidig war wie Babyhaut, straff gespannt über dem Knorpel, wo das von der Sonne gebleichte Haar – goldblond und darunter dunkler – sich in weichen Wirbeln lockte, um dann in einer sauberen V-Linie im Kragen zu verschwinden. Joans Mund war leicht geöffnet und ihre Zungenspitze fuhr sondierend über die Oberlippe, und die ganze Zeit starrte sie mit halbgeschlossenen Augen auf Harrys Nacken, als wollte sie im nächsten Augenblick mit dem Finger unter seinen lockigen Haaransatz fahren, und in dem flackernden Rot erschien ihr Gesicht wie ausgedörrt von der Intensität ihres Blickes, dem Ausdruck so reiner Sexualität, wie Tess ihn kaum je im Leben gesehen hatte.

«Seid ihr beide zu Hause? Ist Vater auch da?»

«Ja, ja. Wo bist du denn?»

«Ach, hol ihn lieber auch ans Telefon.»

Sie legte den Hörer hin; sie wußte Bescheid. Sie ging hinaus und rief nach unten:

«Elton, geh bitte ans Telefon.»

«Was?»

«Nimm den Hörer ab. Es ist Joan.»

«Hallo?»

«Daddy?»

«Hallo, Kleines. Wo bist du?»

«Ich weiß nicht genau; irgendwo in Maryland, glaub ich. Bist du auch dran, Mutter?»

«Ja.»
«Na ja – also – wir sind verheiratet.»
«Maryland, Kleines? Was zum Teufel machst du in Maryland?»
«Ja, ich wußte es sofort, als –»
«Was?»
«Ich habe gesagt: wir sind verheiratet.»
«Verheiratet?»
«Pst, Elton. Ich habe gesagt, ich wußte es. In dem Moment, als du –»
«Verheiratet, Liebling?»
«Ja, Daddy.»
«Mit Andy, nicht wahr?»
«Ach Elton, sei nicht so –»
«Nein, Harry.»
«Welcher?»
«Du kannst ihn gleich selber sprechen. Liebling, ich bin ganz unbändig glücklich; wir finden beide, daß es das Verrückteste ist, was wir je gemacht haben, stimmt's? Ich sage ihm, es ist so verrückt –»
«Welcher Harry?»
«Welcher Harry? Ach, Daddy, nun mach aber einen Punkt –!»
«Elton, Harry Platt, dein Schützling.»
«Harry *Platt*?»
«Ja, Daddy. Du kannst ihn gleich selber sprechen. Wir haben uns beim Lunch entschlossen, und – hallo?»
«Ja.»
«Wir sind hier.»
«Es ist – es tut mir leid wegen dem Schock und so, oh – ich bin völlig – nur einen Augenblick, sag ihm guten Tag – sie wollen dir guten Tag sagen.»
«Hallo, Mutter. Hallo, Vater.»
«Hallo, Harry.»
«Hallo, Harry.»
«Mein Gott, das kam ja wohl ziemlich plötzlich, nicht wahr?»
«Sir?»
«Ich sagte nur, das kam ja wohl ziemlich plötzlich, Harry. Ich meine – das klingt hoffentlich nicht zu altmodisch, aber in Ihrem Fall würde ich meinen, Sie hätten mit mir ein Wörtchen sprechen können.»
«Ja, ich weiß, Sir.»
«Ich meine –»
«Daddy – ich bin am anderen Apparat – es ist nicht Harrys Schuld. Wir haben uns einfach entschlossen –»
«Warum gerade in meinem Fall, Sir?»
«Was?»

«Nur einen Augenblick, Joan. Ich fragte Vater, warum gerade bei mir?»

«Bei jedem, Harry. Ich weiß, Joan ist über achtzehn und das alles, aber ich finde einfach, auch heutzutage wäre es anständiger, zu mir zu kommen und verdammt noch mal zu sagen, hören Sie, ich möchte Ihre –»

«Ach, Daddy-Schätzchen, sei nicht komisch. Mutter, bist du noch dran?»

«Ja.»

«Und warum sagst du nichts?»

«Äh – ich kann nicht – ich weiß nicht, was ich sagen soll.»

«Freust du dich?»

«Na ja –»

«Ich möchte Mutter einen Augenblick allein sprechen. Kuß, Kuß, Kuß.»

«Was?»

«Für dich, Daddy. Kuß, Kuß, Kuß.»

«Oh, Kuß, Kuß, mein Süßes. Ich liebe dich, mein Mädelchen.»

«Ja, ich weiß, mein süßer Daddy.»

«Kuß, Kuß, mein Mädelchen, obwohl du eigentlich eine Tracht Prügel verdient hättest. Wo zum Teufel wollt ihr leben? Wovon zum Teufel wollt ihr leben?»

«Kuß, Kuß. Nun geh aus der Leitung. Ich will einen Augenblick mit Mutter allein sprechen, von Frau zu Frau. Harry?»

«Ja.»

«Geh aus der Leitung, sonst wirst du noch größenwahnsinnig.»

«Kuß, Kuß, mein Engel, unartiges Mädchen, einfach wegzulaufen wie in alten Filmen oder Stücken – lächerlich, wo wir dich hier im Landklub mit ganz großem Klimbim –»

«Elton, sie will mich einen Augenblick allein sprechen.»

«Ja.»

«Bist du allein, Mutter? Ist er aus der –»

«Ja, ich glaube.»

«Mutter, ich habe einen Mann geheiratet. Mutter?»

«Ja.»

«Ich glaube, du weißt, was ich meine. Ich weiß, du magst ihn nicht, aber er ist ein Mann in jedem Sinne des Wortes, aufregend und alles, was ich mir ein Leben lang erträumt habe, Punkt.»

«Aha.»

«Ach, Mutter, sei nicht so lauwarm. Er ist außerdem *nett.*»

«Das freut mich.»

«Mutter –»

«Joan, du weißt doch, ich kann nicht unehrlich sein, das weißt du doch, nicht wahr?»

«Ja, darum wollte ich dir allein sagen, daß du dich in ihm irrst; er ist der liebste und vor allem – ganz *entre nous* –, er ist im Bett schlechthin das Fabelhafteste, was ich je –»

«Joan.»

«Was?»

«Ich bin außer mir, Liebling. Ich werde jetzt einhängen. Es wird ein Weilchen dauern, bis ich mich daran gewöhne, das ist alles. Joan, ich muß die Wahrheit sagen. Liebling, es tut mir leid, aber ich freue mich nicht darüber. Es tut mir leid, Joannie, aber ich kann dich nicht belügen. Ich freue mich nicht darüber. Ich bin –»

«Lacey?»

«Ja. Oh, Tess, bist du es?»

«Habe ich dich geweckt?»

«Nein, ich sehe gerade auf Kanal neun *Wem die Stunde schlägt.*»

«Joan hat heute geheiratet. Harry Platt.»

«Nein!»

«Doch.»

«Tess, willst du mich auf den Arm nehmen?»

«Nein. In Maryland, irgendwo, wo sie nicht warten müssen –»

«O Gott.»

«Ja.»

«Hast du irgend etwas geahnt?»

«Nicht direkt.»

«So eine Gans. Natürlich sind sie alle so, rücksichtslos, hirnverbrannt, diese ganze Generation. Was meint Elton?»

«Oh, der ist außer sich – ich muß leise sprechen – wütend über das Unwichtigste daran, die Etikette – daß sie uns vorher nichts gesagt haben –, aber er hat sich seinerzeit für Harry eingesetzt, weißt du.»

«Zu einem großen Teil ist es Eltons Schuld. Sag ihm, daß ich das gesagt habe.»

«Er sieht den Wald vor – er glaubt, Harry wird eines Tages ein ganz großes Tier werden.»

«Ja, mag sein, aber lieber Himmel, ihn in der Familie zu haben. Ach Gott, du tust mir leid, aber weiß Gott, ich bin froh, daß ich keine Kinder habe; ich könnte Gott auf den Knien dafür danken, daß ich nicht verheiratet bin und nicht wie andere einen Haufen Bälger habe.»

Barbara folgte Tess in die Küche und sagte, sich die Lippen leckend: «Na ja, sie hat sich selbst zur Sklavin gemacht, das ist es.» Barbara begann zu lachen. Ihre Augen glänzten so, als hätte sie Belladonna hineingetan. Ihre Hände zuckten, als sie das Brot in den Toaströster knallte.

«Sogar die Zeremonie ist eine Farce. Eine empörende Beleidigung für das weibliche Geschlecht. Nicht daß es mir was ausmacht, wen Joan heiratet – von mir aus kann sie den Papst heiraten – aber diese Zeremonie ist obszön. ‹Ich erkläre euch jetzt als Mann und Weib.› Also eine Rolle. Nicht Ehemann und Eheweib. Mann und Weib. Nicht einmal soviel Anstand haben sie, Mann und Frau zu sagen.»

Der Toast sprang ärgerlich aus dem Röster. Barbara fuhr mit einem Messer darüber, biß knirschend hinein. So laut zerrissen und zermalmten Barbaras Zähne den trockenen Toast, daß ihre übrigen Worte nicht zu verstehen waren: irgendwas über Harry Platt, das Schwein, und er könnte sie kreuzweise, sagte Barbara, und grub ihre Zähne in den Toast, als wäre er Harry Platts Fleisch.

Es kam auf Katzenpfötchen; es geschah einfach. Nichts passierte. Manche Leute sagten, das sei die natürliche Folge davon, daß eine demokratische Republik versuche, Empire zu spielen. Wahrscheinlicher war, was andere sagten: es sei die natürliche Folge davon, daß ein Empire versuche, demokratische Republik zu spielen. Aber dem Chaos entstieg Senator Bjelke-Petersen aus Minnesota, der ein starkes, gespaltenes Kinn hatte und großen Anklang bei den antirevolutionären Rotarybluehairkiwanisdienstagabendkegelbrüdern fand und sagte, daß die lateinamerikanischen Kriege zwar beklagenswert seien, daß aber unsere Stärke nichtsdestoweniger nur in der Unterstützung der *Rechten* liegen könne. Nichts davon war so neu, daß es mehr als ein schwaches Interesse hätte wecken können, und als Tess sagte, sie fände das ein bißchen erschreckend, diese Versammlungen, die im Fernsehen gezeigt wurden, wo bald in dieser, bald in jener Sporthalle Tausende von braven Großmüttern in Küchenschürzen und dickbäuchige Herren mit Tambourmajorinnen herumhüpften und ihre Plakate schwenkten, sagte Elton: Aber Liebling, das ist doch nichts Neues. Es gebe Leute, sagte er, die sich verzweifelt danach sehnten, an etwas zu glauben, irgendeiner Sache nachzulaufen; man könne diese Massen dazu bringen, gegen Würstchen zu protestieren und sich für dicke Bohnen einzusetzen, wenn man über genügend Rednergabe verfüge, und Petersen mache wenigstens den Versuch, uns aus diesem Schlamassel herauszuholen. Und Elton stimmte für ihn, weil er für Senator Kidder mit dem leicht verschlagenen Blick nichts übrig hatte. Nachdem Bjelke-Petersen mit überwältigender Mehrheit gewählt worden war, schien sich alles wieder zu normalisieren, die Wiesen wurden grüner, und günstige Winde trieben das Staatsschiff in sichere Häfen (was sollte man aus einem Präsidenten machen, der alle drei Metaphern innerhalb eines kurzen Absatzes gebrauchte? Jedenfalls aus einem Präsidenten, der sagte, die Verfassung sei, alles in allem, ein prachtvolles Dokument, aber man dürfe trotzdem nicht vergessen, daß alles, was über zweihundert Jahre alt war, ein bißchen überholt sein könne), und erst nach einer Weile wurden die Verlautbarungen des Weißen Hauses so, daß manche Leute ihren Ohren nicht trauten. Es war doch nicht wirklich ernst zu nehmen, daß eine Gesetzesvorlage in Erwägung gezogen wurde, nach der kleine Ergänzungen zum Ersten Amendment verordnet werden sollten. Die Äußerungen der Leute im Fernsehen über das, was dem Volk genau bevorstand, waren vage. «Können Sie mir sagen, was das Erste Amendment ist?» fragte der Fernsehreporter die hübsche Stenotypistin, während der Wind ihr die Haare über das Gesicht blies. «Das Erste Amendment heißt . . . Du sollst nicht andere Götter haben neben mir.»

Erst geschehen solche Dinge in der Phantasie, dann im Fernsehen, dann draußen auf der Straße, und schließlich im eigenen Haus; schließlich ereilt es einen direkt im eigenen Haus, dachte sie. Sie saßen in der Bibliothek, sie und Elton, sie sagten kein Wort, horchten nur auf die Stimmen hinter der geschlossenen Wohnzimmertür. Einmal kam Matty an die Tür und fragte: «Darf ich das Essen anrichten?» – «Nein», sagte Tess. «Wir müssen noch ein bißchen mit dem Essen warten.» Matty seufzte und ging hinaus. Durch die Wohnzimmertür hörte man Barbaras gellende Schmährede.

Dazwischen kam Harrys Stimme, monoton wie eine lange vorbereitete Rede, dann wieder ein Ausbruch von Barbara, und manchmal wurden einzelne Wörter durch die Tür gespuckt: «Faschist» und «dreckig». – «Tu nur das Schlechteste», gellte Barbara einmal. «Ja, nur weiter so, tu das Schlechteste.»

Joan kam während einem von Barbaras Ausbrüchen herein, blieb in der Tür stehen und faßte sich an den Kopf.

«Immer noch?»

«Ja, immer noch.»

«Ach, warum widersetzt sie sich ihm? Das wird alles nur noch schlimmer für sie machen. Hört auf mich: ich habe gelernt, daß man sich ihm nicht widersetzen darf. Man muß ihn umgehen.»

«Sie kämpft um ihr Leben», sagte Tess – erstaunt, denn das war es in Kürze.

«Ja, ich war auch so», sagte Joan und griff nach der Whisky-Karaffe. «Acht Jahre lang, und jetzt weiß ich, daß es einen besseren Weg gibt, als sich ihm zu widersetzen, glaubt mir.»

«Möchtest du Wasser dazu?»

«Nein, danke.»

Joan starrte aus dem Fenster, Elton raschelte von Zeit zu Zeit mit der Abendzeitung, Tess blickte finster auf ihre Fingernägel.

«Deine Petunien sind dieses Jahr gut gediehen, Mutter.»

«Hm-m. Ich habe jetzt einen neuen Mann engagiert. Doby hat nie viel von Petunien verstanden.»

«Dann geh doch zum Teufel, geh zum Teufel und wieder zurück», kreischte Barbara.

«Ich meine –» Elton hob die dünnen Hände vom Papier in die Luft – «was ist denn so schrecklich daran, daß sie auf dieser Liste steht?»

«Die Leute auf dieser Liste sind gegen –» begann Tess.

«Ich wollte, ich stünde auf einer Liste», sagte Joan. «Ich wollte, ich stünde auf einer Liste von Leuten, die zum Mond fahren.»

«Ich geh rein», sagte Elton.

«Nein, tu's nicht.»

Elton stand auf, öffnete die Tür und sagte: «Ich glaube, das ist jetzt genug. Nebenbei gesagt ist dies mein Haus, und wir alle müssen aufs Essen warten.»

Harrys Lächeln konnte nicht liebenswürdiger sein. «Nur – nur einen Moment noch, Vater. Wir sind beinah fertig.»

«Du bist beinah fertig, meinst du», sagte Barbara. Sie hockte in ihrem Khakianzug am Boden, und ihre Augen schienen zu rollen wie die des Kaninchens in einem alten Trickfilm, nachdem es gegen eine Mauer geprallt war. «Du und deine Petersens und deine Mikrofilmaufnahmen von –»

Harry schloß die Tür.

Matty tauchte im Korridor auf. «Mrs. Platt, der Kleine schreit.»

«O Gott», sagte Joan und setzte ihr Glas ab. «Schon gut, ich komme.»

«Was sollen wir tun?» fragte Elton. «Ich meine, sollen wir einfach hier sitzen und –»

«Ich glaube», sagte Tess, ohne einen Plan zu haben, denn nun war es endlich so weit gekommen, in ihrem eigenen Haus, als wären die Schwarzhemden einmarschiert, «wir sollten vielleicht essen.»

«Nein; ich will wissen, was er zu ihr sagt, ich will wissen, was da vorgeht», sagte Elton. «Ich kann mich nicht zu Tisch setzen, solange ich nicht weiß, wie eine Sache ausgeht, das weißt du doch. Was heißt das, Sea Island? Das ist doch in Georgia, nicht wahr? Was hat er mit Sea Island gemeint?»

«Ich weiß nicht.»

«Was zum Teufel geht in Sea Island vor?»

«Ich weiß nicht, Elton.»

Die Tür flog auf. Harry kam in seinem eigentümlichen Gang – Arm/Bein rechts, Arm/Bein links – herausgestampft. «Ist gleich erledigt», sagte er. Er zwinkerte ihnen fröhlich zu. Das Zwinkern war schlimmer als alles andere, Tess wurde es kalt. Er marschierte hinaus in die Halle und nahm den Telefonhörer auf.

«Ich gehe nicht», sagte Barbara, als sie ins Zimmer trat. «Ich tu's nicht.»

«Wohin, Liebling?»

«Was?»
«Sea Island.»
«Wozu in Gottes Namen? Warum solltest du?»
«Ich bin nicht geistesgestört, Vater.»
«Natürlich nicht, Babsy. Wer sagt das?»
Aber sie merkten, daß sie sehr verkrampft war. Die eine Schulter zuckte plötzlich zum Hals hinauf. Barbara hatte sich in einen Sessel geworfen und saß dort so verdreht, als hätte sie einen leichten Schlaganfall gehabt. Ein Arm zuckte jetzt, ihr Knie stieß nach vorn. «Ich bin nicht krank.»
«Gib ihr was zu trinken, Elton.»
«Ich will nichts trinken. Ich gehe nicht dahin. Ihr wißt doch, was sie da mit einem machen.»
«Hier, Liebling. Beruhige dich jetzt, Barby. Wohin willst du nicht? Ich weiß nicht, wovon ihr alle redet.»
«Physiotherapie.»
«Wozu?»
«Wen ruft er an?»
Barbara fuhr hoch und lief verkrampft in die Halle. «Wen rufst du an?»
Tess und Elton folgten, und alle drei standen um Harry herum, der in den Apparat sprach.
«Hör mal –» sagte Elton, aber Harry hob nur einen ermahnenden Finger. Niemand wußte, warum oder mit wem Harry telefonierte.
Matty winkte Tess vorsichtig aus der fernen Anrichte.
«Nein», rief Tess. «Sie müssen das Essen warmhalten. Ich weiß nicht, bis wann.»
Harry hängte ein und sagte: «Es wird leichter sein, als du glaubst, Barbs.»
«Ich gehe nicht», sagte Barbara und lief ins Wohnzimmer. «Das ist eine Art Gehirnwäsche.»
«Glaubt ihr auch nur einen Augenblick –» sagte Harry sanft und hob die Hände zum Kopf, um ihre Drohungen und ihre erschrockenen Proteste abzuwehren. «Ruhig, ruhig – hast du was dagegen, Dad, hast du was dagegen, Mutter?»
«Es gibt keinen Ausweg», sagte Barbara, den Kopf hin und her schüttelnd.
«– glaubt ihr, ich würde sie an irgendeinen Ort schicken, von dem ich nicht wüßte, daß er garantiert den Vorschriften des Gesundheitsministeriums entspricht? Es ist ein Erholungsheim in einem der schönsten Hotels auf einem alten Landsitz von Sea Island. Mutter Bracken, du kennst doch Mrs. Morris Underwood; ist sie nicht eine alte Freundin von dir?»
«Ich habe sie lange nicht gesehen –»

«Glaubst du, sie würde irgendwohin gehen, wo etwas gemacht wird, was nicht vorschriftsmäßig ist?»

«Wenn sie nicht dorthin will –» begann Elton.

«Salzbäder», sagte Harry zuckersüß. «Heiße Salzbäder, Ruhe und Gymnastik mit hochqualifizierten Schwestern –»

Sie sagten das Übliche: daß sie ihre Eltern waren, daß sie bestimmt ein Wort mitzusprechen hatten, daß sie die Erlaubnis verweigern, die Polizei rufen, Harry verklagen würden. Sie waren wie zwei Nebenfiguren in einer Oper von Donizetti, sie fuchtelten mit den Händen und sprachen unisono, oft unzusammenhängend. Dann standen tatsächlich zwei stämmige Frauen in Weiß in der Tür, und Barbara war aufgestanden und lächelte ganz merkwürdig, noch immer den Kopf hin und her schüttelnd, aber es war eher ein geziertes Lächeln, ähnlich dem Lächeln kleiner Kinder, wenn sie jemanden ansehen, dem sie mißtrauen, und dann floh sie zur Tür, die in den Garten führte, aber schon war eine der muskulösen Damen vor ihr da, und Barbara wich ihr aus und lief anders herum zur Bibliothekstür, aber die andere Frau schoß dorthin und versperrte ihr den Weg, und nun rückten die beiden langsam gegen sie vor, und Barbara, immer noch lächelnd und in die Enge getrieben, trat hinter den Lexikonständer, während Elton eine der weißbekittelten Damen hinten an ihrem Gürtel packte, aber da hatte Harry, einen halben Kopf kleiner als Elton, aber mit der Kraft eines Untersetzten, die Arme von hinten um Elton geschlungen, und sie vollführten eine Art Tanz, bis Harry, der Elton bei den Schultern hielt, ihn an den Kaminsims preßte, und sie hatten den Lexikonständer umgeworfen, und Barbara wurde mit gummiweichen Beinen ruckweise zur Vordertür geführt, und die ganze Zeit hielt Tess sie mit einer Hand an ihrer Jacke fest und versuchte mit der anderen die Schwestern wegzustoßen, und so wurde sie mitgezerrt, bis einer der indianischen Teppiche im Korridor unter ihren Füßen wegrutschte, so daß sie aufs Gesicht fiel.

Über dem Speisesaal des Katonah-Landklubs lag ein gedämpftes Geräusch – Stimmen, die einsilbige, meinungslose Gespräche führten.

«Ich glaube, ich nehme die Muschelpastete», sagte Barbara. Sie lächelte unaufhörlich. «Und was nimmst du, Harry? Mutter? Joan? Es ist hübsch hier, nicht wahr? Ist es nicht reizend? Ich liebe diesen Raum. Wann waren wir zuletzt hier? An Joans Geburtstag? Jedenfalls weiß ich noch genau, was ich gegessen habe: Spinatsuppe und Muschelpastete und eine richtige Banane zum Nachtisch, und wir haben eine alkoholfreie Sangria getrunken. Mmmh, nam nam nam, alles sieht so gut aus. Sind Sie schon mal hier gewesen, Hooper? Ist es nicht hübsch gemacht? Eine getreue Kopie des alten Lokals. Vater würde nicht merken, daß es nachgemacht ist, nicht wahr, Mutter? Oh, ich liebe dieses Plastikgeschirr, es ist so geräuschlos, und sieh mal, es hat das Weidenmuster, wie niedlich! Was nimmst du, Joan?»

Barbara band Joan ein Papierlätzchen um, und Joan sah sie mit benebeltem Blick an.

«Kann ich was zu trinken haben?» fragte Joan.

«Wolltest du etwas sagen, Harry?»

«Nein, Barb. Wenn alle sich entschieden haben, möchte ich beten.»

«Oh, entschuldige, entschuldige. Rasch, rasch. Nam nam nam, was nehme ich denn als Vorspeise?»

«Ich möchte einen doppelten Wermut auf Eis», sagte Joan.

Tess starrte auf die Speisekarte.

Wenn ich doch mehr empfinden könnte als nur Angst, dachte sie; Angst ist so langweilig. Wenn ich doch für sie etwas fühlen könnte, auch für Harry. Es wäre ein Zeichen von Stärke, wenn ich mehr als nur Haß für ihn empfinden könnte. Das gäbe mir die Kraft, die Dinge zu klären und alles wieder in Ordnung zu bringen, bevor ich gehe. Meinen beiden zerbrochenen Kindern möchte ich Mut zusprechen. In gewisser Weise trage ich Mitschuld an ihrem Unglück. Ich habe sie nur geliebt. Und das war, glaube ich, nicht genug. Ich habe ihnen Liebe serviert wie eine Mahlzeit. Ich habe nicht daran gearbeitet. Ich hätte sie richtig ansehen müssen, um zu ergründen, was mit ihnen war. Aber ich habe sie nur einfach geliebt. So wie man bei der Wahl einfach nur seinen Stimmzettel abgibt. Was konnte *ich* für Joan tun? Was konnte *ich* für den Präsidenten tun? Nichts. Wir alle haben nichts getan. Hat uns das in diese Krise gebracht? Nein. Aber irgendwo ist da ein Zusammenhang. Es hat mit Kindern zu tun, die abseits stehen – man mischt sich nicht in ihre Angelegenheiten ein, man liebt sie einfach. Man liebt sie, ernährt sie, sorgt für ihre Ausbildung und läßt sie gehen, mehr wird nicht von einem erwartet, hab ich recht? Alle haben es so gemacht. Aber daran ist irgend etwas verkehrt. Wir alle haben nur herumgestanden und uns Nettigkeiten gesagt und an die Geburtstage gedacht und Weihnachtskarten verschickt, und wir haben uns gezankt und wieder versöhnt und uns anständig benommen und gemeint, das wäre alles, was es gibt. Aber das stimmt nicht. Es hängt alles miteinander zusammen. Genauso wie alle Familien die Nation ausmachen und alle Nationen die Welt. Aber nicht genug damit. So wie es nicht genug ist, Harry einfach zu hassen. Es muß etwas sehr viel Wichtigeres geben. Wenn ich das herausfinden könnte . . .

Keine Antwort.

Nur der Kellner beugte sich über sie und sagte: «Ich kann den Schinken empfehlen.» Und vor dem «Fenster» ein kleiner künstlicher Donnerschlag und Regen. Sie fuhr zusammen. Es hatte wie eine

Anspielung geklungen: «den Schinken». Er hatte ein Glasauge, und zuerst wußte sie nicht, wo sie ihn unterbringen sollte. Sie erinnerte sich nicht an seinen richtigen Namen, aber sie hatten ihn Cyclops genannt. Er war der Freund von Ham.

«Nanu, ist das nicht –» begann sie, aber er legte rasch einen Finger an die Lippen.

«Schinken, frisch aus *Kanada*», sagte der Kellner. Ach ja, Ham stammte aus Kanada. Cyclops versuchte offenbar, ihr etwas mitzuteilen, aber die anderen beobachteten ihn, und so nahm er die Bestellung auf.

«Irgendwas», sagte sie.

Gedünsteter Kabeljau wurde für sie bestellt.

Während Harry ein langes Tischgebet sprach und alle die Köpfe gesenkt hatten, kritzelte Cyclops etwas auf eine Karte, die er unter ihr Wasserglas schob, und als sie einen Schluck Wasser trank, nahm sie die Karte und hielt sie im Schoß und versuchte sie zu lesen, aber ohne Brille verschwamm ihr alles vor den Augen. Was für eine seltsame Sache. Aber es konnte tatsächlich von Ham sein. So etwas war typisch für ihn. Ham hatte sie bei ihrer Hochzeit durch Lautsprecher ausrufen lassen.

Sie würgte ein paar Bissen von dem Kabeljau herunter, und dann (ihr Herz klopfte so stark, daß sie meinte, man könnte es hören) entschuldigte sie sich, um zur Toilette zu gehen.

Die allgegenwärtige Hooper begleitete sie bis zur Kabine. Sie ging hinein und schob den Riegel vor. Seit Jahren war die Toilette der einzige Ort, wo man allein sein konnte, und selbst da mußte man vorsichtig sein, falls man per Fernsehen überwacht wurde. Dann nahm sie die Karte, setzte ihre Brille auf und las: *Ham, St. Thomas, Mt. Kisco 5.*

Setzte sich und las es wieder und wieder.

«Machen Sie nicht zu lange, Kleines», sagte die Hooper draußen vor der Tür.

Wenn das heißen sollte . . .

Aber Ham konnte unmöglich noch am Leben sein. Er war älter als sie, mindestens fünf Jahre. Sie hatte sich vor Jahren, nachdem sie ewig nichts von ihm gehört hatte (obwohl ihm das nicht unähnlich war), gesagt, Ham müsse tot sein. Sicher war er schon vor Jahren «aufgerufen» worden. Aber Ham war ja Kanadier.

Sollte das fünf Uhr heißen? Mount Kisco? Gab es noch eine St. Thomas-Kirche in Mount Kisco?

«Nun beeilen Sie sich, meine Liebe, machen Sie mir bitte keine Schwierigkeiten», quengelte die Hooper vor der Tür. «Schön brav sein, Liebchen.»

Oh, mein Gott, dachte sie, ausgerechnet er will mir zu Hilfe kommen. Ham, der mich immer beschwindelt hat.

Sie mußte lachen. Die Hand vor den Mund haltend, lehnte sie sich an die kalte Wand der Toilette und lachte und lachte, und das klang wohl wie ein Würgen, denn die Hooper fragte: «Ist Ihnen übel, Liebes?»

«Ja», sagte sie. «Würden Sie gehen und meine Tochter holen? Miss Barbara möchte bitte herkommen, ja?»

Sie hörte Hooper hinausgehen und das Zischen des pneumatischen Türschließers, und nach einer Sekunde öffnete sie ihre Kabinentür. Die Wärterin drehte ihr den Rücken zu. Tess gelangte durch die Tür in die Halle.

Sie sah sich um und entdeckte eine Tür mit der Aufschrift NOTAUSGANG. Es war keine Zeit, lange nachzudenken. Schnell. Jetzt oder nie. Sie stieß die Tür auf. Lief die Stufen hinunter. Wenn sie die achtzehn Stockwerke hinunterkam, bevor Barbara sie entdeckt hatte –

Alle behaupteten, Tess Adams sei mit etwa zwanzig Jahren plötzlich aufgeblüht.

Vorher war sie unauffällig gewesen; sie sehe nett aus, wurde häufig von ihr gesagt. Dann über Nacht kam die späte Blüte: Schönheit, Haltung und Anmut, als hätten die Götter sie bisher vergessen und wollten sie nun um so reichhaltiger beschenken. Nanu, Tizzie, sagte Mama, du bist schön, weißt du das?

Aus einem pausbäckig hübschen, aber groben Gesicht wurde das längliche, schrägäugige, zarte Gesicht, das später, als sie alt war, immer noch sehr bewundert wurde. Aus ihren stämmigen jungenhaften Fohlenbeinen wuchs ein wohlgestalteter Körper empor, mit eindrucksvollen Brüsten, die gerade nur so weit vorstanden, daß man darauf aufmerksam wurde, und die eine Spitze hatten wie Zitronen. In dämmeriger Beleuchtung sah ihr schön geformter Rücken besonders reizvoll aus. All das war sozusagen ohne ihr Wissen geschehen, ohne daß sie irgend etwas dafür getan hatte. Keine Cremes, keine Diät und keine Gymnastik hatten diese geschickte Verwandlung zustande gebracht; sie kam leise wie ein später Frühling und war plötzlich da wie das erste grüne Blatt.

Man hätte meinen sollen, daß dieses Erblühen sie belebt hätte, aber sie schien nicht recht zu wissen, wie sie damit fertigwerden sollte. Sie wußte, irgend etwas fehlte ihr, und das war der Grund, weshalb sie mit den Jungen, die sie ausführten, nicht zurechtkam. Sie spürte eine innere Leere und zergrübelte sich den Kopf, was das sein könnte; es schien, als wanderte sie, weder begeistert noch verzweifelt, durch ein Fegefeuer mittelmäßiger Emotionen und lauer Wünsche. Nicht nur, daß sie es bedauerte, sie empfand es auch als eigenes Versagen, wenn sie für die Männer, die ihr zu gefallen suchten, kaum Interesse aufbringen konnte. Sie konnte weder Vergnügen daran finden, wenn sie sich ihr näherten, noch Schmerz, wenn sie sie aufgaben. Warum kann ich nichts *fühlen*, fragte sie sich immer wieder. Es kam ihr der Gedanke, daß sie frigide sein könnte, und kleine Schauer – wie die kalten Kräuselwellchen auf einem Fluß – überliefen sie. Zina Edwards hatte ihr vor Jahren gesagt, ihr fehlte jedes Mitgefühl, und sie wußte, daß sie recht hatte. Konnte das physisch bedingt sein? Sie schob ihr sexuelles Debut hinaus und widerstand der Defloration wie jemand, der eine bösartige Erkrankung vermutet und nicht zum Arzt geht aus Angst, der Verdacht werde sich bestätigen. Statt dessen versuchte sie es mit einem ganz banalen Heilmittel: sie machte eine Reise ins Ausland. «Fahr mit dem Schiff», sagte Mama. «Das erste Mal sollte man auf jeden Fall mit dem Schiff fahren, und bald wird es sowieso keine Schiffe mehr geben.»

Erstens war es jetzt, nachdem sie Sandy Hook hinter sich gelassen hatten, zu spät um einzusehen, daß ihre Freundin Heather Keep ein Klotz am Bein von so gewaltigem Ausmaß war, daß einem die Zunge trocken wurde bei der Vorstellung, daß sie sieben Wochen lang Reisegefährten sein würden. «Ich wette eine Million, daß wir Trottel die einzigen sind, die Trinkgeld gezahlt haben, weil wir in der Kabine geblieben sind, bis sie das Gepäck gebracht haben», sagte Heather und dann: «Ein Wunder, daß sie uns so viel Platz im Schrank gelassen haben!» – «Fall bloß nicht auf diese französische Politesse herein», sagte Heather. «Denen liegt doch nur an unseren Dollars, und sie werden uns hinter jeder Ecke auflauern.» – «Sieh jetzt nicht hin», sagte Heather halblaut (halblaut sprechen war eine ihrer wenigen Begabungen), «aber nach einem Weilchen dreh dich um und sieh dir an, was Mrs. Frank heute abend anhat. Aha, heute ist Bingo-Abend in Grand Rapids.»

Zweitens hatten die Jünglinge, die sich ernsthaft für sie interessierten, sie zu Drinks einluden und ihre Wetten beim Pferderennen placierten, alle nur das gleiche im Sinn und setzten fortwährend auf das falsche Mädchen; während Heather mit feinen Andeutungen zu verstehen gab, daß sie vielleicht zu einem Bordspielchen bereit sei (sie raschelte dauernd mit den Unterröcken ihrer New-Look-Abendkleider), wurde Tess mit hungrigen Blicken verfolgt, und wenn sie ihre Verehrer mit humorvoller, aber deutlicher Ablehnung loszuwerden versuchte, mißverstanden sie das als zum Spiel gehörende Taktik und vermehrten ihre stummen Anträge, drückten sie beim Tanzen sehr fest an sich oder tauchten hinter ihrem Liegestuhl auf, um ihr die Augen zuzuhalten und sie schelmisch aufzufordern, ihren Namen zu erraten.

Um wenigstens eine kleine Erinnerung zu haben, ließ sie sich bei

Vollmond auf dem Bootsdeck küssen, während der Wind ihr das Haar wild zerzauste und ihre Röcke aufreizend hochwehte. Aber der Kuß ging daneben, sie stießen schmerzhaft mit den Zähnen zusammen, und sie sagte: «Ich wollte Ihnen nicht die Zähne zeigen», und Bemerkungen wie diese, die sich unter den jungen Leuten herumsprachen, waren schuld daran, daß sie die letzten zwei Abende vor Le Havre allein dasaß.

Da war dieser junge Mann, von dem sie bemerkte, daß er sie nicht bemerkte; nie bat er sie um einen Tanz, und er ging an ihrem Liegestuhl vorüber, ohne ihr einen Blick zu gönnen. Anfangs glaubte sie, er und das Mädchen seien ein jungvermähltes Paar, aber als sie eines Abends in ihre Kabine ging, sah sie, daß sie sich einen Gutenachtkuß gaben und in getrennte Kabinen gingen. Erst da ging ihr auf, daß sie das gleiche Kinn hatten, ein sehr ausgeprägtes Kinn, und sie merkte sich die Kabinennummer des Mädchens und suchte die beiden in der Passagierliste; sie fand, daß sie Bracken hießen, Nancy Bracken, U 127, und E. O. Bracken, U 134.

Also Bruder und Schwester, aber ein einzigartiges Geschwisterpaar. Nie sah man sie getrennt. Jeden Abend vor dem Essen nahmen sie am selben reservierten Tisch zwei Drinks; nie wandten sie den Kopf, um andere Leute anzusehen; sie tanzten sehr hübsch zusammen, als hätten sie gerade Tanzstunde genommen, mit phantasievollen Figuren, ohne im geringsten affektiert zu wirken; sie lächelten einander nie zu und schienen es nicht nötig zu haben, Konversation zu machen. Allmählich fing sie an, das Paar zu beneiden. Einmal machte sie einen Umweg, um an ihrem Tisch vorbeizugehen. «Guten Abend», sagte sie, und sie hoben leicht überrascht ihre ähnlichen Gesichter zu ihr auf, und beide sagten wie aus einem Munde «Guten Abend» und wandten ihre länglichen, aristokratischen Gesichter wieder der Speisekarte zu.

Nur einmal, am allerletzten Abend an Bord, begegnete sie E. O. Bracken allein. Er lehnte an der Reling und blickte auf die dunkle See hinaus, als wolle er etwas heraufbeschwören und etwas ungeheuer Bedeutsames aussprechen. Er hielt die Zigarette so im Mund, daß der Rauch ihm in die Augen wehte und es so aussah, als weinte er lautlos. Und der Wind blies durch sein weiches blondes Haar, und sie sah, daß es sich vorn schon zu Flaum lichtete.

Sie lehnte sich an die Reling, gerade weit genug entfernt, um nicht aufdringlich zu erscheinen, und wartete; als sie etwa eine Seemeile zusammen über den Atlantik gefahren waren, sagte sie: «Windig», und kam sich wie ein billiges Mädchen vor (Heather hätte gesagt, ach, hätten Sie vielleicht ein Streichholz oder ein Feuerzeug, und wollen wir nicht für einen Augenblick in den Windschutz gehen), und E. O. Bracken wandte sich um und sah sie an, als hätte sie unpassenderweise während einer Predigt gesprochen. Er schenkte ihr die Andeutung eines mitleidigen Lächelns. «Ja», sagte er und wandte sich ab und ging sehr rasch die Treppe B hinunter. Der Gedanke, daß sie ihn nach der Ausschiffung nie mehr wiedersehen würde, stimmte sie unerwartet traurig.

Aber wenigstens hatte sie etwas gefühlt.

Und was dann geschah, als sie auf dem Vesuv ausrutschte und hinfiel, war wie ein Wunder.

Erst in Paris griff der liebe Gott ein, indem er Heather mit leichter Hepatitis ins amerikanische Krankenhaus und dann nach Hause schickte.

Dankbar für das herrliche Alleinsein nahm Tess sich vor, Paris zu genießen, und sie spielte das ein wenig geheimnisvolle amerikanische Mädchen und hoffte sogar, daß sie eine reizende kurze *alliance* haben würde. Aber sie mußte feststellen, daß es nicht sehr vorteilhaft war, ein alleinreisendes, geheimnisvolles amerikanisches Mädchen zu sein. In den Restaurants war es schwierig. Wenn sie einen Tisch für sich allein suchte, stieß sie nur auf Achselzucken. Plötzlich waren alle Tische *réservés.* Wenn sie in einem Straßencafé saß, merkte sie, daß sie von Männern und einmal sogar auch von einem Mädchen angestarrt wurde, und es machte sie nervös, wenn die Stühle immer näher an ihren herangeschoben wurden. Dann griff sie nach ihrem Buch und tat so, als läse sie. Manchmal wurde sie so nervös, daß sie augenblicklich um die Rechnung bat und ging, obwohl sie nicht wußte, wohin, außer zurück ins Hotel. Sie verlangte ihren Schlüssel so oft, daß der Portier mitfühlend seufzte. «Gefällt Ihnen Paris nicht, M'd'moiselle?» fragte er, als sie den dritten Abend um halb zehn nach Hause kam. «O doch, *mais oui*», sagte sie, «aber ich habe zu tun – *très occupée*», sagte sie und machte die Gebärde des unermüdlichen Schreibens.

«*Dommage*», sagte er.

Einmal im Louvre sah sie die Brackens. Sie trugen ähnliche Windjacken und die gleichen kleinen Mützen aus Harristweed. «Hallo», sagte sie fröhlich. «Wir waren auf demselben Schiff.» Sie nickten ihr zu, waren aber in ihren Katalog vertieft.

Sie eilte durch die Straßen, die sich so hervorragend zum Bummeln eigneten, als käme sie zu einer wichtigen Verabredung zu spät. Sie verlernte ihr gutes Französisch. «Hm – hm – *je vous en prie – que* – äh –» stotterte sie. Wenn sie sich dann wieder in die Geborgenheit ihres Zimmers geflüchtet hatte, sah sie ihr leeres, enttäuschtes Gesicht im Spiegel, und ihr war trostlos zumute.

Sie reiste weiter. In Venedig, allein in einer Gondel, kam sie sich albern vor. Als sie sich behaglich zurücklehnen wollte, bekam sie einen heftigen Krampf im Nacken. Der Gondoliere belästigte sie dauernd mit eindeutigen Angeboten und rief den anderen Gondolieri unflätige Bemerkungen über sie zu (so vermutete sie wenigstens). Spät abends, als sie über die leere Piazza San Marco ging, hörte sie aus dem Schatten der dunklen Arkaden eine italienische Stimme «Hallooo» rufen, und noch einmal leise und zärtlich «Hallooooo», und als sie in panischer Angst mit klappernden Absätzen davonstürzte, rief die Stimme: «Warum haben Sie denn Angst?» Und in dem menschenleeren Säulengang verfolgte sie das Echo des Wortes Angst.

Als sie in Rom eines Abends zwischen dem schimmernden Wasser und den angestrahlten Steinskulpturen auf der Piazza Navona saß und erwog, nach Hause zu fahren, sprach sie ein gut aussehender junger Engländer an. Sie ließ sich zu einem *negroni* einladen und wurde, nach so langer Zeit aus ihrem Gefängnis des Schweigens erlöst, gesprächig und heiter, bis er aufstand, um sein Mädchen zu begrüßen, eine hochmütige Engländerin, und nach einigen Minuten murmelten sie entschuldigend, sie hätten irgendwo Plätze reserviert und verschwanden. Sie bestellte noch einen Negroni und sagte sich energisch, daß sie durchhalten müsse, wenn auch nur, um ihre Ausdauer auf die Probe zu stellen; in unaussprechlicher Einsamkeit, während ihr die Haut vor Verlorenheit und Selbstmitleid weh tat, dachte sie, sie könne allein herausfinden, was ihr fehlte. So ging sie durch die Ruinen, ihre wehmütigen Betrachtungen um die Schultern ziehend; sie starrte in das dunkle, menschenleere Forum. Für sie ging eine gewisse Kraft aus von dieser Art Selbstabtötung des Ego.

Es war sehr spät, als sie ins Hotel zurückkehrte, und sie mußte dem Nachtportier klingeln. Dann versuchte sie vergeblich, ihre Zimmertür aufzuschließen. Sie hantierte auf diese und jene Weise mit dem Riesenschlüssel und machte in dem stillen Flur so viel Lärm, als öffnete sie eine Ausfallspforte für ein Regiment Soldaten. Sie mußte wieder hinunter zum Nachtportier, der mit hinaufkam und ihr lächelnd die Tür aufschloß. Er war jung und sehr schön. Er sah sie mit riesengroßen, traurigen Augen an, und für den Bruchteil einer Sekunde hatte sie den irrsinnigen Wunsch, ihn zu küssen. Sie suchte nach Trinkgeld in ihrer Tasche. «*Multo grazie*», sagte sie. «*Prego*», sagte er und lächelte sie an. Er war ebenso einsam wie sie, hatte sein Blick ihr gesagt; er verstand vollkommen. Und wenn sie nun zum erstenmal in ihrem Leben von einem einsamen italienischen Nachtportier geliebt worden wäre? Aber wohlerzogene amerikanische Mädchen tun so etwas nicht. Im übrigen, sagte sie, die Fensterläden für die Nacht öffnend, hätte bestimmt im falschen Augenblick jemand nach ihm geklingelt. Wie auch immer, sagte sie, ich habe eine Botschaft von ihm erhalten.

Dann fiel sie auf dem Vesuv hin und wurde von Mr. Bracken aufgefangen.

Während sie dort stand und in diesen gräßlich monumentalen

Aschenbecher hinabblickte – in das graue Meer von Asche, das kilometertief sei, wie sie sagten, in der furchtbaren Stille, zwischen dünnen Rauchwolken, die an den Seiten hochstiegen, mit ihrer Höhenangst und an den Fels geklammert –, glitt sie aus und rutschte, sich die Knie aufschürfend, den Abhang hinunter, rollte auf den Aschenpfad und wurde von Elton Bracken aufgehoben. «Oh», keuchte sie. «Stellen Sie sich vor. Wir sind auf demselben Schiff herübergekommen», sagte sie, während sie aufgehoben und angestarrt und nebenbei von einem dicken Mann aus Racine, Wisconsin, fotografiert wurde.

«Sind Sie verletzt?» fragte Mr. Bracken. Seine Schwester Nancy bot ihr ein Taschentuch an, und wegen all der kleinen Quälereien und Zurechtweisungen und einsamen Nächte und Mißverständnisse über Sprache und Trinkgelder brach sie in Tränen aus und weinte und weinte. Sie setzten sie auf einen Stein, und Nancy tupfte ihre blutenden Knie ab, und Elton stand daneben und zwinkerte ihr zu.

«Ach, danke, es geht schon wieder», schluchzte sie und verfiel in den nächsten Weinkrampf, weil es so ein herrliches Gefühl war, und zum Teufel mit den Touristen, die sie ansahen, weil sie sich wegen eines kleinen Unfalls wie ein Baby anstellte.

«Wohnen Sie in Neapel?» brachte sie schluchzend hervor. «Ich komme mir so idiotisch vor, aber – alles ist schiefgegangen.» Die Brackens standen neben ihr und machten beunruhigte aber mitfühlende Gesichter, während sie ihren hysterischen Anfall zu Ende brachte. Und plötzlich sprudelte alles aus ihr heraus: daß ihre Reise scheußlich sei, daß alles schiefgegangen sei, der Wagen nicht da, wo er sein sollte, der Zug, den man ihr in New York angegeben hatte, nicht mehr auf dem Fahrplan, das entsetzliche Französisch, die ekelhaften Venezianer, «und ich habe seit Wochen kein verlorenes Ei gegessen», jammerte sie ohne Sinn und Verstand.

Es übertraf ihre wildesten Hoffnungen, daß die Brackens in Resina (einer winzigen Stadt, also eigentlich nicht überraschend) im selben Hotel wohnten wie sie, und gegen Abend saß sie mit ihnen bei einem Campari in einer staubigen kleinen Straßenbar, entzückt über die Esel und die schönen italienischen Bauern. Vor allem aber entzückt über die Brackens. «Ich glaube nicht –» begann einer von beiden, und der andere nahm den Satz auf und beendete ihn. Elton studierte Jura in Harvard, und Nancy «tat nichts». Ihre Eltern waren tot. Sie hatten etwas unbeschreiblich Gütiges und Beruhigendes an sich.

Sie fuhren zusammen nach Pompeji, und während sie durch die Straßen mit dem alten Kopfsteinpflaster gingen, hatte Tess das Gefühl, sie schon immer gekannt zu haben.

«Falls Sie etwas über die Mauersteine wissen möchten, Tess», begann Elton, «so haben diese hier», sagte Nancy, «das rhombische Netzmuster aus dem Zeitalter des Augustin», sagte Elton.

«Alle diese Steine hier, Tess», sagte Nancy, «sind noch nicht so alt, etwa aus Neros Zeit.»

«Wird Ihnen das nicht langweilig?» fragte Elton.

«O *nein.*»

«Aber wenn es Ihnen langweilig wird –»

«– dann sagen Sie's», sagten die Brackens wie aus einem Munde.

«Es gibt nichts Schlimmeres», begann Nancy, «als jemanden, der nicht das gleiche Interesse hat wie wir», fuhr Elton fort, «durch Pompeji zu schleppen», schloß Nancy.

Manchmal ließ sie die beiden vorauslaufen, weil es so rührend war zu beobachten, wie er seine Schwester so behutsam wie ein rohes Ei behandelte, ständig die Hand unter ihrem Ellbogen hatte, ihr mit altmodischer Höflichkeit über die kleinste Stufe, um die leichteste Ecke half.

«Stellen Sie sich vor», begann er. «Sie waren tagelang vorher gewarnt worden.»

«Tagelang», echote Nancy. «Stellen Sie sich das vor. Das Erdbeben kam erst vor dem Ausbruch, der, glaub ich –»

«– an einem Freitag stattfand», sagte Elton.

Sie standen in dem windigen Forum, und die Brackens erzählten, als seien sie dabei gewesen – die mächtige Rauchsäule, das unheimliche Rumpeln, die heißen Winde, die Aschenflut, die nachts im grellen Licht herabstürzte. «Sie rannten überall herum und schleppten mit, soviel sie konnten.»

«Oh, ich finde das schön», sagte Tess. «Warum finden wir es schön, am Schauplatz einer Katastrophe zu sein?»

«Es gibt uns ein Gefühl von Unsterblichkeit», sagte Elton und lächelte sie gütig an und rückte seine kleine Harristweedmütze zurecht. Im selben Augenblick rückte Nancy die ihre zurecht.

Dann stiegen sie gemeinsam auf einen Turm und schauten auf gelbe Hirsefelder hinab, wo Frauen in blauen Röcken mit Sensen die Ernte einbrachten.

«Oh, wie ist das schön», rief Tess. «Ich finde das alles so schön.»

Sie klopften an ihre Tür, als sie gerade zu Bett ging. «Wollten Sie gerade zu Bett gehen?» fragten sie. «Kommen Sie für einen Augenblick in Eltons Zimmer. Wir wollen Ihnen etwas zeigen.»

Sehen Sie mal, dort, sagten sie. Zur Rechten funkelten die Lichter von Neapel. Weiter links blinkten die schwächeren Lichter von Capri. In der Gegend von Sorrent flammte ein Feuerwerk auf und zerplatzte am Nachthimmel unter dem Mond.

«Es kommt mir so vor –» sagte Elton – «als wolle man uns heute abend mit Licht überfluten», sagte Nancy.

Die Brackens beugten sich rechts und links aus dem Fenster, der Nachtwind umspielte ihr feines, dünnes Haar und ihr vorspringendes, aristokratisches Kinn und die ähnlichen Nasen, und Tess war in beide so verliebt, daß sie vor Stolz und Ehre zu glänzen meinte. Sie waren so reizend, so zivilisiert, so nett, so amerikanisch. Sie waren Musterexemplare von Amerikanern. Am liebsten hätte sie dem Kongreß empfohlen, die Brackens unter irgendeiner Verpackung durch die ganze Welt zu schicken als lebendigen Gegenbeweis der Zeitungsente, daß alle Amerikaner aggressiv, vorlaut, ordinär und habgierig seien.

«Ich liebe einfach alles», sagte sie. Am meisten liebe ich euch beide. «O mein Gott», sagte sie, kniete nieder und blickte zu dem dunklen Klotz des Vesuvs auf, «oder wer auch immer mir zuhört, ich danke dir dafür, daß du mich hast ausrutschen lassen, aber laß es weitergehen, bitte! Laß es nicht nur eine zufällige Begegnung gewesen sein, so wie Schiffe sich nachts begegnen.»

Zwischen Neapel und Rom gibt es über ein Dutzend Tunnels, durch die der Zug sich unter dem Gebirge hindurchwindet. Da in ihrem Abteil kein Licht brannte, brausten sie bald durchs Tageslicht, bald durch die schwarze Nacht; aber es war tröstlich, daß die Brackens im Dunkeln weitersprachen, ihre Unterhaltung fortsetzten, völlig unberührt davon, daß sie plötzlich körperlos waren; ihre Stimmen veränderten sich nicht im Tonfall, sie sprachen nur ein wenig höher, um den Lärm des durch einen Tunnel rasenden Zuges zu übertönen. Einmal fragte Elton im Dunkeln: «Sehen Sie mich an, Tess?» Ihr fiel fast das Herz aus dem Leib, und sie lachte bei der Vorstellung, daß die höflichen und rücksichtsvollen Brackens sich bückten, um auf dem Fußboden des Abteils ihr heruntergefallenes Herz zu suchen.

In einer kühlen römischen Nacht saßen sie im Garten des «Alberto», das im Schatten einer großen Kirche steht, und aßen die großen Garnelen, die Barthaare hatten «wie Teddy Roosevelt». Ringsum summte und hupte der endlose Strom des römischen Verkehrs. Aber plötzlich hörten sie ganz in ihrer Nähe auf der Straße einen lauten Wortwechsel. Ein Mann und eine Frau schrien sich gegenseitig an, fuchtelten mit den Armen und ballten die Fäuste, eine typisch italienische Auseinandersetzung. Tess bemerkte, daß Elton unangenehm berührt war. Er war aufgestanden, sein Gesicht sah gequält aus, sein Mund war schmerzlich verzerrt. «Ach, nicht doch», sagte Elton. Er fühlt sich durch Gewalt tatsächlich physisch abgestoßen, dachte Tess und stellte fest, daß sie selbst nichts Besonderes dabei empfand, nicht mehr als in New York; nur daß es häßlich und unangenehm war. Die Frau spuckte dem Mann ins Gesicht, und er schlug sie grob über den Mund, und ein kleines Rinnsal von Blut rann aus ihrem Mund, nicht mehr als ein paar Tropfen Wein, aber Elton schrie auf, lief die Stufen hinunter, faßte den Mann am Ärmel und sagte in strengem Ton:

«Man darf niemals, hören Sie, *niemals* eine Frau schlagen!» Daraufhin geschah etwas Typisches. Der Mann und die Frau taten sich zusammen und wandten sich mit wütenden Beschimpfungen gegen Elton, der dastand und bekümmert den Kopf schüttelte, und dann spuckte die Frau vor ihm aus und sagte etwas und dann voller Verachtung: «*Americano.*» Elton kam resigniert an den Tisch zurück, und Tess erlebte zum erstenmal, daß Nancy die siamesische Einmütigkeit mit dem Bruder durchbrach. «Du solltest dich nicht einmischen», sagte Nancy.

Irgendwie führte das zu einem Gespräch über die menschliche Natur.

«Die Menschen sind im Grunde gut», sagte Nancy. «Daran glaube ich.»

«Im Grunde», sagte Elton, «sind die Menschen gut. Ich bin altmodisch. Ich glaube, daß das Gute am Ende siegt.»

«Am Ende», sagte Nancy. «Darum glaube ich, daß wir uns immer durchsetzen werden. Amerika, meine ich.»

«Wird sich durchsetzen», sagte Elton, «weil trotz aller Schurken und Verrückten und Spinner die Mehrheit der Amerikaner gut ist. Ich glaube nicht, daß bei uns etwas passieren könnte wie –»

«– Hitler», sagte Nancy.

«Nein, die Menschen sind im Grunde gut», sagten die Brackens unisono, und Tess sagte sich, es müsse so sein, wenn die Brackens es sagten.

Ach, Sie sollten sich eine andere Unterkunft suchen, hatten die Brackens gesagt, als sie wieder in Rom waren. Es ist zu groß und kommerziell. Wir wohnen immer im Nazionale; es ist billig, und außerdem ist es auf dem alten Platz, wo immer die *carabinieri* stehen in ihrem Scharlachrot und Schwarz und mit ihren napoleonischen Hüten. Tess fühlte sich inzwischen von ihnen akzeptiert, und wirklich, Rom erschien verändert, schien zu lächeln; die Azaleen stürzten wie Wasserfälle die Spanische Treppe herunter. «Oh, *bellissima*», sagte Tess.

Eine seltsame kleine Sache passierte. In der Via Sistina hatte sie ganz spontan ein blaues Schälchen für Nancy gekauft. Als sie dann an Nancys Tür klopfte, war es erst ein Weilchen still, und dann fragte Elton: «Wer ist da?» Er öffnete die Tür einen Spalt weit und sagte mit gepreßter Stimme: «Ja?» Und Tess konnte Nancy auf dem Bett liegen sehen, das Gesicht von der Tür abgewandt. «Eine hübsche Kleinigkeit, die ich in einem Fenster gesehen habe», sagte Tess. «Geht es Nancy nicht gut?» Er war so sonderbar. Kam sie etwa als Störenfried in ein privates Drama? «Oh, es ist weiter nichts; nein, es geht ihr gut», sagte Elton; er nahm das Geschenk so kühl entgegen, als handelte es sich um eine gerichtliche Vorladung. «Danke, Fran», sagte er, und dann:

«Tess, meine ich; wir kennen ein Mädchen namens Fran; entschuldigen Sie.» Gut, bis nachher, sagte Tess, aber er hatte die Tür bereits wieder zugeschlagen.

Um sechs Uhr klingelte ihr Telefon, und Elton sagte: «Tess, wir werden heute abend für uns allein auf dem Zimmer essen, also –» «Ah», log sie, «dann nehme ich die Gelegenheit wahr und treffe mich mit einer Freundin meiner Mutter.» Seltsam, wie verwaist sie sich fühlte bei dem Gedanken, den ganzen langen Abend ohne sie verbringen zu müssen. Gab es Ärger in der Familie? Irgendeinen Streit? Es war unvorstellbar, daß sie sich zanken könnten.

Aber am nächsten Morgen rief Nancy munter in aller Frühe an. Ich finde die Schale wunderschön, sagte sie, wie lieb von Ihnen, Tess. Haben Sie einen netten Abend gehabt? Wo haben Sie mit der Freundin Ihrer Mutter gegessen? – Ach, sie hatte keine Zeit? Wie schade. – Da hätten wir Sie warnen sollen, das ist das größte Nepplokal von Rom. – Ach, wir hatten etwas Dummes zu erledigen. – Passen Sie auf: wir werden Schinken und Käse und Wein kaufen und – und (Elton nahm den Hörer) ein Picknick machen, vielleicht in den Bädern des Caracalla. Die haben Sie noch nicht gesehen.

Am letzten Tag, bevor die Brackens heimflogen, saßen Nancy und Tess auf einem sonnigen Platz und warteten auf Elton, der sich noch einen neuen Film kaufte, und Nancy sagte: «Elton hat Sie gern, Tess.»

Sie war sehr stolz.

«Mögen Sie ihn?» fragte Nancy.

«Oh, Nancy, ich habe Sie beide schrecklich gern.»

«Ja, aber mögen Sie ihn?»

«O ja.»

Nancy setzte sich auf einen Sims und starrte in die Ferne. «Er ist sehr gut und lieb, wirklich», sagte sie.

«O ja, ich weiß.»

«Das Liebste, was man sich denken kann, wirklich.»

Sie brachte die beiden zur *stazione*, wo der Bus zum Flughafen abfuhr. «Ich stehe im Telefonbuch von Manhattan», sagte sie verzweifelt. «Ich wohne in der Dreißigsten, gleich bei der Lexington Avenue, und im Sommer bin ich wahrscheinlich immer mal hier, mal dort, aber dann werde ich fast den ganzen Winter zu Hause sein, weil ich einen Kursus an der New School machen will», sagte sie dringlich, verzweifelt, als würden sie nach Neuseeland deportiert.

Sie winkten hinter dem Busfenster. Sie drückten wie Kinder die Nasen an die Scheibe. Dann verschwanden sie in einer Wolke von blauen Abgasen.

Rom war trübe und grau; ein plötzlicher Regenschauer hatte sie durchnäßt, und wieder stand sie wie versteinert da und wagte sich nicht durch den dichten Verkehr auf der Piazza di Spagna. «Versuchen Sie immer, zusammen mit Nonnen hinüberzugehen», hatten die Brackens ihr gesagt.

Sie riefen nicht an.

Unter ihrer Nummer in New Jersey meldete sich niemand. Trotzdem gab sie die Hoffnung nicht auf und schnellte in die Höhe, sobald das Telefon klingelte.

Dann, im Juli, rief Mama aus Bedford an.

«Hast du nicht in Italien eine Nancy Bracken kennengelernt? Sie ist gestorben. Es steht in der Times.»

Am 17. Juli starb
Nacy Elizabeth BRACKEN
die geliebte Tochter
des verstorbenen Ormond Bracken
und seiner Gattin Ellen, geb. Fownes,
aus Foothills, New Jersey,
und die innig geliebte Schwester von
Elton Ormond Bracken.
Die Beisetzung findet in aller Stille statt.

Lieber Elton (schrieb sie), *ich glaube, ich finde keine –*

Liebster Elton, in dieser sicherlich furchtbaren Stunde –

Mein lieber Elton, mein tiefstes, zärtlichstes, innigstes, schmerzliches Beileid, lieber, lieber Freund, zu diesem –

Schließlich schrieb sie: «*Elton, wann immer du den Wunsch hast, mit jemandem zu sprechen, ich bin stets für dich da, Tess.*»

Er kam die Treppe herauf, abgemagert.

«Hallo.»

«Tess. Ich bin ein bißchen zu früh.»

«Gerade richtig, Elton. Hallo.»

«Hallo. Ich bin zu Fuß gekommen.»

«Von wo?»

«Harvard-Club.»

«Wohnst du dort?»

«Hm-m. Hübsch hast du's hier, Tess.»

«Zur Untermiete. Gib mir deinen Mantel.»

«So viel Platz, und sogar ein Kamin.»

«Der funktioniert nicht, und ich habe für diesen Geschmack nicht viel übrig –» Sie versuchte sich nicht anmerken zu lassen, daß sie über sein Aussehen erschrocken war; so dünn war er, und er hatte irgend etwas an den Augen, so daß sie vermied, ihn direkt anzusehen. Er kam ihr vor wie jemand, der sich gerade von einer langen, schweren Krankheit erholt.

«Nun, was darf ich dir anbieten?»

«Ach, ich weiß nicht, Tess. Irgendwas, danke.»

«Gin? Scotch? Wodka?»

«So etwas habe ich in letzter Zeit gar nicht mehr getrunken; ich fürchte, solche scharfen Sachen werden mich umhauen. Hast du vielleicht einen gewöhnlichen Weißwein?»

«Oh, ich glaube nicht, mal nachsehen. Ich glaube nicht, ich habe nicht daran gedacht.»

«Aber das macht doch nichts. Gib mir einfach Tonicwasser.»

«Ohne alles?»

«Ohne alles.»

Es war schwierig, die Vergangenheit nicht zu erwähnen, Italien, alles, was ihn erinnern könnte; und andererseits hatte man sich sonst nicht viel zu sagen. Und er saß höflich da, und sein Hals ragte so dünn aus dem Hemdkragen, und sein vorspringendes Kinn, das ihn auch in besseren Zeiten wie einen Sumpfvogel hatte aussehen lassen.

«Ich war neulich abend in dem Kussewitzky-Konzert», teilte sie ihm mit.

«War es gut?»

«Wunderbar. Mahler.»

«Wirklich?»

«Und Ravel.»

Die schleppende Unterhaltung und ihre Stimme, die so hoch und künstlich klang wie die einer Naiven, die in einem Stück nur die Hauptpersonen vorstellen muß; außerdem das Mitleid mit ihm, das ihr wie ein Kloß im Halse saß. Nie zuvor hatte sie so eine tiefe Trauer erlebt, auch bei Daddys Tod nicht; nie zuvor einen jungen Mann gesehen, der so viel verloren hatte. Wenn er sich von Zeit zu Zeit im Zimmer umsah, hierhin, dorthin, war es, als suchte er nach Nancy.

«Aber die Russische Teestube ist immer so schrecklich voll, und die kleinen Tische stehen so dicht nebeneinander, daß ich immer eine Art Platzangst bekomme –»

«Ja.»

«Und alles wird mit saurer Sahne verfeinert.»

«Ich mag einfaches Essen lieber. Was Essen anbelangt, bin ich eigentlich ziemlich anspruchslos.»

«Das ist gut, denn heute abend bekommst du weiter nichts als Fleischklöße und Spaghetti. Du siehst, ich habe nicht gerade die beste Erziehung genossen.»

«Das ist gerade das Richtige für mich.»

«Soll ich dir diesmal nicht einen Tropfen Gin hineintun?»

«Nein, danke, Tess.»

«Und wie hast du – wie geht es mit dem Studium?»

«Es war – ach, ich mache weiter.»

Wie konnte sie die Wand zwischen ihnen durchbrechen? Es überfiel sie der schmerzhafte Wunsch, durchs Zimmer zu laufen, die Arme um dieses magere Geschöpf zu legen und zu fragen, wer sorgt für dich? Mit wem kannst du sprechen? Was bedeute *ich* dir?

Dann schaffte sie es mit einem kleinen Fauxpas. «Kekse?» fragte sie und hielt ihm die Schale hin; er nahm die Schale und sah sie prüfend an und sagte: «Das ist doch die gleiche Schale, die du Nancy geschenkt hast, nicht wahr?»

«Ja.» Verdammt. «Ich habe zwei gekauft. In der Via Sistina.»

Er hielt die blaue Schale, als wartete er darauf, das Abendmahl zu empfangen, und sie wartete, denn sie fühlte, daß sie plötzlich in der Kathedrale seines Verlustes vereinigt waren. Nach einer langen Pause räusperte er sich, und auf die Kekse starrend sagte er: «Tess, wir wußten es nämlich, damals in Europa. Wir wußten es.»

«Ja, ich verstehe.»

«Sie wollte Frankreich und Italien noch einmal sehen. Aber wir wußten die ganze Zeit, daß ihr höchstens noch zwei bis drei Monate blieben.»

«Ach.»

«War sie nicht wunderbar? Hättest du je etwas vermutet?»

«Nicht im entferntesten –»

«War sie nicht einfach wunderbar? Ja, das hat mir in gewisser Weise geholfen, durchzuhalten, daran zu denken, wie wunderbar sie war, selbst in bösen Zeiten wie an dem Abend, als du die Schale in ihr Zimmer brachtest und es ihr so schlecht ging.»

«Ich habe nichts gemerkt, habe gedacht, ihr hättet schlechte Nachrichten von zu Hause oder so etwas.»

«Nein, es ging ihr an diesem Abend sehr schlecht, sie hatte einen ihrer schlimmen Anfälle. Sie sagte immer nur: ‹Ach, es ist schrecklich, so schwach zu sein.› Ja, so war das. Aber wenn ich kann, möchte ich mich lieber an ihre Freude erinnern.»

«O ja, Elton, das ist schön.»

«Das Schwierige ist, daß sie sozusagen der extravertierte Teil meiner Person war. Ich bin eher introvertiert.»

«Ja.»

«Und es ist, als hätte ich meine Stimme verloren, weil ich so oft etwas dachte und sie sagte es dann.»

Ja, sie verstand, daß er mehr brauchte als Mitleid; Mitleid war so plump und zum Glück vergänglich. Aber es war nicht genug so, dachte sie, während sie ihm aus dem Fenster nachsah, wie er die windige Straße hinaufging und an der Ecke unsicher stehenblieb, nach rechts und links blickte, als wüßte er nicht genau, wo es nach Norden ging.

Aber es war ein Anfang gewesen.

Würde es Tess recht sein, wenn er seine Kusine Willis mitbrächte? Aber wenn er außer Kusine Willis niemanden hatte, auf den er zurückgreifen konnte, war er noch bemitleidenswerter. Kusine Willis trug eine Kette mit einem Hirschkopf aus massivem Silber, der ein spitzes, herausstehendes Geweih hatte, als wolle sie sich damit gegen jede körperliche Berührung schützen. «Laß mich lieber die Rechnung kontrollieren», sagte Kusine Willis. «Man braucht dich nur anzusehen, um zu wissen, daß nichts leichter ist, als dich zu übertölpeln.» «Elton denkt von jedermann nur das Beste», sagte Kusine Willis erschöpft, «und dieser Mann will ein großer Rechtsanwalt werden!»

«Hör mal», sagte Tess mit flatterndem Herzen, aber sie versuchte so zu tun, als wäre es ihr gerade eingefallen. «Willst du nicht mit Kusine Willis zu Thanksgiving nach Bedford kommen und vielleicht über Nacht bleiben –»

«O nein, nicht mit Willis, Tess», sagte er erschrocken. «Hättest du etwas dagegen? Ich meine, ist es – wäre es dir recht, wenn ich allein käme?»

«Na, so was», sagte Mama zu ihm, «Sie kennen also die Fitzroy Candells. Stellen Sie sich vor, einer der Söhne hat eine Mitschülerin von mir in Coleville, Pennsylvania, geheiratet, da komme ich nämlich her.»

«Das war die Westport-Linie», sagte Elton. «Wir kannten nur die Familie von Phillip Fitzroy. Sie waren, glaube ich, von der Nyack-Linie.»

«Ach ja, Honoria.»

«Ja, genau.»

«Dann war sie ursprünglich eine Bannock.»

«Richtig, Ma'am. Und Hugh Bannock, also der Sohn ihres Bruders, sollte – hm – sich mit meiner Schwester verloben.»

«Ach so.»

«Und seine Schwester Cornelia heiratete Drum Candell von den anderen Candells.»

«Was waren sie noch? Bergbau? Ja, und Delia – wir nannten sie immer Diddle – hatte zwei Töchter, die sehr schön waren.»

«Richtig, Ma'am. Geraldine, und den Namen der anderen habe ich vergessen.»

«Geraldine», sagte Mama, «war erst mit einem Wyatt verheiratet, und dann ließ sie sich scheiden und heiratete Fürst Rondanini, der mit Elena Rotschild verheiratet gewesen war.»

«Das andere Mädchen», sagte Elton, «fing an zu trinken.»
«Ach», sagte Mama, «die Ärmste.»

Er küßte Tess zum erstenmal unter einem winterlich kahlen Baum. Es war etwa so, als küßte man sich auf dem Schulball hinter einem Garderobenständer.

Danach: «War es richtig, daß ich das getan habe?»

«Elton», sagte sie ratlos.

«Was?»

«Ich wollte, ich hätte auch einen extravertierten Menschen, der für mich spricht. Und sagt, was ich denke.»

«Aber ich dränge mich nicht auf?»

«Nein, Elton.»

Beim Essen hob er sein Glas und sagte: «Darf ich auf das Wohl meiner – Retter trinken?»

«Das finde ich sehr lieb», sagte Mama. «Wirklich sehr lieb, Elton.»

Mama lehnte an der Tür. Tess saß lesend im Bett.

«Ist irgend etwas zwischen euch?»

«Irgend etwas?»

Mama setzte sich auf den Bettrand. «Etwas Ernstes.»

«Ich weiß es nicht, Mama, noch nicht.»

«Tiz, man könnte sich keinen netteren Mann denken; ein lieber Junge, finde ich.»

«Ja, das ist er.»

«Altmodische gute Manieren und durch und durch aufrichtig. Ich finde ihn sehr passend.»

«Passend! Was für ein ekelhaftes Wort!»

«Na ja, ich meine es nicht im Sinne von –»

«Passend – wie grauenhaft. Zum Verkriechen. Passend.»

«Tess!»

«Und ich weiß auch, warum. Weil es stimmt. Ja, ja, es stimmt, es ist das richtige Wort für mich. Ich gehöre zu den Mädchen, die wahrscheinlich eine passende Partie machen werden, weil ich –»

«Ach, du meine Güte, Tiz, ich wollte dich nicht so aufregen.»

«Passend.» Sie warf ihr Kopfkissen durchs Zimmer und biß sich auf die Lippe und holte tief Luft, um die Tränen zurückzuhalten.

«Ich habe einfach das Gefühl, daß es – daß es etwas Besseres geben muß als etwas *Passendes*, Mama, das ist alles. Und ich weiß nicht, warum ich es offenbar nicht finden kann. Ich weiß es nicht.»

«Ich wußte auch nicht, daß du darin so empfindlich bist, daß du so über dich selbst denkst, Tiz, und dabei ist es – das kann ich dir absolut versichern – hundertprozentig falsch.»

«Vielleicht.»

«Hundertprozentig.»

«Warten wir's ab.»

«Ich wollte, du würdest einsehen, wie schön du für einen –»

«Laß nur, Mama. Vielleicht hast du recht. Warten wir's ab.»

«Was kann ich dir sagen, Tess, um dich –»

«Du brauchst überhaupt nichts zu sagen. Entschuldige, daß ich so explodiert bin.»

Mama zögerte, die eine Hand auf dem Türknauf, die andere an der Stirn. Sie blickte zu Boden. Ach ja.

«Was du auch denken magst – es liegt mir viel an dir.»

«Mama, warum *sagst* du das?»

«Na ja, nur – hin und wieder, alle Jubeljahre mal – habe ich ein bißchen ein schlechtes Gewissen, weißt du, weil du Daddy verloren hast, nicht mich.»

Sie konnte jetzt nicht gleich vom Bett aufspringen und zu ihr hinüberstürzen, sie umarmen, küssen und beruhigen; sie konnte nur schwächlich murmeln, tz, tz, tz, Mutter, sagte sie, also wirklich. Aber sie war entsetzt über ihre Unfähigkeit; es war, als zöge man eine Schublade heraus und fände etwas gräßlich Totes darin.

Aber vielleicht war «etwas Passendes» gar nicht so schlecht. Sie hatte gelesen und gehört, daß gute Ehen oft ohne Leidenschaft geschlossen werden, und wer war sie schließlich, daß sie Dinge erwartete und forderte, die sie selbst nicht erwidern konnte. Zärtlichkeit konnte sie ihm geben, oh, sie war überwältigt von zärtlichen Gefühlen für ihn, dann und wann vermischt mit Angst und manchmal Überdruß bei dem Gedanken an all das Wertvolle, das er ihr bot (war es richtig, daß ich das getan habe?), eine liebevolle Freundlichkeit, die manchmal verdammt schwer zu ertragen war. Wie an jenem Abend, nicht zu glauben, als er nicht in dem warmen Foyer wartete, sondern draußen, und draußen waren 10° Kälte, und ein messerscharfer Wind blies durch die Fünfundsiebzigste Straße (und jeder New Yorker kann einem sagen, daß vor der Carnegie Hall immer der kälteste Platz südlich des Nordpols ist). Und da stand er, mit seiner Mütze und seinem Halsschal, der im eisigen Wind flatterte, und vor Kälte rannen ihm Tränen übers Gesicht. Die Hände in den Taschen, so trippelte er auf dem vereisten Gehsteig in seinen Wildlederschuhen hin und her und spähte ängstlich nach ihr aus (sie versteckte sich einen Augenblick in einem Torweg, um ihn, erschrocken und gerührt zugleich, zu beobachten). Er ging unruhig auf und ab, dann bückte er sich, um zu sehen, wer in dem Taxi saß, ob es endlich sie war? Sie hatte sich sehr verspätet. Er sah nach der Uhr, er trippelte in der Kälte, er reckte den langen Hals, um über die Köpfe der Leute hinwegzusehen. Was war mit ihr? Krank? Hatte sie die Verabredung vergessen? Kam sie gar nicht? Sein ängstliches Gesicht und der Ausdruck der Verzweiflung, mit dem er jede Frau, die sich näherte, musterte, gaben ihr zu erkennen, daß es schlechthin eine Katastrophe sei, wenn sie nicht käme. Aber er würde in der bitteren Kälte so lange auf sie warten, bis das verdammte Konzert aus war und der Letzte herausgekommen war und die Lichter ausgemacht wurden. So ein Mensch war er eben.

«Ach, Elton», sagte sie und nahm ihn beim Arm. «Du Lieber, du Idiot, warum hast du nicht im warmen Foyer gewartet? Was soll ich nur mit dir machen?»

«Kälte», sagte er, «härtet die Haut ab. Willst du nicht, daß ich eine schöne straffe Haut habe, wenn ich alt bin?»

Er zog ihr die Fausthandschuhe aus und rieb ihre kalten Hände in seinen.

«Dies ist ein Bild von einem komischen Bostoner Pferd», schrieb er auf einer Ansichtskarte. «Examen, Examen. E.»

Er schrieb: «Kann nicht nach N. Y. kommen; die Niedertracht des Amtes und die Saumseligkeit des Gesetzes (Hamlet), E.» Zwei äußerst zaghafte Küsse waren unten angehängt.

Merkwürdigerweise fing sie an, es zu akzeptieren; sie fühlte sich seltsam gefestigt. Es war beruhigend. Sie hätte ebensogut ein glückliches Gesicht aufsetzen können; sie setzte ein Gesicht der Liebe auf, ein Gioconda-Lächeln, und fühlte sich wohlig und zufrieden, als hätte sie eine Honigwabe gegessen.

Sie ging, das Lächeln ihres Friedens auf dem Gesicht, durch die Straßen von New York, und alte Damen sahen sich nach ihr um und sagten zueinander: wie traurig, daß dieses wunderschöne junge Mädchen ein bißchen verrückt ist.

Mit einem einzigen Satz zersprang alles wie Glas.

«Komm doch vorbei», hatte Lacey gesagt.

Und obgleich Lacey für ihre unübertrefflich verschrobenen und langweiligen Parties berühmt war, ging sie hin.

Lacey trug ein bodenlanges schwarzes Seidenkleid und eine lange Federboa und fast schwarzen Lippenstift, und ihr Haar hatte sie mit Spucke zu Löckchen gedreht.

Vielleicht hatte sie die Gäste nach dem Branchentelefonbuch ausgesucht. Lacey stellte nie jemanden vor. Es gab nur Rotwein und Käse und harte Pfirsiche, für die man nicht einmal Messer bekam.

Und Lacey schien schlechter Laune zu sein.

Tess war umhergewandert, hatte sich hier und da dazugesetzt und versucht, irgendwelche Gesprächsfetzen aufzufangen. Sie hatte auf zwei Fragen: «Gibt es einen Liederkranz?» und «Sind Sie das Mädchen von Lew Mandel?» dieselbe Antwort gegeben: «Nein, ich glaube nicht.»

Zehn Minuten früher, und sie wäre auf und davon gewesen.

«O Gott, sieh ihn an!» kreischte plötzlich ein Mädchen.

Was ist denn? Alle drehten sich um. Die auf dem Fußboden gesessen hatten, standen auf. Alle drängten sich um jemanden, der gerade hereingekommen war. Tess konnte nur die Rücken der Leute sehen.

«Schnell, ein Handtuch», sagte jemand.

«Hol ein paar Eiswürfel», sagte jemand.

«Puh, ich kann nicht hinsehen», sagte ein Mädchen.

«Aber wie ist denn das passiert?»

«Was ist denn los?» fragte Tess.

Sie reckte den Hals und sah über die Schultern der anderen hinweg einen blonden jungen Mann, der sich irgend etwas vors Gesicht hielt.

«Geschnitten.»

«Wie?»

«Lacey, es ist kein Eis da.»

Plötzlich stand sie direkt neben ihm. Seine blauen Augen blickten auf. Er sah außerordentlich gut aus, und vom Kinn bis zum Ohr hatte er eine furchtbare Wunde.

Er sagte, er wüßte nicht, wer es gewesen sei, jemand sei aus einem dunklen Hauseingang gesprungen und – er habe es zunächst nicht einmal gefühlt.

«Oh, wie brutal», sagte jemand.

Lacey zeigte orientalische Gleichgültigkeit. «Wie wär's mit einem Aspirin?» fragte sie.

«Aspirin!» Tess wandte sich ärgerlich zu ihr um. «Ruf einen Krankenwagen; das muß sofort genäht werden.»

«Das nächste ist das New York-Hospital», sagte jemand.

«Wie wär's mit einem Pflaster?» sagte Lacey.

«Am besten wär ein Blutegel», sagte der junge Mann. «Lacey, davon hast du doch immer so viele.» Und dann schälte er die «Wunde» vom Gesicht. Es war eine realistische Nachbildung aus Kunststoff; eine dieser Neuheiten, für die sich geistig weniger anspruchsvolle Besucher des Times Square so begeistern konnten.

«Ham!»

«Ham, du Halunke!»

Der junge Mann lachte und strich sich das zerzauste blonde Haar aus dem Gesicht; auf der einen Wange hatte er einen hübschen kleinen Schönheitsfleck. Aber vielleicht konnte er den auch abnehmen.

Oh, Ham, sagten sie, du bist doch das Letzte. Hamilton, sagte ein Mädchen, du müßtest eine Woche lang Prügel kriegen. Dann würdest du ein für allemal aufhören, den Leuten solche Angst zu machen.

«Ach, beachtet ihn doch gar nicht», sagte Lacey. «Sein Geltungsbedürfnis ist superpsychotisch.»

«Wer ist das?» fragte Tess.
«Ham Hoban. Du kennst ihn.»
«Nein.»
«Doch, bestimmt. Er ist Kanadier. Fotograf.»
«Ich habe ihn nie gesehen», sagte Tess. «Ich würde mich daran erinnern.»
«Laß dich nicht mit ihm ein», sagte Lacey und kniff die Augen zusammen. «Er ist gefährlich.»
«Wieso?»
«Er würde dich verderben.»
«Warum gerade mich?» Allmählich ärgerte sie sich über Laceys Benehmen. Lacey ging wie selbstverständlich davon aus, daß sie noch Jungfrau sei.
«Weil du ein anständiges Mädchen bist, Tess.»
Das veranlaßte sie, sich ein Glas Wein zu nehmen und zu bleiben in der Hoffnung, der schöne junge Mann würde zu ihr kommen und sie ansprechen, und sie würde hochmütig und verführerisch zugleich wirken. Aber er kam nicht in ihre Nähe; er überragte alle anderen Gäste mit Kopf und Schultern, und mit seinem zerzausten blonden Haar und den blauen Matrosenhosen wirkte er wie ein wettergebräunter skandinavischer Seemann, der von seinem Schiff geflüchtet ist.
So ging sie nach einem kurzen Gespräch mit einem zynischen Engländer von der UN ins Schlafzimmer, um Mantel und Tasche zu holen.
«Wollen Sie weglaufen?»
Er versperrte ihr die Tür.
«Ich bin Ham Hoban. Wer sind Sie?»
Sie sagte es ihm.
«Wo müssen Sie denn an einem Sonntag abend so eilig hin? Zur Kirche?»
Er war etwa einsfünfundneunzig groß und genoß offensichtlich die Situation.
«Trinken Sie etwas», sagte er und reichte ihr eines von zwei Gläsern, die er so in der Hand gehalten hatte, als wartete er auf jemand. «Ich habe Sie beobachtet», sagte er. «Warum laufen Sie so viel herum?»
«Ich?»
«Ja. Ein Mädchen wie Sie sollte die Leute zu *sich* kommen lassen. Hier ist kein Mädchen, das Ihnen das Wasser reichen kann.»
Es war sicher das beste, diese Komplimente einfach zu überhören. Er war offensichtlich sehr geübt in solchen Dingen; es war sein Stil, weiter nichts als dummes Geschwätz.
«Sie sollten einfach dasitzen und die Leute zu sich kommen lassen.»

Sie starrte ihn so lange an, bis er wegsah.

«Warum sind Sie so nervös?» Das Schönheitsfleckchen war genau an der richtigen Stelle. Irgendwie war es langweilig, dieses übertriebene gute Aussehen, langweilig wie eine Seifenreklame. Warum starrte sie ihn also weiter an, genau wie er es wollte, und warum war ihr zumute, als wäre sie von einem Windstoß erfaßt und würde herumgewirbelt?

«Ich bin nicht nervös, nur gelangweilt», sagte sie.

«Aufstehen, hinsetzen, all diese Niemandsmenschen angrinsen, maßlos interessiert tun –»

«Tu ich gar nicht; ich bin normal höflich –»

«Sehen Sie sich nur einmal an, wie Sie Ihr Glas halten und Ihre Tasche an sich drücken; ich will Ihnen doch nichts wegnehmen.»

Wahrhaftig, sie stand ängstlich nach vorne gebeugt an der Wand, als wären sie in der U-Bahn und er ein plumper Taschenklauer.

«So ein tolles Mädchen wie Sie sollte nicht so gehemmt sein. Was ist mit Ihnen los?»

«Nein, Mr. Hoban – so hießen Sie doch? –, zufälligerweise habe ich keine Hemmungen.»

Ach Gott, das klang so aufgesetzt, so geziert, als wäre sie ein eingebildetes College-Mädchen, das mit einem Beau flirtet. Weil sie so aufgeregt war, nahm er natürlich an, daß sie noch Jungfrau war; sein Blick – halb argwöhnisch, halb ungläubig – verriet es.

«Na schön», sagte er und machte eine kleine Bewegung, als wolle er sich abwenden, und sie dachte, jetzt geht er, und damit ist es zu Ende, und sie fiel durch ein Loch in die Erde und kam wieder zu sich, als er sagte: «Ich bin von Natur aus neugierig, und nun bin ich neugierig auf Sie.»

«Oh», sagte sie, «ich bin kolossal weltlich.»

Er sah sogar noch besser aus, wenn er nicht lächelte.

«Warum sind Sie heute abend gekommen?» fragte er so, als wäre es wichtig.

«Warum? Ich bin eine Freundin von Lacey, das ist alles.»

«Gehen Sie überall hin, wo Sie eingeladen werden?»

«Keineswegs.»

«Wetten, daß Sie heute abend gar nicht kommen wollten, aber nichts anderes zu tun hatten?»

Nein, in diese bequeme Falle würde sie nicht laufen, weder durch eine freche Antwort noch durch gespielte Entrüstung. Das mochten die anderen Mädchen tun, die verzückt und empört die Köpfe nach ihm reckten; sicher waren auch schon Hunderte auf ihn hereingefallen. Er war der Inbegriff eines egoistischen, selbstgefälligen Charmeurs.

Sie nippte an Laceys heißem, starkem Wein. Scheinbar heiß, dadurch, daß er ihr die Kehle hinablief und sie von innen wärmte.

«Tragen Sie viel Grau?» fragte er.

«Ist das eine Charakteranalyse?» fragte sie. Nur daß es durch den billigen Wein wie «Alanyse» herauskam.

«Wetten, daß Sie viel Grau tragen, Beige, gedeckte Farben.»

«Na und?»

Er legte einen Finger an ihr Kinn und wischte einen Tropfen weg. «Wissen Sie, warum? Weil Sie hinter Grau verschwinden können und sich sicher fühlen.»

Poseur. Provokateur. Das Aufregende und Katastrophale an ihm war, daß er einem das Gefühl vermittelte, das, was er sagte, sei wahr.

Und sie fühlte sich von Kopf bis Fuß umschmeichelt.

Darum blieb sie still stehen und rührte sich nicht von der Stelle. Darum ging ihr das Adrenalin wie ein elektrischer Strom durch den Körper, und der Wein stieg ihr zu Kopf und ihre Füße waren am Boden festgenagelt.

Das lange vermiedene Gefühl, hier war es. Die gegenseitige Anziehungskraft hatte es hervorgebracht, und sie wußte genau, wenn sie jetzt wieder auswich, würde sie für den Rest ihres Lebens darunter leiden. Es hatte etwas von einer gespenstischen Unausweichlichkeit, wie sie mit diesem Mann, den sie eben erst kennengelernt hatte, in einem engen, kleinen Flur stand; aber sie war sich so sicher wie noch nie in ihrem Leben, und sie hatte das Gefühl, in einem Expreßaufzug hochgeschossen zu werden, und das machte sie schwindliger als der Wein. Sie konnte nichts von dem begreifen, was Ham sagte, und so versuchte sie, tief einzuatmen, und lehnte sich haltsuchend an einen Bücherschrank und preßte die Knie zusammen, damit sie nicht einknickten wie bei den Pferden, wenn sie im Stehen schlafen.

Weil es umwerfend, unvorstellbar, ungeheuerlich war zu denken, daß sie vielleicht tatsächlich im Begriff war . . . und der Gedanke schoß ihr hin und her durch den Kopf und ließ sie alles andere vergessen.

«Mir reicht's hier», sagte er und setzte seinen Wein ab. «Wollen wir gehen?»

Es war ein großes, kaltes Fotoatelier mit einem niedrigen Bett. An der einen Wand hing, riesig vergrößert, eine seiner Aktstudien. An der anderen Wand war ein riesiges goldenes S.

Sie setzte sich auf ein ledernes Sitzpolster und ließ sich von ihm einen großen Wodka einschenken und bewunderte das Oberlicht. Die Worte sprudelten nur so aus ihr heraus.

«Ich bin sehr zurückhaltend», sagte sie. «Ich bin sehr selbständig, was auch immer Sie darüber denken mögen. Das ist oft zu meinem Nachteil gewesen. In der Schule zum Beispiel war ich nicht beliebt, weil alle mich für einen Snob hielten. Ich war überhaupt kein Snob;

ich hatte nur ausgesprochen starke Vorurteile. Ich war immer sehr selbstbewußt», sagte sie. «Diese Selbstsicherheit hab ich durch meinen Vater. ‹Um Gottes willen, hab eine eigene Meinung und bleib dabei›, sagte er, und daran habe ich mich von meinem dreizehnten Lebensjahr an gehalten, und möglicherweise ist es das größte Geschenk, das er mir gemacht hat – dieses Selbstvertrauen, das so viele Leute bei mir für Kälte halten. Sie glauben gar nicht, wie viele Leute denken, ach, Tess Adams ist ein kalter Fisch, aber das kommt nur daher, daß ich mich nicht ihrer Meinung anpassen kann, es sei denn, ich –»

Sie konnte nicht weiter. Sein Schweigen dröhnte in ihren Ohren.

«Das sind lauter Lügen», sagte sie.

Wahrscheinlich war sie vor lauter Aufregung über dieses Bekenntnis nun ins andere Extrem verfallen, hatte sich selbst in Stücke gerissen. Das kommt von dem Wodka, dachte sie, aber es war eine Wollust, alles vor ihm auszuschütten. Sie sprach von der Nacht in Venedig, als eine leise Stimme aus dem Schatten nach ihr gerufen hatte: Warum hast du solche Angst? Warum hast du solche Aaaangst? Sie machte die Stimme nach. Ham hatte eine Nagelschere zur Hand genommen.

Vielleicht hatte sie es falsch angefangen. Vielleicht würde es doch nicht passieren. Was für ein wunderschönes Kinn er hatte. Er interessierte sich nicht mehr für sie. Sie hatte es sich verdorben. Na, schön. Sie sah sein nacktes Mädchen an der Wand an, und das nackte Mädchen sah sie an; höchst unwahrscheinlich, daß *sie* ihre Chance vergeudet hatte.

Schnipp, schnipp, ging die Nagelschere.

Sie sagte: «Wußten Sie, daß es zwei Freiheitsstatuen in New York gibt? Eines Tages ging ich durch die westlichen Sechziger Straßen, und als ich nach oben schaute, stand da auf dem Dach eines schäbigen alten Gebäudes eine Freiheitsstatue. Vermutlich weiß kaum jemand von ihrer Existenz – kaum jemand schaut nach oben und sieht sie, und doch hat jemand sich die Mühe gemacht, sie anfertigen und da oben aufstellen zu lassen, und war sicher sehr stolz auf sie. Und manchmal komme ich mir vor wie sie – ich halte meine Fackel hoch, Jahr für Jahr, und niemand macht sich die Mühe, aufzublicken und mich anzusehen.»

«Was gedenken Sie dagegen zu tun?»

«Ich weiß nicht.»

«Um einen Anfang zu machen: wollen Sie nicht aufhören, sich in diesem grauen Kleid zu verstecken?» sagte er, und er beugte sich über sie und begann ihr Kleid aufzuknöpfen.

Ach, es war so ein tiefes Wohlgefühl, ein Gefühl so vollkommener Erfüllung – sie wagte nicht, sich zu bewegen, um es nicht zu zerbrechen. Ja, es hatte (wenn sie es auf dem Flughafen über Lautsprecher hätte verkünden müssen) «ihre wildesten Träume übertroffen», sogar der schmerzhafte, ein wenig peinliche Anfang; und jetzt dort am Boden zu liegen in einem Streifen Sonnenlicht, das durch die Jalousien fiel, ihr graues Kleid, ganz zerknittert, und von heute an würde sie es nie wieder tragen, weil sie es abgeworfen hatte; sie war wie ein Insekt, das endlich seine Hülle abgestoßen und sich die Freiheit des Schmetterlings erkämpft hat. Sie war befreit. Sie hatte sich beherrschen müssen, ihm nicht «danke» zu sagen, als er sie zum letztenmal küßte und sich zur Seite drehte. Sie hatte im Dunkeln auf dem Rücken gelegen und seinen regelmäßigen Atemzügen gelauscht und sich gefragt, ob dieses Hochgefühl anhalten würde. Als sie jetzt die Augen wieder aufschlug, fühlte sie den Puls ihrer Stimmung und fand ihn unverändert hoch. Sie drehte sich um und sah neben sich eine Wand von einem nackten Rücken, und sie hatte das Bedürfnis, ihr Gesicht sanft daneben zu legen, aber sie kannte die Regeln nicht, die man am Morgen danach befolgen muß, und wie furchtbar, wenn sie das Falsche tat, und wie niederschmetternd, wenn er aufwachte und sich aufrichtete und sagte, wer zum Teufel sind Sie? oder etwas dergleichen.

Das beglückende Gefühl, endlich eine Frau zu sein, war eine großartige Sache, konnte sie aber nicht über ihren Durst hinwegtrösten. Sie gierte nach einem Schluck Wasser, und so schälte sie sich, um ihn nicht zu stören, ganz behutsam aus dem Bett, als wäre sie ein Blatt dünnes Luftpostpapier, das aus dem Umschlag gezogen wurde.

Also (während sie sich im Badezimmerspiegel beobachtete, wie sie tief und durstig aus einem blauen Becher trank), es stimmte nicht, daß man es nicht sah; das konnten nur alte Jungfern behaupten. Sie war nicht mehr das Mädchen, das gestern abend zu einer Party gegangen war. Man sah die Veränderung hauptsächlich um den Mund herum, ein Anflug von Reife und Selbstsicherheit, und sie erlaubte sich die Eitelkeit, sich zuzulächeln, und dachte, daß sie nun vielleicht tatsächlich so schön war, wie manche Leute behauptet hatten. Vielleicht würde sie in ihrem ganzen Leben nie wieder so schön sein wie in diesem Moment in Hams Badezimmer, an diesem Tage des Herrn im Jahre 1950.

Da sie die Regeln für den Morgen danach nicht kannte, hielt sie es für das klügste, unauffindbar zu sein; fort zu sein, ohne Brief oder sonstige Andeutungen, einfach fort.

Während sie auf Zehenspitzen durchs Zimmer schlich, um ihre Schuhe zu holen, regte er sich und sagte, ohne die Augen zu öffnen, ins Kissen: «Du kommst doch gut nach Hause?»

Na schön, was machte es schon? (Himmel, wo war sie hier? Wo bin ich? Saint Luke's Place?) Von jungen Göttern, die hin und wieder vom Parnaß herabsteigen, um zu einer Party in der östlichen Dreiundsechzigsten Straße zu gehen und sich dort eine Jungfrau zu holen, kann man keine Vollkommenheit erwarten; es sind Götter. Was erwartete sie also von ihm? Heil dir, fröhlicher Geist? Nun, warum sich etwas vormachen? Zwei Worte hätte sie gern von ihm gehört: «Geh nicht.» – «Du kommst doch gut nach Hause?» – das deutete nicht auf die Möglichkeit eines Wiedersehens hin.

(Auf einer Ansichtskarte vom Cambridge Square schrieb Elton: «Habe das Buch, das Du gesucht hast, hier in einem Antiquariat gefunden – hoffe in der Woche nach dem 25. bei Dir zu sein. Hoffentlich geht es Dir gut.»)

Man kann für alles einen Grund finden. Für Ham Hoban war der Grund das, was geschehen war; er hatte sein Ziel erreicht, und das war alles. Mehr sollte es nicht sein.

Und man sitzt am Telefon und wartet, und es läutet nie.

Zweimal rannte sie wie wild wieder die Treppe hinauf, hantierte hysterisch mit den Schlüsseln herum, um dann festzustellen, daß es das Telefon ihrer Nachbarn war. Einmal fuhr sie mit der U-Bahn drei Haltestellen zu weit, und immer sah sie irgendwo einen blonden jungen Mann, der alle anderen mit Kopf und Schultern überragte, aber nicht Ham war.

Nur einmal noch, sagte sie zu sich; ein einziges Mal noch mit ihm, mehr würde sie nicht verlangen. Und wenn auch nur, um vielleicht herauszufinden, daß es eine Enttäuschung war, wenn auch nur, um dieses unglaubliche Gesicht zu sehen und vielleicht herauszufinden, daß es gar nicht unglaublich war, ein ganz gewöhnlich töricht hübsches Gesicht, dessen man bald überdrüssig wurde. Aber ein Tag nach dem andern verging, und nichts geschah. Warum war es so trostreich, als ihr jemand mitteilte, ihr Telefon sei gestört? Alle Murray Hill-Leitungen, die mit der Nummer 6 anfingen, sagte der Mann von der Telefongesellschaft. Ein Kabel war kaputt. Wie lange schon, konnte er nicht sagen. Er fragte, ob sie einen Nebenanschluß habe? Einen? Gehen Sie nicht ans Telefon und versuchen Sie nicht zu wählen, sagte der Mann von der Telefongesellschaft; es sei gefährlich, weil (es folgte ein Schwall technischer Ausdrücke), ein Spannungsdraht oder so etwas in Unordnung sei. Man werde sie benachrichtigen, wenn es repariert sei. Aber woher soll ich wissen, daß Sie es sind? Ein großer Mann mit blondem Haar werde persönlich kommen, um es ihr zu sagen, sagte der Mann von der Telefongesellschaft lachend.

«Oh», sagte sie, und dann, um ihre Seligkeit zu verbergen, ganz streng: «Ach so, Sie sind einer von diesen kindischen Leuten, die gern Telefonstreiche spielen?»

Und als er riesengroß in einem Lammfellmantel in ihr kleines

Zimmer trat, dachte sie, er hat wirklich ein bißchen was Verrücktes an sich. Er sieht zu gut aus und hat eine zu starke Persönlichkeit, er ist zu groß und überhaupt ist alles an ihm «*zu* sehr». Du wärst ein Narr, wenn du dich ernsthaft darauf einließest, sagte sie sich in ihrer winzigen Küche.

Er hatte wahllos um Kakao gebeten.

Er setzte sich nicht hin; er wanderte herum, die Kakaotasse in der Hand, blickte aus seiner Höhe auf alles herab und fragte: «Ist das dein Vater?» – «Wer ist dieser Mann neben dir?»

«Den hab ich in Italien kennengelernt.»

«Ich dachte, du würdest anrufen», sagte er. «Ich mußte die Dingsda anrufen und nach deiner Nummer fragen.»

«Wen?»

«Lacey.»

Sie nahm eine Zigarette aus der Schachtel, und er kam mit seinem Feuerzeug zu ihr herüber, aber er nahm ihr die Zigarette aus dem Mund und küßte sie und sagte: «Du hast mir den Kopf verdreht.»

Mal heiß, mal kalt. Bei ihm wußte man nie. Entweder war er nur euphorisch oder er war nur vernünftig. Das wechselte in Phasen. Zufriedenheit kannte er nicht. Ihre Freundinnen stellten fest, daß sie abgenommen hatte, ihre Mutter fragte, woher sie die dunklen Augenringe habe. Wie er einen aufzehren konnte. Das eine Mal fiel sie ins Bett und schlief sofort ein, das andere Mal wälzte sie sich die ganze Nacht hin und her. Was für eine Energie er hatte; immer zerrte er sie mit, irgendwohin. Wohin gehen wir? Du wirst schon sehen. Aber wer behauptete denn auch, daß es Zufriedenheit geben müsse? Sicherlich nur alte Leute, denen sonst nichts blieb, oder Menschen, die solche starken Emotionen nicht ständig ertragen konnten (und sie blieben auf der Treppe stehen, um sich zu küssen, konnten nicht warten, bis sie in ihrer oder seiner Wohnung waren) oder diese mitternächtlichen Anrufe, bei denen es oft so lange Pausen gab, nur hin und wieder ein, zwei Worte; und dann seine Fragen: Warum hast du vorhin so ein mißtrauisches Gesicht gemacht? Warum hast du das und das gesagt? Warum hast du Angst davor, dich selbst zu erforschen? Dann wieder eifrig besorgt: Bist du gut nach Haus gekommen? Ich habe mir Sorgen gemacht, weil du dich nicht gemeldet hast. Möchtest du lieber, daß wir uns heute abend nicht sehen?

Es beschämte sie, daß sie sich bevorzugt fühlte, wenn sich auf der Straße die Mädchen mit ein wenig neidischem Bedauern nach ihm umwandten.

Und ihre Spiele. Jetzt tun wir so, als versuchte ich dich anzusprechen. Oder als kämen wir von auswärts, und dann fragen wir jemand nach dem Weg zum Ritz Carlton. Aber dann taten sie es doch nicht.

Ach, es wird uns ins Herz schneiden, wenn wir später daran denken.

Es machte ihr Sorgen, ob sie es Elton sagen sollte. Sie sagte es ihm nicht, und dann machte sie sich Sorgen, weil sie es ihm nicht gesagt hatte. Eltons Wochenende in New York war kein Erfolg. Und während sie beim Essen saßen, kam die Geschäftsführerin und sagte: «Miss Adams? Sie werden am Telefon verlangt. Sie können drüben in der Garderobe sprechen.»

Auf Eltons fragenden Blick hin zuckte sie die Achseln.

«Tess, was machst du denn in der Washington Irving Inn? Klingt ziemlich halbseiden. Sind da frühamerikanische Drucke und Kerzen in Zinnleuchtern?»

«Woher weißt du, wo –»

«Du hast mir erzählt, daß dieser Knabe aus Harvard am liebsten dahin oder ins Women's Exchange geht.»

«Ach ja, richtig.»

«Ich hab's schon im Women's Exchange versucht. Was ist das bloß für ein Mann, der gern ins Women's Exchange oder in die Washington Irv –»

«Was wolltest du denn?»

«– ing Inn geht. Wetten, daß er Galoschen trägt und einen Schal, den seine Schwester ihm gestrickt hat. Ich stelle mir vor, daß er auch eine Schwäche für Pflaumenmus hat. Wieso vergeudest du deine Zeit –»

«Ham.»

«Was?»

«Ich habe gefragt, was du willst?»

«Ich will dich.»

«Ham, ich –»

«Ich brauche dich. Ich fühle mich heute abend völlig niedergeschlagen, und ich habe den Auftrag von *National Geographic* nicht gekriegt.»

«Oh, das tut mir leid.»

«Laß den Galoschenknaben sitzen und komm sofort her.»

«Ich kann nicht. Wir sind noch nicht mal mit dem Essen fertig.»

«Sag, ich wäre deine beste Freundin und hätte Bauchfellentzündung.»

«Nein, das werde ich nicht tun.»

«Ich brauch dich, Kleines.»

«Ich hänge jetzt ein, Ham. Ruf nicht wieder hier an.»

«Woher weißt du, daß ich die Tabletten nicht nehmen werde?»

«Weil ich dich kenne.»

«Glaubst du?»

«Ja.»

«Wenn du dich da bloß nicht irrst! Hör zu, Tess, hör zu – soll ich nicht kommen und dich abholen? Ich könnte in meinem Säuferkostüm mit der Horrorperücke kommen, wetten, daß dein Galoschenknabe da –»

«Ich hänge jetzt ein, Ham.»

Die Sache war die, daß er tatsächlich ein Säuferkostüm besaß, das er trug, wenn er zu vornehm-konventionellen Parties eingeladen war, die ihn langweilten.

Das Absurde war nur, daß man Elton nicht klarmachen konnte, was es mit diesem Geschöpf auf sich hatte. Sie starrte auf ihre grünen Bohnen, und ihr Gesicht glühte, als beugte sie sich über einen Herd; unwirklich war die einzig passende Bezeichnung für alles, was mit Ham zu tun hatte. Die Wirklichkeit war Elton Bracken. Nie stellte er peinliche Fragen – wer hat dich da angerufen? –, hielt ihr nur höflich den Stuhl und sah sie mit dem Blick einer traurigen Rohrdommel an.

Hast du was dagegen, wenn wir den Kaffee anderswo trinken? Hier ist es heut abend irgendwie langweilig.

«Erzähl ihr, wie du dein Auge verloren hast.»

«Er hat keine Lust. Hören Sie, Sie müssen nicht.»

«Erzähl ihr, wie du dein Auge verloren hast.»

«Er hat keine Lust, Ham.»

«Cyclops.»

«Ja, Hamilton?» Cyclops nannte ihn immer Hamilton; im feudalen England hätte er vor Ham sein Visier hochgeklappt.

«Erzähl Tess, wie du dein Auge verloren hast.»

«Tun Sie's nicht. Kriechen Sie nicht vor ihm.»

«Bei einem Sexunfall. Erzähl es, Cyclops.»

«Die Dame will es nicht hören.»

«Du lausiger Matrosentommy. Du bist doch von deinem Schiff getürmt, stimmt's? Er war nämlich Steward auf der ‹Queen Elizabeth› –»

«Entschuldige, auf der ‹Queen Mary›.»

«Jedenfalls auf einer dieser Queens; er ist immer hinter irgendwelchen Königinnen her. Erzähl ihr, wie du dein Auge verloren hast, Cyclops, sonst melde ich dich bei der Einwanderungsbehörde.»

Offensichtlich war er in Ham heftig verliebt; die Liebe strahlte ihm aus dem einen Auge. Er hatte Ham dänische Sardinen und englische du Maurier-Zigaretten in roten Blechdosen mitgebracht.

«Also, jedenfalls –»

«Du weißt doch, daß ich meine Aufenthaltsbescheinigung bekommen habe», sagte Cyclops.

«Na ja, jedenfalls, als er ein vielversprechender junger Bursche im lustigen alten England war, sah er gar nicht so schlecht aus – wenigstens sagt er das –, und er war der Lust- und Lieblingsknabe von keinem geringeren als dem Herzog von – Herzog von was, Cyclops?»

«Ist doch egal.»

«Dem Herzog von Istdochegal, der, wie es scheint, spezielle sexuelle Gewohnheiten hatte, und so liebte er es unter anderem, Cyclops nackt an eine majestätische Eiche auf seinem Herrensitz zu binden und –»

«Ich will es nicht hören, Ham.»

«– ihn von oben bis unten mit Kakaobutter einzuschmieren und –»

«Ham, hör auf. Du bist gemein, und –»

«Und dann mit Pfeilen nach ihm zu schießen.»

«Fertig? Vielen Dank. Tut mir leid, Cyclops. Ich entschuldige mich für ihn.»

«Ich habe mich immer gefragt, welchen Zweck die Kakaobutter hatte.»

«Grausam, grausam», sagte sie, als Cyclops gegangen war.

«Wieso?»

«Wo er so absolut verrückt nach dir ist.»

«Ach nein, glaubst du das? Oh, und was habe ich alles gesagt. Oh, ich könnte mir die Zunge herausreißen. Um Gottes willen, lauf schnell und ruf ihn zurück.»

«Und daß du so sarkastisch bist und es ins Lächerliche ziehst, gefällt mir auch nicht.»

«Oh, ich bitte Euer Hoheit um Vergebung.»

«So ein armer, häßlicher, ehrlicher, einsamer –»

«Hör einen Moment zu, mein Liebes. Wer hat den armen, häßlichen, ehrlichen, einsamen Burschen aus Kanada hier hereingeschleust? Wer hat zweimal für ihn gebürgt, als der blöde Schwule im Gefängnis saß, weil sie ihn im Central Park dabei erwischt haben, daß er es mit einem Geheimpolizisten treiben wollte? Wer hat zweimal für den Rechtsanwalt bezahlt, um die Sache auszubügeln? Wer hat neun Monate lang seine Miete bezahlt, als seine Arbeitslosenunterstützung abgelaufen war?»

«Schon gut, schon gut, entschuldige.»

«Es ist nicht klug, eine enge Freundschaft nur nach dem Äußeren zu beurteilen, Miss Adams.»

«Es tut mir wirklich leid, Ham.»

Ein strenger Verweis wie beim Militär. Und es gab andere Bereiche, in die sie sich nicht einzumischen wagte, die seiner eigentümlichen Natur eigentümlich waren, wie zum Beispiel Floramae Hibble, auch eine seiner Verpflichtungen (und hier konnte Tess ihn nur loben), ehemalige Varietékünstlerin und jetzt eine ältliche Einsiedlerin. Jeden zweiten Donnerstag speiste er, wenn er nicht geschäftlich unterwegs war, an Floramaes ärmlichem Tisch. Und dann war entweder Floramaes Geburtstag oder Floramae war vielleicht in der Badewanne ausgerutscht und hatte sich die Hüfte verrenkt, oder Floramaes Radio mußte repariert werden, oder niemand hatte ihr zum Thanksgiving-Tag ein aufmunterndes Wort gegönnt. Solche Schicksalsschläge veranlaßten Ham zuweilen, Floramae zu verfluchen. Trotzdem ging er auf der Stelle zu ihr; diese echte Großzügigkeit machte einen Teil seines gefährlichen Zaubers aus, aber wenn Tess ihm deswegen auch nur das bescheidenste Kompliment machte, stieß sie auf eisige Ablehnung.

Floramae war ein winzig kleines Geschöpf mit hell gebleichtem, flaumig aufgeplustertem Haar und perfektem Bühnen-Make-up, als ob sie jeden Augenblick eine Einladung ins New Amsterdam Roof erwartete. Sie trug babyblauen Taft und hatte eine Babystimme, die wie eine alte Schallplatte quäkte, und ihre Beinchen waren kreuz und quer von blauen Krampfadern durchzogen. Oh, sagte sie, bist du es, mein Ham? Ist es mein Zauberengel?

Und heute habe ich Tess mitgebracht, sagte Ham.

Floramae machte einen kleinen Knicks. Das Zimmerchen roch nach Floramaes Fliederparfum; nie war ein Fenster geöffnet worden, um einen Hauch frischer Luft einzulassen, um den Fliederduft zu vertreiben. An den rotbraunen Wänden hingen kolorierte Drucke von Hunden, die als Menschen verkleidet waren. Sie hatte für die Gäste Éclairs gekauft, aus denen eine klebrige Flüssigkeit herauslief.

«Und ich freue mich so, Sie kennenzulernen», sagte Floramae als Erwiderung auf Tess' übertrieben herzliche Begrüßung.

«Ja, daß wir uns endlich kennenlernen», jubelte Tess.

«Zeig mir dein Knie, Schätzchen», sagte Ham, und sie hob ihre Rüschen und entblößte ein weißgepudertes kleines Knie. «Oh, es sieht besser aus», sagte Ham.

«Na ja, aber es schmerzt», sagte Floramae und legte einen Zeigefinger an ihr Grübchen. «Es ist ein Wehweh.»

«Also, ich glaube, es heilt jetzt ab, Liebchen. Das ist eben dein altes Tennisknie.»

Floramae gluckste. «Ach, er ist mein goldiger Ham. Ham der Zweite. Ham der Erste war mein Oscar. Hammerstein. Nicht der, der das ‹Karussell› geschrieben hat, sondern sein Vater.»

«Wie war es beim Eiskunstlauf?» brüllte Ham. Floramae war schwerhörig.

«Bin nicht hingegangen.»

«Du bist nicht hingegangen? Wieso denn?»

«Sie ist nicht gekommen.»

«Aber du hast mir doch gesagt, Florence hätte dich eingeladen?»

«Hat sie auch. Aber sie ist ein bißchen –» Floramae machte eine spiralförmige Handbewegung und deutete damit an, daß Florence, wer immer das sein mochte, verrückt sei. Ach, die Enttäuschung; sie hatte sich seit Wochen darauf gefreut, ihr einziges Vergnügen seit Monaten, und sie hatte sich so fein gemacht in ihrem Roten (du kennst mein Rotes mit den Spitzen, o ja, sagte Ham, es ist hinreißend, Liebling) und gewartet und gewartet und telefoniert und telefoniert, aber von Florence keine Spur, und das hatte sie so verärgert, daß sie einfach ohne Abendbrot zu Bett gegangen war.

Es nahm einige Zeit in Anspruch, bis sie die Geschichte erzählt hatte, und einmal sah Ham Tess hinter Floramaes Rücken mit einem gespielten langen Gähnen an.

«Sie ist eben ein dummes Weibsbild», sagte Ham.

«Nein, sie ist –» Floramae machte wieder die spiralförmige Handbewegung.

Es gab schrecklich süßen Orange-Pekoe-Tee zu den Éclairs. Floramae lieferte einen langen Bericht über den Tod von Susette, der geliebten und vertrauten Freundin einer Freundin, die Ham auch kannte, und beschrieb haarklein, wie man Susette tot auf dem Sofa gefunden hatte und den Kummer und die Hysterie der Freundin und wie die Trauerfeier gewesen war. Es dauerte eine Weile, bis sich herausstellte, daß Susette ein Pudel war.

Später (oh, es ging immer weiter, stundenlang, so schien es, in dem erstickenden Haremsduft dieses Zimmers) redete Ham Floramae zu, Tess ihre «Nummer» aus der *Tätschelei von 1921* vorzumachen; sie hieß «Oh, Mr. Kobold» und hatte viele Variationen, die alle damit endeten, daß Floramae, während sie sich mit den molligen Händchen die Augen zuhielt, mit dem Po wackelte und kokettierte, was der Unartige Mi-ster Ko-bold ihr wohl antun würde. Und das bedeutete in dem unschuldigen Jahr 1921, als Zweideutigkeiten nicht zotiger waren als ein Rundgesang bei einem Herrenessen, etwas ganz anderes als heutzutage. Tess fühlte, wie ihre Haut sich spannte, während das arme kleine Ding herumtänzelte und Pirouetten drehte und ihr altes Mündchen zu einem Amorbogen verzog und diesen abscheulichen Text endlos wiederholte, während Ham sich die ganze Zeit hinter ihr vor Schadenfreude wiegte.

«Aber hat ihr denn niemand erklärt, daß das heute etwas anderes bedeutet?»

«Nein. Warum soll man es ihr sagen? Sie würde vor Entsetzen tot umfallen.»

«So alt und unschuldig kann sie doch gar nicht sein.»

«Liebling, diese alten Mädchen haben in einer anderen Zeit gelebt. Sie hatten ihre Affären und schliefen mit ihren Liebhabern, aber das war alles ganz unverdorben und anständig, und keiner der Herren gebrauchte unanständige Ausdrücke oder sagte ihnen, daß man es auch auf andere Weise machen könne.»

«Ach, ich finde das herzlos und gräßlich.»

«Komm, sei nicht so ein heuchlerischer Moralapostel, Tess. Es macht ihr doch ein bißchen Freude. Tess, sei doch um Gottes willen nicht so ein Arschloch.»

«Ich mag dieses Wort nicht, und ich mag auch überhaupt nicht, wie du die arme Kleine behandelst.»

Später erwähnte er noch, daß sie irgendwann bald umziehen müsse.

«Floramae? Aber offensichtlich ist sie doch glücklich in diesem schrecklichen kleinen Zimmer.»

Ham sagte, man könne sie nicht mehr allein lassen, sie vergesse, die elektrische Platte auszuschalten und dergleichen, rutsche in der Badewanne aus; sie solle in das Schauspielerheim übersiedeln.

«Weiß sie das?»

Nein, sagte er, und sein Gesicht nahm diesen Ausdruck an, der ihr Angst machte; dieser genießerische Ausdruck, den er bekam, wenn er dabei war, jemandem einen Streich zu spielen, etwa wenn er sein Säuferkostüm anzog und großspurig in eine Gesellschaft einbrach und die Leute erschreckte. Dann sah er wie ein wilder kleiner Junge aus.

Nein, sagte er, aber er und ein anderer Freund von Floramae hätten sich einen wunderbaren Vorwand ausgedacht, mit dem sie Floramae in das Heim kriegen würden, ehe sie sich's versah.

Er kicherte bei dem Gedanken daran. Plötzlich war sie wütend auf ihn; sie wußte noch nicht, warum sie so böse war, aber es kribbelte ihr im Nacken, als sie ihn so auf ihrer Couch ausgestreckt liegen sah, überheblich, eingebildet auf alles, stolz auf seine guten Taten.

«Das ist nur dein Ego.»

«Was ist mein Ego?»

«Du tust das alles nicht aus Zuneigung, Ham. Es schmeichelt deinem Ego, weiter nichts.»

«Aha.»

«Mir kannst du nichts vormachen.»

«Nein? Heilige Kuh, und ich dachte, ich könnte es.»

«Es ist deine unglaublich unerträgliche Eitelkeit.»

«Was für eine Eitelkeit?»

«Unerträgliche Eitelkeit.»

«Na schön», sagte er gelassen, «besser als nichts.»

Erhob sich von der Couch – ein Eisberg, der sich aus dem Meer erhebt.

«Weißt du, wenn ich aus Eitelkeit rumlaufe und herrenlose alte Katzen und traurige alte Balletteusen und einäugige Schwule ernähre, so ist das immer noch besser, als ihnen gar nichts zu geben.»

«Um sich hinterher über sie lustig zu machen?»

«Ja, wenn mir danach ist.»

«Also eine Art Indianergeschenk.»

«Na, und? Wenn ich meine Gefühle verbergen will, so ist das meine Sache. Denen tut das doch nicht weh. Und was weißt du überhaupt von mir? Allmächtiger Gott, wie unverschämt du bist.»

«Wahrscheinlich. Tut mir leid.»

«Was weißt du von meinen Gefühlen, von meinen Fehlern und meinem Schmerz und meiner Einsamkeit, und wenn es mich aufheitert, irgendein altes Wrack aufzuheitern, und wenn das Eitelkeit ist, was macht das schon? Ich tue lieber das und mache mich ein bißchen lustig, als daß ich feierlich und selbstgerecht bin und mich über alles erhaben fühle und sie verachte und dabei sage: ‹Freut mich schrecklich, Sie kennenzulernen›.»

«Ich verachte Floramae nicht.»

«Doch, das tust du. Innerlich. Ich habe es die ganze Zeit gespürt. Und du hast die Handschuhe anbehalten, als du ihr die Hand gabst, als hätte sie Bazillen oder so etwas an sich, und dann plusterst du dich so auf wegen meiner Eitelkeit und dergleichen und greifst mich an, weil du so frustriert bist, daß du nie ein wirkliches, ehrliches Gefühl für irgend jemand gehabt hast, außer wenn es um Sex geht, und selbst dann muß man das Licht ausmachen und oh, mach das Licht noch nicht an, und oh, dreh dich einen Augenblick um, und dann, weil Daddy dir beigebracht hat, deine guten Manieren nicht zu vergessen und dich schön zu bedanken, heißt es ‹Du bist süß, Ham› und ‹Wie lieb und gut du bist› und ‹Ich liebe dich, Ham›.»

Nur bei einer Sache konnte sie protestieren, weil es nicht stimmte. «Ich habe nie gesagt, daß ich dich liebe, nie, kein einziges Mal.»

«Hör zu, und wenn du es gesagt hättest, so würde es für mich nicht mehr bedeuten, als wenn du sagtest, ich liebe deine Klimaanlage.»

«Das weiß ich. Aber es ist nicht fair, mich so abzustempeln. Niemand hat überhaupt keine Gefühle.»

«Na ja, vielleicht manchmal, nur manchmal, ein kleines, schwaches –»

«Allmächtiger Gott, und deine Unverschämtheit? Woher weißt du irgend etwas davon, wie ich –»

«– schwaches, verkümmertes, mottensicheres winzig kleines Gefühlchen hast du hin und wieder, eine armselige, unterernährte kleine Gemütsbewegung, vor der du eine Scheißangst hast, also erstickst du sie im Keim, weil du sonst, gütiger Gott, vielleicht damit fertig werden, vielleicht mit dir ringen müßtest.»

Schweigen. Sie blickte auf ihre Knie. Er rückte vor dem Spiegel seine Krawatte zurecht.

Dann sagte er: «Ich will dir sagen, womit du es meiner Ansicht nach allerhöchstens aufnehmen kannst. Mit einem Kerl, der Schals und Galoschen trägt.»

Dann kam er, plötzlich versöhnlich, zu ihr und küßte sie auf den Nacken.

«Armes verhungertes Kind», sagte er und ging zur Tür. «Wiedersehn, Tess.»

Das war das Schlimmste von allem: daß er Mitleid mit ihr hatte.

Was sie auch fühlte oder nicht fühlte – sie *fühlte* etwas. Um zwölf Uhr zwanzig wollte sie ihn nie wiedersehen; um zwölf Uhr vierzig brauchte sie ihn so dringend wie die Luft zum Atmen, und so ging es Tag für Tag, während sie ihre gewohnten Bewegungen machte, aufstand und ihre Philosophiekurse besuchte, immer mit dem Verlust, der wie eine Lücke in ihrem Leben klaffte, als hätte jemand eine Schere genommen und ihn herausgeschnitten. Wo sie auch hinblickte, sah sie die Lücke. Sie dachte an lächerliche Dinge wie seine hübschen gelbbraunen Stiefel und seine Taschennagelfeile und den kindlichen Ausdruck, der auf seinem Gesicht erschien wie ein Film und wieder verschwand und Bände sprach, aber lauter ungelesene; sie dachte daran, wie er sie zu unsinnig weiten Spaziergängen gedrängt hatte; sie dachte daran, wie sie sich wohl oder übel hierhin und dorthin hatte hetzen lassen; dachte an die Leute, die er kannte, die in Geschirr- und Wäscheschränken lebten, herauskamen und wieder verschwanden und von denen er nie wieder sprach, obwohl er sie für den Moment wie Könige und Königinnen behandelt hatte; sie dachte an die Kinobesuche, bei denen sie nie das Ende des Films gesehen hatten, weil er so rasch gelangweilt war; sie dachte daran, wie sie ihn auf Rolltreppen verloren hatte (er war plötzlich vorausgeeilt) und ihn dann tagelang nicht wiedersah, worüber er hinterher nie ein Wort verlor. Das Ende, die Befreiung von dem Druck, unter dem sie gestanden hatte, waren zugleich beruhigend und erschreckend. Ihr war, als wäre sie in eine öde Winterlandschaft verschlagen, eine Landschaft, die sie in einer düsteren Galerie gesehen hatte. Sie war für immer verloren in dieser bitter düsteren Landschaft von dunklen Wäldern unter einem strengen Himmel; einsame Tess Adams.

Aber es stimmte nicht, nur einiges von dem, was er in seiner Wut gesagt hatte, traf auf sie zu; aber auch wenn es nur ein paar Dinge waren, wie konnte sie sich ändern – wie konnte sie ihre Seele erwärmen? Wie kann ich auftauen? fragte sie sich. Wie komme ich da heraus?

Angenommen, sie benähme sich nun wie eine Hure und ließe ihn absolut alles und jedes tun, bei brennendem Licht und hochgezogenen Jalousien – würde das irgend etwas beweisen?

Nein. Der einzig mögliche Schritt war (es kam ihr blitzartig, als sie im Warenhaus, wo sie sich oft versteckte, einen mit Zebrafell bezogenen Sessel berührte) Demut. Demut auf den Knien.

«Alles, was du über mich gesagt hast, stimmt. Das wollte ich dir sagen», sagte sie, nachdem der Türöffner gesurrt hatte und sie auf dem letzten Treppenabsatz zu seinem Atelier stand; er hatte seinen weiten, derben weißen Pullover an und sagte nichts, sondern sah sie nur an, als hätte sie die Wäsche gebracht.

«Das ist alles», sagte sie. «Ich fand, daß ich dir das lieber persönlich sagen sollte als am Telefon, weil du sonst denken könntest, es sei eine Ausrede.»

Sie ging wieder hinunter und zählte dabei die Stufen, und als sie im zweiten Stock angekommen war, rief er herunter: «Wo zum Teufel willst du denn eigentlich hin?»

Und der einzige Unterschied war, daß sie das Licht brennen ließen, und sie fühlte sich ein bißchen unsicherer als im Dunkeln. Später sagte sie: «Ich liebe deine Klimaanlage», und er war wohlerzogen genug, zu lachen und sie ein wenig an sich zu drücken.

Kurz bevor er die Nachttischlampe ausdrehte, beugte er sich über sie und gab ihr einen zärtlichen Kuß und sagte: «Gute Nacht, alter Schatz.»

Sie stand beim ersten Tageslicht auf und zog sich, wie so oft, rasch an und verließ seine Wohnung. Aber statt nach Hause ging sie in eine Imbißstube und trank Kaffee und wartete, bis die Banken um neun Uhr aufmachten, und löste einen Scheck ein und nahm einen Zug nach Boston.

Sie beschlossen (oder vielmehr Elton beschloß), in das älteste Museum nahe der Faneuil Hall zu gehen, das oft so gut wie menschenleer war, und als sie dort neben einem Schoner auf einer Seemannskiste saßen, an der deutlich NICHT BERÜHREN! stand, sagte sie ohne weiter zu zögern: «Ich habe eine sehr unglückliche Affäre gehabt.»

«Das habe ich mir gedacht», sagte Elton.

«Wirklich? Hat man mir's angesehen?»

«War das der – wer es auch sein mag –, der dich in der Washington Irving Inn ausrufen ließ?»

«Ja.»

«Das hab ich mir gedacht.»

«Es tut mir leid, daß ich es dir nicht früher sagen konnte.»

«Warum sollte dir das leid tun?»

«Ach, weil du zu mir immer offen und ehrlich gewesen bist.»

«Du brauchst mir nichts zu erzählen, wenn du nicht willst.»

«Sie können darauf nicht sitzen, Miss», sagte ein Aufseher und kam auf sie zu.

«Sie kann zwar darauf sitzen, aber Sie wollten sicher sagen, daß sie

Und wartete …

... bis die Banken um neun aufmachten. Was wäre der homo pecuniosus ohne Bank! Er läge nicht selten am Boden.

Der Mensch muß etwas auf der Bank haben. Dann sitzt er nicht so leicht auf.

es nicht darf», sagte Elton, und als sie in einem zugigen Vestibül eine Bank fanden, gab er ihr Feuer für ihre Zigarette und sagte: «Ich freue mich schrecklich, daß du gekommen bist, Tess, und wenn es etwas ist, worüber du sprechen möchtest, tu es auf jeden Fall, und wenn du es nicht möchtest, tu's nicht.»

Na ja, es war nicht ganz und gar unglücklich, erzählte sie ihm, es war mehr so eine Art Flickwerk von Auf und Ab und Stimmungen und so vielen inneren Widersprüchen; man kann seine Person nicht irgendwie klar umreißen, zum Beispiel sagen, er sei ein Lügner oder ein Schweinehund – wenn er ein Lügner oder ein Schweinehund wäre, dann würde es kein Problem sein, dann wäre es leicht gewesen, Schluß zu machen; dann wäre sie auch gar nicht hier und würde Elton nicht damit langweilen – aber das Gefährliche war, daß er oft so unheimlich lieb sein konnte, und das, sagte sie, mache ihr Angst. Mache ihr große Angst, wie zum Beispiel auch letzte Nacht, als er, nachdem sie sich gestritten hatten, zärtlich und liebevoll gewesen war und sie «alter Schatz» genannt hatte. Aber da war ihr der schreckliche Gedanke gekommen, daß er sie ebensogut «alter Schuh» hätte nennen können, daß er ihre Beziehung als etwas Halbdauerhaftes ansah und daß es erschreckend einfach sein würde, so weiterzumachen, und daß es auf unabsehbare Zeit so weitergehen könne, auf und ab und auf und ab. Nicht daß sie (und du darfst das nicht falsch verstehen, Elton, ich kann es dir schwören auf einen ganzen Stoß von Bibeln) jemals auch nur im entferntesten daran gedacht hätte, auf die Dauer mit ihm zusammenzubleiben, womit sie auch keine Heirat meinte, denn eine Ehe mit ihm wäre undenkbar, das reine Elend. Aber sie hatte eine Schwäche für ihn – und, ja, es war eine ungeheuer befriedigende Schwäche des Fleisches, aber auch des Geistes –, und sie fühlte sich mehr und mehr davon ausgelaugt, bis sie sich fürchtete, richtig davor fürchtete, daß er sie auf immer für jeden anderen verderben würde, und der Gedanke, daß es einfach so weitergehen könnte, auf und ab und auf und ab, war schrecklich, fast so, als wenn man ein Trinker wäre und verzweifelt versuchte aufzuhören.

Ich fühle mich gefährdet, sagte sie später, als sie in den Charles River hinunterstarrten.

Ich bin so gefährdet, sagte sie, daß ich, wenn er jetzt um die Ecke käme, mit ihm auf und davon gehen würde, wahrhaftig.

Oh, ich weiß nicht, was ich tun soll, sagte sie auf dem Gemeindefriedhof von Boston. Oder vielmehr, ich weiß es, aber ich weiß nicht, wie.

«Ich glaube, hier irgendwo ist Cotton Mather beerdigt», sagte Elton. Er reichte ihr die Hand, als sie einen großen Schritt über eine gefrorene Pfütze machte, und behielt sie dann in der seinen.

«Es läuft darauf hinaus, Tess, daß du etwas tun mußt, und ich glaube nicht, daß es zwangsläufig das Ende bedeuten würde, wenn du irgendwohin fortgingest, und nach dem, was du mir erzählt hast, ist er so ein egoistischer Bursche, daß er dich ewig in dieser emotionalen Unsicherheit belassen würde; und wie du ja bestimmt weißt, möchte ich nichts lieber, als daß wir heiraten, Tess, nicht daß die geringste Verbindung besteht zwischen den beiden Dingen, aber du könntest es dir einfach überlegen, und ich hoffe, du glaubst nicht, daß ich deine Situation oder dein Vertrauen zu mir ausnutzen will, da sei Gott vor. Also sag jetzt nichts, aber ich möchte, daß du darüber nachdenkst. Ich glaube nicht, daß sich deine Situation zu diesem Zeitpunkt verschlechtern könnte, wenn du die Möglichkeit in Erwägung ziehst. Nicht als Ausweg, Liebes, sondern einfach, weil wir beide sicher schon lange, lange wissen, daß es uns vorbestimmt ist, also . . .»

Und so wurden sie, weil Daddy es so formell gewollt haben würde, in der Saint Bartholomew-Kapelle getraut, und danach war ein Empfang im Pierre, und ihr Onkel Tom Adams, der aussah wie ein schlechtes Paßfoto von Daddy, kam aus Seattle, um seine Nichte dem Bräutigam zu übergeben, und zwei linkische Harvardstudenten standen Elton zur Seite, und als sie sagte: «Ich, Teresa Leonie, nehme dich, Elton Ormond», sah er sie an und nickte, einverstanden und es zu würdigen wissend, daß sie ihn nahm, und sie erwiderte seinen Dank, als sie sich küßten, und dann wurde in dem grell erleuchteten Saal der Hochzeitskuchen angeschnitten, und gerade, als sie sich umziehen und ihren Brautstrauß verteilen wollte, erschien wie bei Belsazars Festmahl ein winzig kleiner Page: «Mrs. Bracken, ans Telefon, bitte», und sie sagte ernst: «Es gibt keine Mrs. Bracken, Eltons Mutter ist vor Jahren gestorben», und dann hatten alle gelacht. Wer war am Telefon?

Selbst wenn das Telefon mit einem Fernsehgerät verbunden gewesen wäre, deutlicher hätte sie ihn nicht vor sich sehen können. Das glänzende blonde Haar und der Trick mit den aufrichtigen blauen Augen; sie sah die kindliche Begeisterung in seinem Gesicht.

«Der Geistliche ist übrigens nicht ordiniert; er ist siebzehnmal verhaftet gewesen wegen –»

«Ham, ich habe dir geschrieben.»

«Wunderbar, Liebling.»

«Es war schwer zu sagen.»

«O nein, es ist wunderbar. Ich werde es mit *Ladies' Home Companion* versuchen.»

«Ham, laß das. Wir haben nur eine Sekunde.»

«Wofür? Wofür haben wir nur eine Sekunde?»

«Bitte, sag mir anständig Lebewohl.»

«Anständig Lebewohl.»

«Ich meine, sag es einmal ohne Sarkasmus und Bosheit.»

«Na schön.»

«Bitte, Ham.»

«Moment mal, ich muß hier was aufschreiben; in dieser Zelle steht eine Telefonnummer an der Wand: ‹Wenn du einen guten Fick willst, ruf Letty an.›»

Pause.

«Tess?»

«Ja?»

«Hast du mich je geliebt?»

«Ich weiß nicht. Doch, aus tiefstem Herzen. Ich weiß nicht.»

Sie hörte deutlich, wie er zweimal einatmete.

«Ham, weinst du?»

Klick.

Er hatte geweint. Das war wie ein Geschenk. Die Tränen verliehen dem Ganzen eine Würde und Schönheit, die sie für immer bewahren konnte.

Andererseits war er durchaus imstande, nur so zu tun, als weinte er, und in Wirklichkeit lachte er jetzt vielleicht. In diesem Fall war sie die Betrogene.

Was von beidem stimmte nun? Sie würde es nie wissen.

Und genau das hatte er gewollt.

Ihr Herz pocht, und sie mußte sich an einen Baum lehnen. Es kam ihr so vor, als sei sie mindestens eine Meile gerannt. Die Leute hatten sich umgedreht und ihr neugierig nachgesehen, eine Fünfundsechzigjährige, die durch die Straßen von Katonah rannte; ein Wunder, daß niemand stehenblieb und versuchte, sie anzuhalten. Dann hatte ein plötzlicher Sommerregen sie durchnäßt; ihr dünnes Chiffonkleid triefte vor Nässe und klebte ihr am Körper, ihr Haar ringelte sich schlangenartig zu Locken (sie mußte wie Medusa aussehen), und sie hatte kein Taschentuch, um sich das Gesicht abzuwischen. Handtasche, Hut und alles andere hatte sie im Speisesaal des Landklubs gelassen, bevor sie in den Waschraum gegangen war.

Sie rannte weiter, bis ihre Beine sich wie Gummibänder anfühlten. Sie war jetzt in einem dämmerigen Minipark unfern der Autostraße und schien über die Stadtgrenze hinaus zu sein. Sie sah nach der Uhr: trotz der flaschengrünen Beleuchtung war es erst kurz nach drei Uhr vierzig. In ihrem Gürtel steckte das durchnäßte Zettelchen, das der einäugige Kellner ihr zugesteckt hatte. Sie nahm es vorsichtig heraus und breitete es in ihrer Handfläche aus. Ja, wirklich, da stand:

Ham. St. Thomas Mt. Kisco 5.

Mußte wohl fünf Uhr heißen. Sie mußte also noch Zeit totschlagen.

Dieser Ausdruck reizte sie so zum Lachen, daß sie sich an dem Baum festhalten mußte; die Idee, daß man die Zeit totschlagen müßte. Dann, während sie sich mit feuchter Hand die Augen wischte, sah sie, daß sie von einem jungen Mann beobachtet wurde, der neben einem altmodischen grünen Selbstfahrerwagen stand. Er stand ganz still und beobachtete sie neugierig, als wäre sie in diesem seltsamen grünen Licht vielleicht eine Erscheinung, obwohl Erscheinungen ebenso wie das Leben nach dem Tode verboten waren.

Ihren kleinen papiernen Hoffnungsstrohhalm in der Hand, schlenderte sie lächelnd zu ihm hinüber.

«Guten Tag», sagte sie.

«Tag, Ma'am», sagte er. Sein Lächeln war recht freundlich, nicht so ein schnelles Zähnefletschen, mit dem sie einen sonst meistens ansahen.

«Fahren Sie zufällig in die Gegend von Mount Kisco?» fragte sie und fügte hinzu (durch ihren Hoffnungsstrohhalm war sie so unbekümmert, daß die Lügen nur so aus ihr heraussprudelten), sie sei unglücklicherweise beim Umsteigen im Gedränge von ihrer Tochter getrennt worden, weil sie der Meinung war, ihre Tochter sei mit ihr ausgestiegen; dann habe sie gemerkt, daß sie an der falschen Haltestelle ausgestiegen war, und nun habe sie sich verirrt.

«Ich verstehe, Ma'am.»

Ihre Tochter habe ihre Handtasche mit ihrer Kennkarte und ihrem Fahrausweis und allem, «und so bin ich, wie Sie sehen, vom Regen überrascht worden». Sie lachte.

«Wohin denn in Mount Kisco?» fragte er.

«Na ja», sagte sie, während sie mit blitzartiger Geschwindigkeit überlegte, daß sie keine bestimmte Adresse angeben durfte, weil er sonst irgendwo halten und es nachprüfen konnte (und ebenso blitzschnell wurde ihr klar, wohin sie wollte, sie wollte zu Bracken; aber Brackens Adresse anzugeben, konnte riskant, konnte verräterisch sein). «Wenn Sie mich irgendwo in der Nähe des großen Metromarkts absetzen, von da komme ich leicht nach Hause.»

«Wohnen Sie in Mount Kisco, Ma'am?»

«Ganz nah vom Metromarkt», sagte sie.

«O.K.» sagte er. Er war sehr liebenswürdig, gar nicht herablassend, nannte sie nicht Frauchen oder meine Liebe, machte auch keine Scherze, sondern half ihr in den Lieferwagen. An der Wagentür klebte ein Etikett, darauf stand GÜTE, REINHEIT, ANSTAND. «Sie sollten hier nicht rumlaufen», sagte er, während sie die alte Selbstfahrerstraße entlangfuhren. «Sie mögen es nicht, daß man hier rumläuft. In dieser Gegend hier läuft niemand rum.»

«Ich weiß», sagte sie. «Ach, ich hatte plötzlich solche Angst, wo ich doch meine Papiere und Ausweise nicht bei mir habe, es sieht so merkwürdig aus.»

«Das stimmt», sagte er, «in Ihrem Alter.»

Die Art, wie er das sagte, gefiel ihr nicht.

«So was Dummes, aber diese Haltestellen sehen alle gleich aus, und ich glaubte bestimmt, meine Tochter wäre hinter mir ausgestiegen.»

«Sie wollten wohl in die Klinik?»

Auch das gefiel ihr nicht, ebensowenig die Art, wie er sie unentwegt von der Seite ansah.

«Nein», sagte sie.

«Ich dachte nur», sagte er. «Kennen Sie Mrs. Ida Packard in Mount Kisco?»

«Nein, ich glaube nicht.»

«Eine ganz reizende alte Dame. Sie hat sich vor einer Woche oder so auch verirrt, aber sie haben sie erwischt.»

Erwischt. Er fuhr jetzt sehr schnell. Zweifellos zum nächsten Polizeirevier.

Diese Befürchtung wurde mit jedem Augenblick größer, während er stur geradeaus blickte und sie listig von der Seite her ausfragte. Fragen wie: «Gehen Sie oft aus?» – «Wohnen Sie bei Ihrer Tochter?» – «Wer begleitet Sie denn?» – «Oh, es ist bestimmt nicht leicht, heutzutage alt zu sein, finden Sie nicht auch?» Als sie die Abzweigung nach Mount Kisco erreichten, kamen sie in einen Verkehrsstau, und er mußte halten. Sie hatte die Hand schon vorsorglich auf dem Türgriff. «Ach, sehen Sie mal», sagte sie hinausdeutend, «da hat es einen Unfall gegeben», und während er hinsah, bekam sie die Tür auf, und eine Sekunde bevor er sich umwandte, um sie zu packen, sprang sie hinaus, fiel auf die Knie, raffte sich auf und lief. «Kommen Sie zurück, alte Dame, kommen Sie sofort zurück», rief er, aber sie war schon halbwegs die Stufen zu dem Fußgängerüberweg hinaufgelaufen.

Diesmal war sie ausnahmsweise dankbar für die Menschenmenge, die Ströme von Menschen, die sie sonst immer bedrückten; von ihnen aufgesogen, von warmen Körpern angerempelt zu werden, war fast wie verschluckt und verdaut zu werden. Aber heute fühlte sie sich in der wabbeligen Fleischmasse auf dem rollenden Gehsteig sicherer. Doch als sie von dem Fließband trat, sah sie sich trotzdem um, ob der Fahrer ihr nicht folgte. Es wurde zwar heftig bestritten, aber es gab Gerüchte, daß das Einfangen alter Leute, die ihrem Ende zu entfliehen versuchten, mit stattlichen Mengen von Lebensmittelmarken belohnt wurde.

Nach einigem Umherirren in dem alten Teil der Stadt fand sie die dunkle Gasse und zog an der altmodischen eisernen Glocke, die im Steingemäuer des Klostergebäudes einen tiefen Widerhall weckte. Nach einer Weile öffnete sich ein Schlitz in der schweren Eichentür, und sie blickte in das milde, pausbäckige Gesicht eines jungen Mönchs mit einer Hornbrille.

«Könnte ich Bruder Bracken sprechen?» fragte sie.

«Verwandt?»

«Ja, Großmutter.»

«Haben Sie Besuchserlaubnis?»

«Ja.»

«Darf ich Ihre 427 sehen?»

«Ich habe sie nicht bei mir. Ich –»

«Dann können wir Sie nicht einlassen. Tut mir leid.»

«Ich war letzten August einmal hier, erinnern Sie sich nicht? Ich versichere Ihnen, daß ich eine 427-Karte habe, aber ich habe meine Handtasche verlegt, und –»

«Wir müssen uns an die Vorschrift halten.»

Er wollte den Schlitz schließen. Es blieb nichts übrig, als es zu sagen.

«Bitte. Ich bin nämlich für heute abend ‹aufgerufen›.»

Seine Kinderaugen blinzelten eulenhaft hinter der großen Brille hervor.

«Tut mir leid, aber ich bin nur der Pförtner.»

«Aber das eine Mal können Sie doch sicher . . .»

Also warten Sie, sagte er, er wolle mit dem Abt sprechen. Nach einiger Zeit wurden die Riegel zurückgeschoben, und der Mönch winkte sie in die schattige gewölbte Halle, und der Duft von allem, was alt war, schlug ihr ins Gesicht wie eine Welle. Ach, die lange vergessenen, lieblichen Gerüche von Feuchtigkeit und Stein und Kräutern, Äpfeln und Zwiebeln; nicht wie die fade, klimatisierte, geruchslose Luft draußen, von jeglicher Verschmutzung bis zur Geschmackslosigkeit chemisch gereinigt. Ach, die Gerüche einer vergangenen Welt, nach Kerzen und aufgehängten Speckseiten und warmem, frisch gebackenem Brot und Essig und ein bißchen nach Schweiß. Tränen traten ihr in die Augen und flossen fast über bei diesen Erinnerungen, diesem Heimweh. Sie vergaß ihr Alter; sie hätte ein Kind sein können, das in den benachbarten Kramladen ging, wo es nach Wurst, Thymian und Käse roch. Die verschwundene Welt, sie atmete sie wollüstig ein, während sie dem jungen Mönch durch den kalten, von Lampen erhellten steinernen Korridor zum Kloster folgte. Sie sog sie ein, die verschwundene Welt, die Atmosphäre von Frieden, Ruhe und Stille; vielleicht ein wenig zu friedlich. Diese gelassene Heiterkeit hatte etwas widerwärtig Süßliches, das einen an Eingeweide denken ließ; die Gesichter der jungen Mönche in ihren Kapuzen und Kutten, die schweigend auf sandalenbeschuhten Füßen an ihr vorübergingen, hatten vom vielen Beten einen benommenen Ausdruck.

«Warten Sie hier», sagte der Mönch und führte sie zu einer Steinbank in einem Bogengang des Klostergartens, wo ringsum Tulpen und knospende Narzissen blühten.

Sie hielt ihn am Ärmel zurück. «Es wäre mir lieber, wenn Sie ihm nicht sagten, was ich Ihnen sagen mußte.»

«Wir sprechen hier nur über das Wesentliche.»

Sie sah ihn von der anderen Seite des Klosters her kommen in seiner braunen Kutte, die Hände in den Ärmeln verschränkt und die Kapuze zurückgeschlagen, so daß man seine Tonsur sah. Elton. Es war Eltons langer Hals und das vorstehende Kinn und, als er näher kam und sie anlächelte, Eltons Lächeln. Nichts an ihm deutete darauf hin, daß Harry Platt an seiner Erzeugung beteiligt gewesen war.

«Hallo, Oma», sagte er.

Und was für ein geliebter kleiner Junge war er gewesen, ein goldiger kleiner Junge, außerordentlich ernsthaft und eifrig, der Preise für dies und das gewann, der in den Anfängen der schrecklichen Zeit aufwuchs und trotz aller äußeren Umwälzungen doch immer er selbst blieb. Sein Charakter hatte eine verborgene Seite. Sie hätte die Anzeichen früher erkennen müssen, vielleicht hätte sie noch abwenden können, was dann geschah. Und anschließend die Entdeckung. Harry Platt, der ruhig, mehr in Sorge (was noch schlimmer war) sagte: Mein Sohn, du bist abnorm und paßt nicht in unsere Zeit, du schlägst aus der Art. So entschied er sich gegen das Umerziehungsverfahren, das man ihm anbot, und wurde Mönch.

«Bracken», sagte sie.

Er sah sie ein bißchen neugierig an, und so begann sie atemlos (aber ohne etwas zu verraten) zu erklären, daß ihr leicht zerzaustes Äußeres daher kam, daß sie sich mit seiner Tante Barbara zum Essen getroffen habe und –

Er hob die Hand. «Bitte, erzähl mir nichts von draußen.»

«Das hatte ich vergessen.»

«Schon gut», sagte er, und ein Weilchen saßen sie schweigend nebeneinander.

«Was hast du getrieben?» fragte sie sinnlos, aber was soll man einen Mönch fragen?

Nun, er hatte große Fortschritte in Latein gemacht, konnte perfekt Latein lesen, und in seiner Freizeit züchtete er Gurken.

Gurken! Dieser Junge mit dem blendenden IQ, der so fabelhafte Aufsätze schrieb. Sie versuchte erfreut auszusehen.

«Bist du glücklich, Bracken?»

Er sah sie mit einem ernsten, schmerzlichen Blick an. «Oma, wir sind nicht hier, um glücklich zu sein. Nicht im üblichen Sinne.»

«So habe ich es nicht gemeint.»

Er lächelte. «Wir dienen. Das ist alles, was wir tun.»

Dienen? Wem? Wofür?

Eingeschlossen in einer stummen Glocke.

Er sagte: «Ich glaube, für die Menschen deiner Generation war es ein Teil ihrer Tragödie, daß sie sich bemühten, glücklich zu sein.»

«Vielleicht.»

«Alle bemühten sich, glücklich zu sein. Furchtbar.»

«Ja, mag sein.»

«Wie erbärmlich, keinen anderen Wunsch zu haben, als für sich allein glücklich zu sein.»

«Vielleicht. Ja, ich glaube schon, in gewissem Sinne.»

«Aber ich nehme dich und Opa davon aus, weil ihr, glaube ich, ungewöhnliche Menschen wart. Ich glaube, ihr seid wirklich glücklich gewesen.»

«Ja, ich glaube, das waren wir.»

«Hast du das damals gewußt?»

«Ja, zeitweise vielleicht.»

«Ich glaube, du hast es gewußt.»

«Ich glaube, daß man so etwas nie zu seiner Zeit wirklich weiß. Erst wenn es vorbei ist, weiß man, was man gehabt hat.»

Er blickte in das frühe Dämmerlicht des Klostergartens. «Dieses Jahr gibt es viele Blauhäher, Schwalben, Prachtmeisen, Stare.» Dann, noch immer ohne sie anzusehen: «Mein Vater war ein sehr guter Tennisspieler, nicht wahr?»

«Nun ja, er bemühte sich sehr.»

«Ich habe meine Mutter einmal gefragt, warum sie meinen Vater geheiratet hat, und sie sagte: ‹Weil er so ein guter Tennisspieler war.› Aber man konnte das, was sie sagte, nicht ganz ernst nehmen. Ich glaube nicht, daß sie sehr glücklich waren.»

Er sprach von ihnen in der Vergangenheit, als wären sie tot, und ihr wurde klar, daß sie für ihn tot waren.

«Aber weißt du», sagte er, «in vieler Hinsicht war mein Vater ein bemerkenswerter Mann. Er war in manchen Dingen seiner Zeit voraus. Er war einer von der neuen Rasse, von denen, die wußten, daß diese Art von persönlichem Glück, von der wir gerade sprachen, schon veraltet war.»

«Er war bestimmt kein glücklicher Mensch.»

«Aber darauf kam es ihm nicht an. Ihm kam es aufs Rechthaben an. Ich weiß noch, in dem Haus in Bedford – ich muß etwa sieben oder acht gewesen sein –, da war irgendwas los wegen Tante Barbara, und meine Mutter kam zu mir und sagte: ‹Leg dich jetzt hin und schlaf›, und ich fragte, was los sei, weil da ein großes Geschrei war, und sie sagte: ‹Nichts, nichts, schlaf nur!› Aber ich mußte es wissen und schlich hinaus auf den Treppenabsatz, und da war ein Streit zwischen Opa und meinem Vater wegen Tante Barbara, die irgendwohin sollte, und natürlich verstand ich damals noch nicht, wie verwickelt die Sache war, aber ich weiß noch, daß mein Vater völlig überzeugt davon war, daß er recht hatte.»

«Er war immer so überzeugt.»

«Darum konnte er auch andere Leute überzeugen.»

«Leider Gottes, ja, das konnte er.»

«Ich weiß, ja – aber sie wollten es auch. Ich glaube, er hatte so viel Erfolg, weil er wußte, was die Leute wollten, und auch daran glaubte. Sie waren alle durcheinander, weil nichts mehr funktionierte: Familie, Ehe, Religion. Das sind exklusive Dinge – meine Familie, meine Ehe, meine Religion , und das wußte er. Mein Vater wußte das, und er wußte, daß eine Art Verstaatlichung kommen mußte, weil die Leute es wollten. Die große Mehrheit der Menschen, jüngere Menschen, wollte es, und diese riesige Mehrheit stimmte dafür. Sie konnten die Wahrheit und den Schrecken in der Welt nicht ertragen, darum nahmen sie mit Erleichterung diese Art Neutralität an, in der es kein privates Glück, keinen privaten Sex, keine private Ehe oder Familie gibt, und es gibt sogar eine Ersatzreligion der Liebe, die keine Religion ist.»

«Keine Hoffnung, Bracken.»

«Besser gesagt: kein Bedürfnis.»

«Ich glaube nicht, daß alle es wollten, Bracken. Es gab Tausende von Menschen, die es wußten und akzeptierten, daß man nicht ohne Schmerz durchs Leben gehen kann, daß einem manchmal furchtbare Dinge geschehen, daß man nicht immer glücklich sein kann.»

«Das genügt nicht.»

«Uns hat es genügt.»

«Ihr wart die Minderheit geworden. Nein, sie wollten . . . so lange abgeschmirgelt werden, bis sie den Schrecken der Wirklichkeit nicht mehr empfanden. So daß sie keine Verantwortung mehr hatten, kein schlechtes Gewissen mehr, nicht einmal mehr für ihre Grausamkeit.»

«Das ist wahr», sagte sie. «O ja, in dieser Welt graut es niemandem mehr vor der Grausamkeit.»

«Du vergißt, daß Menschen wie mein Vater absolut daran glauben, daß es so gut und richtig ist.»

Eine Glocke begann zu läuten.

«Ich muß dich in etwa einer Minute verlassen», sagte er, «zur Abendandacht.»

«Glaubst du daran, daß es gut und richtig ist?»

«Oma, das habe ich hinter mir gelassen. Ich bin hier.»

«Hast du das Gefühl, daß Gott mit dir ist?»

«Ja», sagte er nach einer Weile, aber mit abgewandtem Blick.

«Ist Gott genug?»

Er starrte in die Ferne und schien gefangen zu sein in der Zange widersprüchlicher Gedanken. «Ich habe alles, was ich brauche. Ich bin hier frei», sagte er.

Aber der einzige Unterschied ist, daß du hier drinnen im Sand begraben bist, während alle anderen draußen im Sand begraben sind. «Bracken», sagte sie, «komm heraus.»

Er wußte natürlich, was sie meinte. Komm heraus und kämpfe, zum Teufel, gib dein Leben hin, wenn's sein muß; du sitzt in einer Glasglocke und hältst Abendandacht für Blauhäher und Stare.

«Komm heraus.»

Er wandte sich zu ihr, und sie sah, daß sie ihn mit ihrem Übereifer verletzt hatte, einen friedlichen See aufgewühlt hatte, und er sagte mit einer gewissen Schärfe in der Stimme: «Was könnte ich tun? In einer Welt, wo es kein schweres Verbrechen, keine schwere Krankheit, keine Armut gibt, wo alle gleich denken und jeder jeden liebt . . . Was könnte ich da tun?»

Sie sagte: «Wenn du nur einen einzigen Menschen zum Zweifeln bringen könntest.»

Er verschränkte die Arme in den Kuttenärmeln. «Nein, Oma, ich glaube nicht. Ich glaube nicht, daß ich das könnte.»

Eine Kolonne kerzentragender junger Mönche, die den alten Segen sangen, bewegte sich zur Kapelle. Ihre Gesichter, die von den Kerzenflämmchen erleuchtet wurden, sahen so rosig-frischgewaschen aus wie die Gesichter kleiner Jungen, die abends aus der Badewanne kommen, zu Bett gehen müssen und noch ein Märchen vorgelesen bekommen. Sie alle waren wie Bracken Abtrünnige.

«Es hätte keinen Zweck, wenn ich jetzt herauskäme.»

«Dann vielleicht eines Tages.»

«Vielleicht.»

Er hob die Hand in einer segnenden und Unheil abwehrenden Geste und sagte ruhig: «Leb wohl, Oma.»

Kurz vor der Biegung des Klosterganges wandte er sich zu ihr zurück und sagte: «Sei jetzt stark.»

Er mußte es also erraten haben.

«Freu dich, daß ihr das Vollkommene hattet, du und Opa. Ihr wart mit die letzten.»

Das Vollkommene.

Sie dachte, während sie durch die dämmerige steinerne Vorhalle ging, darüber nach, dachte daran, wie es sein würde, wenn man eine ganze Ehe auf Band aufnähme; Tausende von Stunden lang könnte man Dinge hören wie diese: War der Klempner schon da? Steht was Neues in der Zeitung? Ich dachte, wir könnten heute Fisch essen. Diese Tür klemmt wieder. Ihre Weisheitszähne müssen in diesen Ferien raus. Ist was Interessantes bei der Post? Wann wirst du zurück sein? Hast du deine Schlüssel? Erbsen oder Kürbis oder Salat?

Manchmal: Liebes, Liebling,
Süßes,
Geliebtes . . .

«Ist das nicht –»

«Nanu. Um Himmels willen –»

«Tess, wie geht es dir?»

Und daß er ihr nach so vielen Jahren gerade jetzt begegnen mußte, wo sie zum erstenmal seit Menschengedenken ein winziges Bläschen auf der Lippe hatte. Sonst alles tadellos: Hut, Handschuhe, Kostüm, Tasche, Nerzstola.

«Das ist Mrs. Fair. Mr. Hoban.»

«Guten Tag.»

Es war ihr zu verdächtig, hier vor dem Eingang von Doubleday zu stehen. «Gehen wir doch von der Tür weg.»

Und bist du in New York, Ham?

Hin und wieder. Und du?

Nein, wir wohnen jetzt in Bedford.

Gehst du hier lang?

Also, es ist wirklich schön, dich zu sehen.

Ich habe zwei Töchter, sagte sie. Eine ist in Bennington, die andere in Barnard.

Du siehst fabelhaft aus.

Du auch; nicht einen Tag älter geworden.

Dann sagte Dolly Fair, sie müsse in die andere Richtung gehen, zu Henry Bendel, und: es war nett, mit dir zu essen, Tess, viele Grüße an Elton, auf Wiedersehen, Mr. Hoban. Und so blieben sie an der Ecke Siebenundfünfzigste Straße stehen. Er hatte jetzt feine Fältchen um die Augen, und vielleicht war es nur die gelbliche Frühwintersonne, aber vielleicht war sein Haar doch ganz leicht blondiert.

Sie sagte in förmlichem Plauderton: «Hin und wieder habe ich deinen Namen unter einem Foto in der *Times Book Review* gesehen.»

«Dann bist du wahrscheinlich die einzige, abgesehen von dem Setzer.»

Er hatte sich verändert. Das Prahlerisch-Herausfordernde fehlte, er hatte etwas Gedämpftes, Mattes an sich, und als er plötzlich sagte: «Deine Handtasche ist offen», da war sie's wirklich.

«Können wir zusammen eine Tasse Kaffee trinken?»

«Na ja», sagte sie, «ich sollte versuchen, den Dreiuhrsiebenundzwanzig zu kriegen.»

«Ah, da haben wir ja massenhaft Zeit», sagte er und nahm ihren Ellbogen. Als sie eine Kaffeestube fanden, verzog er das Gesicht und sagte: «Hier kann ich es nicht aushalten. Ich war in letzter Zeit zu oft in so etwas. Gehen wir doch zu einem Drink ins Sherry Netherland.»

«So mitten am Nachmittag?»

«Ach was, komm schon», sagte er. «Hast du Angst, mit einem Mann in einer Bar gesehen zu werden?»

Ihr fiel ein, daß sie genau so ein farblos-graues Pfeffer-und-Salz-Tweedkostüm anhatte wie das, wogegen er einst protestiert hatte, wovon er gesagt hatte, sie verstecke sich darin.

Vor dem Sherry Netherland marschierte ein ordentlich gekleideter Mann an ihnen vorbei und schrie: «Heute abend Standrecht, ihr Hundesöhne, heute abend Standrecht, ihr verdammten Scheißkerle.»

«Die einzige Stadt der Welt», sagte Ham, «wo die Verrückten frei herumlaufen.»

Als sie drinnen an dem Ecktisch, auf dem er bestand, Platz genommen hatten, sagte sie: «Vielleicht trinke ich doch einen Whiskey sour.»

«So, Tess», sagte er, «dein Drink wartet auf dich.»

«Prost», sagte sie, und dann wie in einem Fernsehinterview: «Und nun erzähle mir von dir, Ham.»

Aber er schien nicht gern von sich sprechen zu wollen. Er war gereizt, sah auf die Straße hinaus, faltete seine Papierserviette bald so, bald so, bat den Kellner, ihm Erdnüsse zu bringen. Er rauchte eine Zigarette nach der anderen. Er hatte jetzt etwas von der Schönheit an sich, die an eine verwitterte römische Statue denken ließ; vermutlich war auch sein Leben von Wind und Regen und Schmutz geprägt, dachte sie, und als hätte sie ihn ohne Maske ertappt, sagte er: «Nichts ist so gelaufen, wie ich gehofft hatte.» Er schüttelte sich Erdnüsse in den Mund und sagte: «Um es offen zu sagen: es war die Hölle.»

«Armer Ham. Das tut mir leid.»

Alle hatten gesagt, Australien wäre die neue Welt, also war er hingegangen, um sich dort niederzulassen. Aber vielleicht hatte er es zu spät erfahren, denn zu seiner Enttäuschung fand er alles amerikanisiert und dieselbe Überbewertung der Jugend. «Jugend, Jugend, Jugend. Übersee-Erfahrung imponiert ihnen nicht; sie nehmen sie einem eher übel.» Er fuhr weiter nach Neuseeland, aber das war chauvinistisch und rückständig. «Zu spät für Australien, zu früh für Neuseeland.» Er ging zurück in seine Heimat Kanada, fand es dort einerseits zu groß, andererseits zu klein.

«Aber hier gefällt es mir auch nicht. Überall kracht und ächzt und rieselt es im Gebälk. Es ist ein Gefühl wie unmittelbar vor einer Lawine, dieses Knirschen.»

Um seinen Mund war eine neue Weichheit, dachte sie, und im großen und ganzen war es so, als säße man mit einem älteren Bruder von ihm zusammen, der ernsthafter war als Ham, mit dem es nicht so amüsant war, aber dafür friedlicher. Dann ertappte er sie dabei, daß sie nach der Uhr sah; er legte seine Hand auf ihre und sagte: «Geh noch nicht, Tess. Es ist wirklich überwältigend, dich wiederzusehen.» Sie beschloß also, den Dreiuhrsiebenundzwanzig nicht zu nehmen.

Er war bei seinem vierten Scotch *on the rocks* und gerade dabei, eine weitschweifige Geschichte zu erzählen, von einer reichen Frau, die ihm Ehe und Sicherheit fürs Leben angeboten hatte, und Tess sagte zerstreut: «Vielleicht solltest du . . .» da sagte er plötzlich: «Hast du je an mich gedacht?»

«Ich habe dir doch gesagt, daß ich in den Illustrierten immer nach deinem Namen gesucht habe.»

«Aber richtig an mich gedacht?»

«Manchmal.»

«Wie? Auf welche Art?»

«Liebevoll.»

«Liebevoll. Jesus.»

«Na ja, du weißt doch, was ich meine –»

«Liebevoll. O. K. So wird man abgespeist.» Er lächelte sein breites, schiefes Lächeln, spähte aus dem Fenster des Sherry Netherland, klopfte mit dem Finger an sein Glas und lächelte Vorübergehenden, die er nie im Leben gesehen hatte, nie im Leben wiedersehen würde, strahlend zu, aber sie bemerkte, daß er blinzelte, er hatte etwas im Auge, er blinzelte und wischte mit dem Handrücken darüber.

«Du mußt wissen, Tess, daß –» er brach ab, und sie wartete – «daß du eins der wenigen guten Dinge warst.»

Er sagte es so heiser, als hätte er eine Mücke verschluckt.

«Ham», sagte sie und legte die Hand auf seinen Arm in jener sinnlosen Gebärde, die nach Jahren ein Gefühl hervorzulocken versucht, aber es war um nichts zärtlicher, als wenn sie nach der Uhr gesehen hätte, was sie, die Zeit bis zum nächsten Zug berechnend, auch getan hatte.

«Nun ja», sagte er, und dann: «Hör mal, erinnerst du dich an den alten Cyclops, meinen einäugigen Freund von der Marine? Also, der hat eine sehr angenehme Stelle als Geschäftsführer eines Gasthauses in Bucks County, wirklich, ein nettes Hotel am Delaware, jedes Zimmer hat einen Kamin, und in den Billardräumen gibt es diese beruhigenden Filztische, alles außerordentlich beruhigend, und da fahre ich morgen hin. Mir ist gerade so danach, mich von grünem Filz und dem Klicken der Billardkugeln und dem Knistern des Feuers beruhigen zu lassen.»

«Du solltest eine Weile dort bleiben, da hättest du Gelegenheit, alles – na ja, zu überdenken, und ich glaube bestimmt –»

«Komm mit», sagte er, und natürlich glaubte sie, er meinte, daß sie aufbrechen wollten; sie nahm Mantel und Tasche und Handschuhe und glaubte, er warte auf die Rechnung.

«Komm mit mir dorthin», sagte er.

«Oh.» Sie war verblüfft. Sie sei eine Frau mittleren Alters und habe zwei Kinder, hätte sie fast gesagt. Mittelalterliche Argumente.

«Paß auf», sagte er, «hast du dir mal ausgerechnet, wie viele Nächte du hast? Ich hab's getan. Mitten in der Nacht, wenn ich nicht schlafen konnte, habe ich mir diese verflixte Sache ausgerechnet. Wenn du sechzig Jahre alt wirst, hast du einundzwanzigtausendneunhundertundfünfzehn Nächte. Könntest du mir nicht von den einundzwanzigtausend und so weiter Nächten eine letzte Nacht schenken? Sieh mal, bei meiner Pfadfinderehre, wir nehmen getrennte Zimmer, wenn du das willst, wenn du so spießig und zimperlich geworden bist. Alles, was du willst, wenn du nur mitkommst, weil ich so gern noch einmal mit dir zusammen wäre, dich so gern noch einmal bei mir haben würde in diesem so absolut beschissenen Leben.»

Sie mußte ihm die abgedroschene Rede halten. Sie war eine verheiratete Frau mit zwei Kindern und der entsprechenden Verantwortung. Sie mußte ihn daran erinnern, daß sie nicht zwei Personen in einer Operette waren; sie waren zwei Menschen mittleren Alters, die getrennte Wege gegangen waren, und das Vergangene war vorbei und erledigt. Sie mußte jetzt, so ungern sie es auch tat, augenblicklich aufbrechen, wenn sie den Fünfuhrsiebzehn erreichen wollte, mit dem sie gerade noch rechtzeitig nach Hause kommen würde, um den Auflauf in den Ofen zu schieben, auf den ihr müder und hungriger Gatte wartete.

«Du mißverstehst mich völlig», sagte er kalt. «Du hast nicht verstanden, was ich gesagt habe.»

«Ich konnte es kaum mißverstehen –»

«Schon gut», sagte er kalt wie Marmor. «Ich bitte um Verzeihung für die Doppeldeutigkeit meiner Worte. Offenbar habe ich mich ungeschickt ausgedrückt.»

Obwohl die eine Zigarette sich im Aschenbecher verzehrte, zündete er sich eine neue an. Schrecklich, wie seine Hände zitterten; er konnte das Feuerzeug kaum halten.

«Ham», sagte sie (ohne Mitgefühl, denn einmal hatte man ihr gesagt, sie habe kein Mitgefühl, und ihr war zumute wie jemandem, der sagt, er könne nicht kommen, um ein Menschenleben zu retten, weil er schon zum Essen verabredet sei). «Ham», sagte sie noch einmal sinnlos.

«Ich dachte, du hättest verstanden», sagte er, «ohne daß ich es graphisch darstellen müßte oder etwas so Demütigendes wie ‹hilf mir› sagen müßte.»

So dachte sie den ganzen Tag lang, nachdem sie Elton belogen hatte, über den Doppelsinn der Treue nach und daß es trotz jahrhundertealter Gesetze und Tradition (sie legte ein Nachthemd in einen Koffer, dazu Bürste und Kamm) nicht menschenmöglich war, einer Person seine ganze Treue zu schenken. Nein, man gab eine Art Treue seinem Mann, eine andere seinen Kindern und eine wieder ganz andere seinen Freunden. Nun, schließlich war Ham ihr erster Mann gewesen, und es gibt einen Zustand der Verzweiflung, wo eine noch so kleine Abweisung einen Menschen in den Abgrund stürzen kann, und sie konnte nicht diejenige sein, die einem Mitmenschen (sollte sie für den Abend das Schwarze von Norell mitnehmen? Nein, lieber die ganze Zeit dasselbe schlichte Kostüm, um selbst die Andeutung einer Provokation zu vermeiden), die einem Menschen, den sie einmal begehrt, leidenschaftlich begehrt hatte, den letzten Stoß gab. Sie war von Zärtlichkeit erfüllt, Erbarmen und Mitgefühl (hoffentlich) durchströmten sie, sie fühlte sich leicht wie Luft. «Meine alte Freundin Fanny Kingham», sagte sie zu Elton, «hat eine furchtbare Pechsträhne hinter sich und soll nach Bucks County zu Freunden, wo sie sich erholen kann, aber sie hat niemand, der sie hinfährt.» – «Natürlich», sagte Elton. «Eunice wird mir Abendessen machen. Zerbrich dir darüber nicht den Kopf.»

Natürlich ist es lächerlich, am selben Tag zurückzufahren, bei dem weiten Weg. Natürlich bleibst du über Nacht.

Es war nicht seine Art, Nachforschungen anzustellen, und allein dafür müßte er in den Himmel kommen.

Aber hin und wieder hatte sie Gewissensbisse. Oder war es nur Nervosität, daß sie sich einbildete, Eunice in ihrer irischen Art, mit einem Spürsinn wie ein Jagdhund, hätte einen Verdacht: sie sah Tess mit einem Ausdruck an, der eine Spur von einem hämischen Lächeln hatte. Hammelkoteletts und Limabohnen für Mr. Bracken, sagte sie streng (und ihr Ton wies das Mädchen in seine Schranken), denn sie müsse eine kranke Freundin nach Bucks County fahren, und falls jemand anrufen sollte: sie werde spätestens morgen mittag zurück sein.

Als sie dann den Wagen in der Auffahrt wendete, hatte Eunice die Frechheit, das Küchenfenster aufzureißen und «Viel Vergnügen!» zu rufen, und einen Augenblick war sie nervös und dachte daran, Eunice vielleicht eine Bluse zu schenken; wie häßlich die Leute mit ihren kleinen Erpressungen sein konnten! Aber sie gab keine Antwort darauf und fuhr ab in der Pose einer Freundin, die einer Freundin einen Gefallen tut.

Ham war eifrig darauf bedacht, die Situation zu verharmlosen. Er lächelte sie hin und wieder vorsichtig an und hustete seinen Raucherhusten. Vielleicht war er wirklich dankbar, und vielleicht würde Gott oder wer auch immer ihr diesen Fehltritt vergeben, so wie man angeblich auch seinen Schuldigern vergibt.

Sie fand das Gasthaus genau so entzückend, wie er gesagt hatte, blauer Nebel hing über dem Fluß, und die Zimmer rochen nach Bienenwachs und späten Rosen, und getreu seinem Wort hatten sie getrennte Zimmer, aber mit einer Verbindungstür, so daß alle Möglichkeiten offen blieben. Sie war erleichtert, daß ihr das peinliche Eintragen falscher Namen ins Gästebuch erspart blieb, weil Ham Stammgast war, wie Cyclops sagte, wobei er Ham mit seinem einen Auge bewundernd ansah.

Nachdem sie es so weit hatte kommen lassen, fand sie, daß sie es nun nach bestem Vermögen zu Ende führen müsse. Die Umgebung machte es ihr leichter, vom Blick auf den dunklen Fluß, an dem eine kahle Weide trauerte, bis zum Glockenschlag und Ticktack der Großvater-Uhr und dem hellen Feuer in der hübschen kleinen Bar, wo Cyclops (anscheinend Geschäftsführer, Buchhalter, Hotelpage und Barmann in einem) ihnen kalten, starken, nektarsüßen Martini servierte; außer ihnen war nur noch ein Paar da, das sich in leisem, uninteressiertem Ton unterhielt, und allmählich bildete sie sich ein, daß alles ganz harmlos sei, bekam sogar das Gefühl, daß sie vielleicht etwas Großartiges tun würde. Während die Drinks serviert wurden, setzte Cyclops sich an ein kleines Klavier und spielte ausgewählte, nicht ablenkende Melodien, die so unidentifizierbar waren, daß sie nicht störten, und doch so viele Erinnerungen weckten, daß sich die Herzen dadurch um einen Bruchteil näherkamen. Als das andere Paar von Cyclops in den Speisesaal geleitet wurde, fragte Ham: «Ist es nicht nett hier?» – «O ja, wunderschön», sagte sie, und er sah sie mit ernsthaft besorgter Miene an, als wäre sie eine Kranke, die man seiner Obhut anvertraut hätte, und sagte: «Du bist doch nicht unglücklich?» – «Nein», sagte sie, und um ein Haar hätte sie gesagt nein, Liebling, nein, Liebster. Das schöne Gesicht, jetzt von Falten und Linien der Enttäuschung und der Fehlschläge durchzogen, war so viel liebenswerter als das des jungen Mannes, der ihr ununterbrochen Streiche gespielt hatte, von dem sie nie gewußt hatte, ob er sie nicht im stillen nur verächtlich auslachte. Die Vorsehung wollte es, daß in Fodder's Inn so wenig Gäste waren, als wäre eine Seuche ausgebrochen; sie waren das einzige Paar in dem großen Speisesaal. Cyclops servierte nur mit der Hilfe eines pickeligen Kellnerlehrlings. Im Schein von rosa Kerzen aßen sie kalte Artischockensuppe aus Silberschalen, dann eine kleine Forelle, die tot zwischen Petersilie und Endiviensalat lag, und dann ein ausgezeichnetes Kalbsragout und tranken dazu – ob es nun stimmte oder nicht – Ham verstand nichts von Wein – einen Nuits-Saint-Georges. Und allmählich, es war schrecklich, merkte sie, wie glücklich sie war, alles war so schön und traurig, denn vielleicht, wenn sie an jenem Tage gewartet hätte und nicht gleich nach Boston in die Geborgenheit zu Elton geflüchtet wäre, vielleicht wären sie – sie und Ham – auch dorthin gekommen, wo sie jetzt waren? Den älteren Ham hätte sie haben können, wenn sie gewartet hätte. Dieser Gedanke versetzte sie in eine stolze, schmerzlich-gehobene Stimmung, so daß sie den Cognac, der ihr als «unsere Hausmarke» angeboten wurde, ablehnte und nur noch ein Glas Wein trank, und sie saßen noch lange, nachdem das uninteressierte Paar gegangen war (sie war überzeugt, daß die Abwaschgeräusche in der Küche von dem armen Cyclops selber verursacht wurden; das schöne Hotel stand offensichtlich kurz vor der Pleite), bis Ham die erste annähernd persönliche Bemerkung machte: er hob sein Glas und sagte: «Auf uns, nach so vielen Jahren.»

«Auf uns», sagte sie, «nach so vielen Jahren.»

Die bitteren Jahre hatten ihn älter und reifer werden lassen. Seine Freundlichkeit war ebenso offen und gleichmäßig wie das Atmen, während er doch früher so wechselhaft gewesen war wie Frühlingswetter. Jetzt war da nur das liebevolle Lächeln, und er benahm sich so formvollendet wie ein Bischof, stand auf, um ihren Stuhl zurückzuziehen, ging feierlich hinter ihr aus dem Speisesaal – wie ein Liebespaar, das sich als Ehepaar ausgeben möchte. Wie er ihr die Tür zu der kleinen Kaffeestube aufhielt, wo Cyclops eilig ein Feuer für sie angezündet hatte, und wie er sich zu ihr herüberbeugte, um sich keines ihrer Worte entgehen zu lassen (denn die katzenhafte Stille im Haus, das Ticken der alten Uhren, die Holzscheite, die wie leise Worte auf dem Kaminrost zusammenrutschten, verboten geradezu, die Stimme zu erheben), wie er das Kinn in die Hand stützte und zuhörte, als sie von ihren Töchtern erzählte, wie verschieden sie seien, Joan so träge und Barbara so stürmisch (und sie dachte, wenn Ham und sie ein Kind gehabt hätten, wäre es vielleicht so schön geworden, wie sie früher einmal gewesen waren – oder wären sie für das Glück ihrer Schönheit und ihres Zueinanderfindens damit bestraft worden, daß sie einen Baumstumpf in die Welt gesetzt hätten?).

«Ach, Ham», sagte sie.

«Was?»

«Nichts.»

Sie schauten in das leere Billardzimmer mit den zusammengesteckten Queues und der beruhigenden Wirkung des grünen Filzes, und in dem kleinen Schreibzimmer (wie altmodisch, Federn, und Tinte und Löschpapier) standen die gesammelten Werke von Walter Scott.

Nur einmal, als sie im nächtlichen Nebel auf der kleinen Brücke standen, die über den Kanal führte, und er fragte, ob ihr kalt sei, nur einmal berührte er sie, legte den Arm um ihre matronenhaft in

Tweed gehüllte Schulter, und die ganze Zeit dachte sie (denn sie wußte jetzt, daß sie ihn begehrte), wäre er nur so gewesen, als sie sich kennenlernten, so hätte sie ihn vielleicht lieben können, statt ihn nur zu begehren.

Ihre Haut zitterte vor Erregung, als sie das Nachthemd auf dem Bett auslegte, und dann setzte sie sich, nur in Rock und Büstenhalter, vor den Spiegel und bürstete langsam ihr Haar, zum einen, weil sie ihm Zeit lassen wollte, sich zuerst auszuziehen, und zum anderen, weil es eine beruhigende Ablenkung von der sexuellen Erregung war, wenn die Bürste sich hob und senkte und ihr Haar sich bauschte wie ein seidenes Gespinst, und sie bürstete weiter, aber ihr Herz schlug schneller, als er die Verbindungstür öffnete und nur in einem Bademantel aus leichtem Baumwollstoff dastand und eine Zigarette rauchte; sie bürstete gleichmäßig weiter, jetzt am Hinterkopf, so daß sie sich nach hinten bewegen mußte, um das untere Haar zu erreichen, und vielleicht sah sie dabei zu stolz aus, ähnlich einem sich aufbäumenden Pferd auf einem Karussell, denn Ham lachte und kam zu ihr, sah unverwandt in den Spiegel und beobachtete, wie sie ihr Haar bürstete, und dann nahm er ihr die Bürste sanft aus der Hand und umarmte sie von hinten und küßte sie auf die Seite des Halses und legte seine Hand auf ihre Brust und sah ihr Spiegelbild an und sagte: «Ich wußte doch, daß ich dich wieder zurückkriegen würde.»

Mr. Hyde.

Nie zuvor war sein Grinsen so frech, der Ausdruck seines Gesichts so schadenfroh gewesen, das Vergnügen über diesen besten Streich, den er ihr je gespielt hatte; da war er wieder, der kleine Junge, der boshafte kleine Junge, den er sorgfältig versteckt hatte, bis er sie an der Angel hatte; der kleine Junge kicherte vor sich hin, platzte vor Freude und krähte vor Stolz – wie gut er das hingekriegt hatte! Nie hatte er sich das eitle Vergnügen versagt, wenn er so einen kleinen Coup gelandet hatte; sie erinnerte sich genau an seinen Blick und das Kichern, die Hand mit der Zigarette vor dem Mund, als wollte er seine Heiterkeit vor sich selbst entschuldigen – war er nicht wirklich hinreißend und, oh, wie klug er doch war! Und als er sich nun wieder über sie beugte, aber diesmal, um ihren Mund in seinen zu nehmen, wich sie ihm aus und bückte sich seitwärts, um die Bürste aufzuheben, und dabei wäre er um ein Haar mit dem Kopf in den Spiegel gekracht. Mit zwei raschen Bewegungen gelang es ihr, ihre Jacke aus dem Schrank zu nehmen und ins Badezimmer zu gehen, wo sie die Jacke anzog und zuknöpfte, so gelassen wie bei einer Anprobe bei Sakhs; dann ging sie zurück ins Zimmer, wo er auf dem Bett auf ihrem Nachthemd saß, und sie sagte «Entschuldige» und zog das Nachthemd unter ihm vor und legte es in ihren Koffer und warf die Haarbürste hinein und ließ ihn zuschnappen, alles mit der lakonischsten, gelangweiltesten Miene, zu der sie imstande war, und dann nahm sie ihren Mantel aus dem Schrank, und er kicherte nicht mehr, sondern beobachtete sie mit dieser Art von ironischer Reue, und er fragte, was sie da eigentlich mache, wohin sie bitteschön wolle, fragte er und ging durchs Zimmer und stellte sich breit vor die Tür, ihr den Weg versperrend, und sie sagte wie zu einem Fremden in einem Aufzug «Entschuldige» und langte hinter ihn und öffnete zu seiner Verblüffung die Tür und ging an ihm vorbei hinaus, den Mantel überm Arm und das Köfferchen in der Hand; sie hörte, wie er ihr bis zum Treppenabsatz folgte, wie er ihr irgend etwas über ihren Humor oder ihre Humorlosigkeit nachrief, und während sie hinunterging, rief er sehr scharf: «Tess, laß diese Albernheiten und komm zurück».

Sie warf einen Blick in das kleine Büro hinter dem Empfangstisch und sagte zu Cyclops: «Danke für Ihre Gastfreundschaft. Es war reizend hier.» Sie fuhr sehr schnell. Es war ein bißchen so, als hätte man ihr Blei in die Adern gepumpt. Sie raste. Es war ein Gefühl, als hätte man ihr als letztes Heilmittel Blei in die Adern gepumpt und gesagt, natürlich wirst du es anfangs nicht merken, aber wir müssen dich warnen, du wirst es mordsmäßig spüren, wenn es dann hart wird, denn schließlich: Blei ist Blei.

Und tot ist tot.

Und während der ganzen Fahrt nach New York und von New York nach Bedford nahm diese bleierne Schwere zu, sie wurde so schwer, daß sie das Gefühl hatte, sie müßte durch den Sitz und den Boden des Wagens sinken, und als sie dann in ihre Auffahrt einbog, sah sie, daß in ihrem Schlafzimmer Licht brannte, obwohl es zwei Uhr morgens war. Und als sie ins Schlafzimmer kam, saß Elton aufrecht im Bett und las. «Ich konnte nicht schlafen», sagte er. «Warum bist du in der Nacht den weiten Weg zurückgefahren?» – «Das will ich dir sagen», sagte sie und setzte sich auf den Bettrand. «Ich habe dich belogen. Ich habe vor ein paar Tagen Ham in der Stadt getroffen, und er bat mich, mit ihm für eine Nacht in dieses Gasthaus zu kommen, und es gibt absolut keine Entschuldigung für mich. Ich habe mich von ihm verführen lassen wie immer, absolut und hoffnungslos. Nur hatte er diesmal eine neue Masche, er brachte mich nämlich dazu, ihn furchtbar zu bedauern. Ich meine, er sah wirklich schrecklich aus, und er hat eine schwere Zeit hinter sich, und er tat mir wirklich leid, und er sagte unter anderem, ich wäre das einzig Gute in seinem Leben gewesen, und ich hatte das Gefühl, wenn ich ihn im Stich lasse, nehme ich ihm sozusagen den letzten Strohhalm, und wahrscheinlich wollte ich ihm glauben, sonst wäre ich nicht hingefahren, oder was meinst du? Ich glaube, ich habe diese – wie soll man sagen? – Flamme für ihn all diese Jahre am Brennen erhalten, und darum war ich gerührt und geschmeichelt, als er mich zurückhaben wollte. Ich hätte es wohl wissen können, na ja, du wirst es vielleicht erraten haben, daß er sich kein bißchen verändert hat, daß er genauso eitel ist und genauso selbstsicher, daß er alles kriegen kann, was er haben will, mich einschließlich. ‹Ich wußte doch, daß ich dich noch einmal besitzen würde›, hat er zu mir gesagt. Das war alles. Mehr ist es nie gewesen. Nichts. Und so habe ich dich wegen nichts belogen. Ich habe uns wegen nichts befleckt. All diese Jahre habe ich gedacht, es wäre etwas, trotz aller Schmerzen wäre es etwas gewesen, fast so, als schuldete ich ihm etwas, und dabei war es die ganze Zeit nichts.»

Sie langte nach dem Zipfel des Bettlakens und zog es sich vors Gesicht und war wieder ein junges Mädchen, das weint, weil es von einem Liebhaber sitzengelassen worden ist. «Nichts! Ach, lieber Gott, wie idiotisch.»

«Ja», sagte Elton, «aber wenigstens bist du dahintergekommen.»

Er sah sie über seine Brille hinweg an.

«Hast du etwas zu essen bekommen?» fragte er.

«Ach, Elton –» sie lag weinend an seiner Brust – «ich liebe dich mehr als das Leben.»

«Ich glaube nicht –» er gähnte – «daß das vor einem Gericht zulässig wäre, aber ich nehme es mit Dank an.»

Dann kam jener Tag, irgendwann nach seinem vierundsechzigsten Geburtstag.

Eltons Stimme auf dem Band sagte: «Liebste, verzeih mir, aber ich habe keine große Lust, länger so weiterzumachen . . .»

Sie hatte den Knacks der Resignation nicht gehört. Er war so leise gewesen wie Schnee, der in tiefer Nacht von einer Hecke rutscht. Es könnte etwa vor einem Jahr angefangen haben, als sie aufgefordert wurden, sich für den neuen «Ruhestandsplan» registrieren zu lassen; sie mußten ihre Geburtsscheine und – wie Schulkinder – ein Proviantpaket mitbringen, und der Gestank der alten Turnhalle, halb nach Karbol und halb nach altem Schweiß, und sie mußten sich in einer Reihe aufstellen und warten, eine lange, schwankende, jammernde und verängstigte Reihe von «alten» Leuten, und Sitzplätze gab es nicht, und so ließ man sie über zwei Stunden in der eiskalten, ungeheizten Turnhalle warten, während von Zeit zu Zeit junge Leute mit freudlosen Gesichtern Flugblätter verteilten mit dem Text FREUT EUCH! DAS ZEITALTER DER LIEBE IST GEKOMMEN. Als sie schließlich zu dem Tisch vorgerückt waren, wo sie die notwendigen Formulare auszufüllen hatten, sagte Elton zu dem diensttuenden pausbäckigen Jüngling: «Sie haben kein Recht, die Leute so zu behandeln.»

«Ist schon gut, Papa», sagte der Jüngling.

«Nennen Sie mich nicht Papa», brüllte Elton, «und bringen Sie einen Stuhl für meine Frau.» Er hatte den Jungen so böse angeblickt, daß ein Stuhl gebracht wurde.

Dann der Tag, an dem sie nach Connecticut gefahren waren, um etwas zu besorgen (vor allem aber, um allein wegzufahren und nicht in ihrem Haus sein zu müssen, wo sie nur noch als Mieter leben durften), und auf dem Rückweg wurden sie an der Grenze von einem jungen Polizisten angehalten.

Er glänzte von poliertem Leder und blankgeputztem Messing. Er trat hinter dem Fahnenmast hervor, der jetzt überall an den Grenzkontrollpunkten stand, hob eine lederbehandschuhte Hand.

«Ihre Zulassung, Sir», sagte er.

Respektvolles Benehmen, der Ton der Frage hätte nicht sanftmütiger sein können.

Zweck des Besuchs? Wie lange? Wieviel Benzin haben Sie?

Freundliches Benehmen. Verzeihung – er mußte nur den Tachometer kontrollieren. Er war einer von den gründlichen. Meistens winkten sie einen einfach weiter. Er notierte alles. Alter, früherer Beruf, bei welcher politischen Partei eingetragen.

Dann: «Unterstützen Sie die Regierung der Vereinigten Staaten?» Aha, einer von den ganz eifrigen Kerlen, wollte zum Leutnant befördert werden. «Grüßen Sie die Flagge der Vereinigten Staaten?» – «Lieben Sie Gott?» Als Tess das Zucken an Eltons Hals sah, seine Hand, die das Steuer umkrampfte, stand ihr fast das Herz still. «Ja, das tut er», sagte sie zu dem Polizisten, während Elton schwieg, die Lippen grimmig zusammengepreßt geradeaus starrte.

Der Polizist wiederholte die Fragen im freundlichsten Ton. Als Elton noch immer die Antwort verweigerte, öffnete der Polizist die Wagentür und sagte: «Sir, ich muß Sie bitten, einen Augenblick auszusteigen.»

Nach kurzem Zögern stieg Elton aus. Der Wind fuhr ihm durch das schüttere graue Haar. Sein vorstehendes Kinn deutete himmelwärts.

«Äh – Sir, stellen Sie sich bitte so hin, daß Sie die Flagge ansehen, und ich werde die Fragen wiederholen.» Hinter ihnen stauten sich die Wagen über eine halbe Meile und bildeten das Publikum.

Der Polizist wiederholte die Fragen. Elton stand in Habtachtstellung.

«Nun, Sir –» die Stimme klang geradezu zärtlich – «muß ich Sie bitten, die Flagge zu grüßen.»

«Ich werde die Flagge nicht grüßen», sagte Elton.

«Aha. Unterstützen Sie die Regierung?»

«Ich werde diese Frage nicht beantworten.»

«Aha. Lieben Sie Gott?»

«Ich werde diese Frage nicht beantworten.»

«Aha.»

Dann sagte Elton: «Ob ich Gott liebe oder nicht, ist meine Privatsache und darf infolgedessen nicht als Parole benutzt werden.»

Der Polizist schrieb etwas in sein Notizbuch.

Eltons Kopf fing an, etwas zu zittern. Er sagte: «Ich liebe diese Flagge, aber auf andere Art als Sie.»

Der Polizist schlug sich mit dem Notizbuch auf den dicken Schenkel. «Fahren Sie weiter, Sir.»

Am folgenden Dienstag wurde ihnen der Wagen weggenommen.

Eines Nachts schrie er im Schlaf auf: «Oh, wo bin ich? Wo bin ich?»

«– Ich wußte, daß alles aus war, als der Regierungsblock von Senator Bjelke Petersen ans Ruder kam und dieses lächelnde Papierweib ins Weiße Haus einzog. Aber nein, Tess, das ist es nicht, ist es gar nicht einmal, daß es mir so viel ausmacht, daß sie mich eines Tages von dir wegholen und von dir verlangen werden, daß du es mit stoischer Gelassenheit trägst», ging das Band weiter, und seine Stimme war dann und wann nahe daran zu brechen. «Es ist, daß ich sie nicht länger ertragen kann; ich habe schon seit langem das Gefühl, daß ich ihre Beschränktheit und Vulgarität und den Mangel an jeglicher Logik nicht mehr ertragen kann. Das ist das Schreckliche. Ich erkenne ihren Standpunkt nicht. Ich bin in einer fremden Welt. Wie können wir sie verstehen, wenn wir wissen, daß das, woran sie glauben, ganz ohne Sinn ist? Die junge Fahrerin, die ich gestern hatte, antwortete auf etwas, was ich gesagt hatte: sie liebe alle Menschen. Wie kann man *alle* Menschen lieben? Ich sagte, das sei nicht menschlich. Aber sie konnte oder wollte mich nicht verstehen, und nach einer Weile bedachte sie mich mit diesem nachsichtigen, mitleidigen Lachen, das sie für so einen wie mich haben, und sie sagte, ich solle nicht so viel denken, und Denken sei Verschmutzung. Ich habe es einfach – nun ja, satt, auch nur zu versuchen, ihr Spießertum zu akzeptieren, und so sagte ich zu ihr, hören Sie, Schönheit ist Wahrheit, und Wahrheit ist Schönheit, und das ist alles, was man auf Erden weiß und zu wissen braucht, aber das verstand sie nicht, und natürlich hatte sie nie von Keats gehört . . . Ach, es ändert sowieso nichts. Sie haben alles auf ein durchschnittliches Nichts reduziert. Ich komme mir unter ihnen wie ein Toter vor. Wir mögen faul und habgierig und liederlich gewesen sein, aber wir waren nicht so banal und hatten wenigstens so viel Anstand und Sitte, uns einen anderen Standpunkt anzuhören. Weißt du noch den Tag, als du auf dem Vesuv ausgerutscht und hingefallen bist? Und das Feuerwerk über der Bucht von Neapel? Vielleicht hätten wir besser aufpassen sollen, wer weiß? Ich bin froh, daß es passiert ist; danke, daß du auf dem Vesuv ausgerutscht bist. Es tut mir schrecklich leid, dies alles, feige von mir, Liebste, aber ich bin einfach zu müde, Tess, ich kann nicht weiter, Liebling. Nun, jedenfalls danke ich dir, Liebste, danke für alles in fast vierzig Jahren. Danke für jeden Tag, für jedes kleine bißchen jedes Tages.»

Es war schon Viertel nach fünf, als sie die Saint Thomas-Kirche fand, versteckt hinter sandigen Hohlziegelspeichern. Im grünlichen Licht der einbrechenden Dämmerung bot das schon lange leerstehende Gebäude den Anblick einer zerfallenen Abtei. An eine Seitentür war ein Stück Papier geheftet, darauf stand: PROFESSOR HOBEN NACHM. 5 H. Sie stieß die Tür zu der dunklen Kirche auf und trat auf einen Teppich von Zweigen und Blättern. Der modrig-süße Geruch vergangener Begräbnisse und Hochzeiten strömte ihr entgegen. Hier und da brannte eine Petroleumlampe. Sie hörte Hams Stimme in den hallenden Gewölben der fast leeren Kirche. Er stand vor dem Altar und hielt eine Predigt über den Geist, und in den vorderen Kirchenstühlen saßen zehn bis zwölf Leute, meist Frauen etwa ihres Alters in Regenmänteln oder alten Tweedkostümen. Einige wandten den Kopf, um zu sehen, wer hereingekommen war, verstohlene Blicke, die Augen hinter der Brille eingekniffen – war es auch keine Polizistin oder «Gesellschafterin», die diesen kleinen Gottesdienst verbieten wollte (denn das schien es zu sein, da Ham ein geistliches Gewand trug und jetzt mit ausgebreiteten Armen über den allgegenwärtigen Geist sprach). Aber die Szene war zu theatralisch, um ergreifend zu sein, und zu bizarr, um sie humoristisch zu nehmen, und im übrigen war sie nicht darauf vorbereitet, auch nicht auf eine Wunderdroge oder was auch immer Ham genommen zu haben schien, und vielleicht lag es zum Teil an dem trüb-gelben Petroleumlicht, aber er wirkte unglaublich jung – bis auf das Haar, das in der künstlichen Beleuchtung silberblond glänzte, und die Andeutung eines Doppelkinns und seine leicht gebückte Haltung.

Dann klopfte ihr jemand auf die Schulter, und es war der alte Cyclops. Er zwinkerte ihr mit seinem gesunden Auge zu und winkte sie zu einem Kirchenstuhl an der Seite, wo sie sich im tiefen Schatten niedersetzten. «Sie sind also gekommen, braves Mädchen», sagte Cyclops und klopfte sie aufs Knie. «Es wird alles gut, warten Sie's nur ab», sagte Cyclops heiser flüsternd. «Was soll das alles?» fragte sie. «Was macht er da?» – «Ach, das ist einfach eine gute Tat, er predigt hier in der Umgegend, um ein wenig Trost zu spenden; das ist seine Natur. War es immer, falls Sie sich erinnern.» – «Aber wozu bekennt er sich? Er kann doch nicht –» Im Ernst, wollte sie sagen, aber Cyclops legte einen Finger an die Lippen, und sie saßen still und hörten zu, während eine der älteren Frauen ihre behandschuhte Hand hob (sie mochte früher zu dieser Gemeinde gehört haben und einst an Ostersonntagen hierher gekommen sein, anmutig und stolz auf ihre wohlgeratenen Kinder, die sich jetzt darauf vorbereiteten, sie einschläfern zu lassen) und fragte, ob Ham ihr sagen könne, ob es möglich sei, daß sie ihre Tochter noch einmal sähe, und Ham ließ den Kopf hängen und schien im Stehen einzuschlafen, und niemand rührte sich, alle bemühten sich, nicht zu husten oder zu rascheln, um ihn nicht bei der geistlichen Versenkung zu stören, und dann sagte Ham (es klang heiser, als hätte er schon stundenlang zu ihnen gesprochen), er habe den Eindruck, daß Patricia – war das richtig? Und die ältere Frau sagte, ja, das sei der Name ihrer Tochter – weit fort sei. In Washington State, nicht D. C., sagte Ham, und die Frau machte vor Freude ein kleines, ungläubig schnalzendes Geräusch, und Ham sagte, Sie werden Patricia wiedersehen, Sie werden irgendwann mit ihr wiedervereint sein, aber wann, das kann ich Ihnen im Augenblick nicht genau sagen.

Selbst aus der Ferne und in der ungewissen Beleuchtung konnte sie erkennen, daß Ham sich fieberhaft amüsierte. Vielleicht war er wirklich erkältet, aber er hustete zu oft, wobei er sich abwandte, um das Gesicht vor ihnen zu verbergen, und seine Schultern bewegten sich dabei so, daß es Tess wahrscheinlicher erschien, daß er sich vor Lachen nicht halten konnte. Wenn er sich ihnen dann wieder zuwandte, blickte er seelenvoll wie der Heilige Petrus auf die in den verzogenen Kirchenstühlen zusammengedrängte, rührende kleine Gruppe und versicherte ihnen, daß jenseits des Wassers ein gütiges Land auf sie warte, daß sie dem «Ruhestandsschlaf» entrinnen und ihre lange verlorenen Freunde wiederfinden würden. «Glauben sie das etwa –?» Alles bloß dummes Geschwätz, hätte sie beinahe gesagt, denn diese Leute waren keine ungarischen Bauern, sondern kamen aus dem gleichen Milieu wie sie, aber Cyclops Gesicht leuchtete vor Anbetung. Er wandte sich langsam zu ihr, so daß er ihr in die Augen sah, und sagte so, daß sie sich einen Moment lang schämte: «Sehen Sie, meine Liebe, es kommt nicht darauf an, ob sie es glauben oder nicht, es schenkt ihnen für eine Stunde oder so ein bißchen Hoffnung, und weiter will er ja nichts. Ein bißchen Hoffnung, wenn es, wie Sie wissen, in dieser Welt keine Hoffnung mehr für sie gibt. Das waren gute Leute, und jetzt stecken sie tief im Elend.»

Wie es schien, hatte Cyclops einen Freund, der bei dem Registrierungsamt arbeitete und im Austausch gegen richtige Eier, Päckchen mit getrockneten Feigen und hin und wieder eine Orange, die Cyclops im Katonah-Landklub stahl, Computer-Auskünfte über solche Leute herausgab: Namen der Kinder, Ruhestandsdatum usw. «So haben wir auch Sie gefunden», sagte Cyclops, und dann flüsterte er Tess ins Ohr, daß sie manchmal kleine Wunder vollbrächten – sie verstehe doch, was er meinte? – wie zum Beispiel Leute verschwinden lassen.

Obgleich es ein Sommerabend war, ließ die feuchte Kälte in der größtenteils dachlosen Kirche sie frösteln (oder vielleicht war es ihr Widerwille angesichts dessen, was da vorging), und Cyclops zog seinen Regenmantel aus und legte ihn ihr um, und sie saßen schweigend, bis die Fragestunde zu Ende war, und Ham sagte, nun würden sie alle ein Weilchen still miteinander beten, und während sie so still dasaßen, huschte eine Ratte den Gang herunter, durch den früher strahlende Bräute zum Altar geschritten waren, und verschwand unter einem zusammengebrochenen Kirchenstuhl. Nach dem stillen Gebet hustete Ham wieder, und nachdem er sich eine Weile geschüttelt hatte, sagte er, wenn wieder ungefährdet eine Versammlung abgehalten werden könnte, würden alle per Post eine Anzeige von einem Ausverkauf gebrauchter Textilien erhalten. Bitte, gehen Sie schnell und nicht in Gruppen, bat Ham und ließ sich direkt ein wenig die Aufregung anmerken. Als der letzte von der kleinen Gemeinde durch die zwei Türen gegangen oder durch die Mauerlöcher gekrochen war, schlich Ham mit kleinen Schritten zum Altar.

«Kommen Sie, meine Liebe», sagte Cyclops und geleitete sie durch den Hauptgang, als sollte sie von Ham das Abendmahl empfangen.

Als sie langsam näher kam, erstarrte ihr vor Schreck das Blut in den Adern.

Er hatte sich wohl sechsmal das Gesicht liften lassen. Das Ergebnis war grauenhaft, als hätte man ihn auseinandergenommen und wieder zusammengesetzt, so daß die Augen jetzt nicht ganz auf derselben Höhe saßen und der Mund nicht aufhören konnte zu lächeln; das verjüngte Babyfleisch hatte den glasigen Glanz von Plastikpuppen, als wäre das Auseinandernehmen und Wiederzusammensetzen anscheinend ohne Rücksicht auf das Original geschehen; Ham sah sich selbst nur noch entfernt ähnlich. Ein phantastisch unbegabter Amateur hatte aus ihm eine Reproduktion des David von Michelangelo gemacht.

Sie stand stocksteif da.

Dann stieß Cyclops sie vorwärts, und während sie auf ihn zuging, verbreitete sich dieses schreckliche Haifischgrinsen über das gestraffte Fleisch seiner Mundpartie, dazu der Glanz der künstlichen Zähne; es war wie eine der Horrormasken, die er sich für Parties anzuschminken pflegte. Nur war die Maske Wirklichkeit. Er streckte ihr seine langen Arme entgegen; sie sah die unverändert alten Hände mit Leberflecken und weißen Haaren.

«Tess», sagte Ham.

Fünfundvierzig Jahre oder mehr war es her, daß sie ihn bei Laceys Party kennengelernt hatte, er war so etwas wie ein Glücksbringer gewesen – hatte sie geglaubt –, dieses Einhorn, das vor ihr seine Kapriolen machte und scharrte und schnaubte und sie zu sich ins Bett genommen hatte, und morgens hatte sie sich tatsächlich gewünscht, seinen Rücken zu küssen, und er hatte weiter nichts gesagt als «Du kommst doch gut nach Hause?», und was war er wirklich in ihrem Leben gewesen? Ein Ärgernis. Und er hatte sie nie geliebt, und sie hatte sich seinetwegen zum Narren gemacht, noch immer gefesselt von ihm und dem Rätsel, das er war, noch immer auf der Suche nach dem einen köstlichen Fünkchen Wahrheit in seinem Spott, das ihrer Affäre einen Sinn hätte verleihen können. Aber das war ihr nie vergönnt gewesen, nichts; verrückte Einfälle, das war alles, Späße, nichts weiter, nichts Ernsthaftes.

Und jetzt (sie schloß die Augen, als er sie küßte, und war einer Ohnmacht nahe) blickte Ham sie (wenn man es anblicken nennen konnte und nicht schielen) mit so viel Zärtlichkeit an und die blauen Augen spuckten zwei Tröpfchen der Rührung aus. Es sei denn, er hatte seine Tränendrüsen doch nicht unter Kontrolle. «Tess, meine Liebste», sagte Hams Stimme. Denn es war wirklich Hams Stimme, mit der diese Kunstfigur sprach, in deren Armen sie lag, und er mußte seine Gymnastik weiter betrieben haben, denn der Körper war noch immer fest wie Stahl.

«Nimm Platz, Mädchen», sagte Ham. «Also, du siehst nicht schlecht aus für 'n altes Pferdchen, das zum Abdecker soll.»

Darin hatte er sich also nicht geändert. Immer mußte er irgendwelche Spitzen anbringen, aber seine Witzeleien hatten jetzt Sprünge und knarrten wie die eines alten Varietékünstlers. Er rieb sich die Sandpapierhände, und sie stellte fest – und ihr wurde übel dabei –, daß er sie mit aufrichtiger Zuneigung ansah.

«Du hast es Cyclops zu verdanken, daß wir dich gefunden haben, meine arme Geliebte; die alte Matrosentunte hier hat deinen Namen auf der Liste gefunden, durch diesen Geheimdienst-Regierungscomputerbengel, mit dem er schläft.» Ham tänzelte im Lampenschein umher und schwenkte die Arme, als könnte er in der feuchtkalten Kirche erstarren und sein vielfach erneuertes Fleisch gerinnen. «Lieber Gott, Tess, ich konnte es kaum glauben, daß du schon fünfundsechzig bist. Ich habe nie gewußt, daß du fünf Jahre älter bist als ich.» Natürlich war genau das Gegenteil der Fall. Er war, rechnete sie aus, gerade siebzig, aber sie saß still und sagte nichts, gelähmt von einem furchtbaren Gedanken, nämlich daß er jetzt vermutlich endlich etwas für sie empfand. Und plötzlich wurde er dann auch enorm praktisch; sie müßten sich beeilen, sagte er, während er und Cyclops beim Schein der Petroleumlampe Landkarten entfalteten. «Bist du sicher, daß dir niemand hierher gefolgt ist?» fragte er, und er war so voll von Begeisterung und sprudelte vor Aufregung, daß er die Antwort gar nicht abwartete, sondern weiter über die verschiedenen Routen sprach, diese Route, jene Route, daß man Buffalo umgehen müsse, weil dort ein Kontrollpunkt sei, fragte, ob in dem Lieferwagen eine Matratze für Tess sei. Erinnerte Cyclops an die Thermosflasche mit heißem Kaffee, denn je weiter nördlich sie kämen, desto kälter würde es werden. Einmal wandte er sich zu ihr und sagte unvermittelt: «Du bist natürlich immun, das weißt du doch? Sie dürfen die Frau eines kanadischen Staatsbürgers nicht anrühren.»

Was war das für ein Duft? Immer wenn er ihr nahe kam, hüllte eine Wolke seines Parfums sie ein, ein süßer, fader Zimtgeruch, ein deprimierender, ein abstoßender Duft, der einen schrecklich traurig machte. Wie konnte er sich nur in diesen alten, traurigen Duft hüllen?

«Mein alter Schatz», sagte er leise lachend und küßte sie auf die Stirn. «Die Leute werden dir gefallen.»

Sie hatte ihre Stimme so weit in der Gewalt, daß sie fragen konnte, welche Leute?

Nun, diese Kanadier, für die er arbeitete, Palmerstons oben in Lake Muskoka, etwa sechzig Meilen nördlich von Toronto. Dot und Cyril. Ihre Kinder waren erwachsen und aus dem Hause, und sie waren so allein in dem riesigen Haus an dem mit Fichten gesäumten See, der im Winter zugefroren war. «Kannst du noch Schlittschuh laufen, Tess?» fragte er und machte ein paar entsprechende Bewegungen, fuhr eine Acht um die Lampe herum. Alles, was Dot und Cyril geblieben war, sagte er, waren ein Dalmatiner und er. Er half ihnen bei der Bewirtschaftung des großen Hauses und sorgte für ihre verschiedenen Barkassen und Segelboote und verwaltete ihren ausgedehnten Weinkeller und ihre Speisekammer, die bis an die Decke mit den köstlichsten echten Lebensmitteln vollgestopft war, denn in Kanada war alles wie in der alten Zeit, und wenn man reich war wie Dot und Cyril, hatte man unbegrenzte Mengen von Fleisch, Sahne, Butter, Gemüse, Obst, Eiern, Melonen, Hummern, Krebsen, Heringen und selbstgebackenem Kuchen. Ein wenig Speichel rann aus Hams lächelndem Mund. Und die Palmerstons, Dot und Cyril, würden Tess wie eine Tochter aufnehmen, na ja, vielleicht mehr wie eine alte Kusine. Dot und Cyril hatten darauf bestanden, daß sie sich mit Ham in seiner kleinen Wohnung über dem Bootsschuppen häuslich einrichtete. Kalt im Winter, aber wir werden's uns schon gemütlich machen, Alte, sagte er.

«Ach, noch was, Tess», sagte er und versuchte die Stirn zu runzeln, aber keine Falte erschien auf der straffen, wächsernen Stirn. «Es wird dir hoffentlich nichts ausmachen, ich habe Dot und Cyril gesagt, daß es dir nichts ausmachen würde, aber es wird erwartet, daß du mit zupackst. Ich verdiene mir meinen Lebensunterhalt durch Chauffieren und verschiedene Arbeiten in Haus und Garten, aber von dir wird nur leichte Hausarbeit erwartet. Ich habe ihnen gesagt, daß du trotz deines Geldes keine langweilige, verwöhnte Yankeemadam bist.»

Sie dachte nicht an die leichte Hausarbeit; sie dachte daran, wie unglaublich es war, daß er hier stand und sie retten wollte wie ein alt gewordener Peter Pan seine zitterige Wendy und daß er vor Aufregung darüber außer sich war. Sie dachte daran, daß er sie retten und für immer mit ihr zusammenbleiben wollte in dem gemütlichen Bootsschuppen, und daran, daß sie dank seiner Großmut unbegrenzt weiterleben würde; und an die Dankbarkeit, die sie immer wieder von neuem zum Ausdruck bringen müßte. Daran dachte sie. Nicht an die leichte Hausarbeit.

«Als ich ihnen von dir erzählt habe und daß ich hierher fahren würde, um dich zu holen . . .» sagte Ham gerade und dann noch mehr über Dot und Cyril und wie edelmütig es war, daß sie Tess zu kommen erlaubten und sie bei sich aufnehmen wollten, nur gegen leichte . . .

Was sie jetzt zu denken begann, war ganz außergewöhnlich.

. . . und ein bißchen kochen, sagen wir am Wochenende, wenn die Köchin Ausgang hat, und weißt du was, sagte Ham und rieb ihre Hände in seinen, als wären sie erfroren, weißt du was, das Haus und das Leben dort, beides ist so, wie du es noch kennst, Tess, die Art Leben, die in den Staaten vorbei ist, die Art Schönheit und Würde . . .

Was sie zu denken begann, war etwas ganz Ungeheuerliches.

. . . und Anmut, sagte Ham. Stell dir vor, bei Dot Palmerston setzt man sich zum Frühstück hin, sagte Ham triumphierend und hielt sie fest, als wäre sie in der Gefahr, aus Dankbarkeit für ihr Leben und ein garantiertes Frühstück im Sitzen ohnmächtig zu werden.

Es ist *mein* Leben, dachte sie.

Ob es nur noch eine Stunde oder noch zehn Jahre dauerte, es gehörte ihr, und es war alles, was sie hatte und je gehabt hatte, und Ham wollte davon Besitz ergreifen, es ihr wegnehmen. Das Außerordentliche, was sie dachte, war, daß sie, wenn sie wollte, es noch immer nicht zuzulassen brauchte.

«. . . und du wirst mit mir in Kanada herumreisen, überall dorthin, wo ich Gottesdienst halte», sagte Ham.

Die Eigenmächtigkeit, mit der er über den Rest ihres Lebens verfügte, erschien ihr schlimmer und verderblicher als der gelbe Bus, der heute kommen und sie in die «Schlafkammer» bringen würde.

Sie dachte daran, daß sie jeden Morgen neben dieser wächsernen Schaufensterpuppe aufwachen würde, und war nicht irgendeine, wenn auch nur oberflächliche Zeremonie notwendig? (Und Dot und Cyril würden wahrscheinlich Zeugen sein, Dot mit einem Veilchensträußchen, das sie ihr hinterher überreichen würde.) Und sie sah sich selbst, von Ham gestützt, zwei alte Karikaturen, die sie jetzt waren, vor irgendeinem Friedensrichter ihr Gelübde ablegen, während Ham mit dem Lächeln des Erlösers auf sie niederblickte und sie mit einem Blick zitteriger Dankbarkeit antwortete (nun küssen Sie Ihre Frau, und Dot und Cyril würden freundlich über die beiden lieben Altchen kichern), und die Zeremonie würde eine Art Blasphemie und die Ehe eine Travestie sein (vielleicht wollte er sie mit selbstgefälliger Männlichkeit im feurigen Liebesspiel vollziehen), und während ein Schauer von Übelkeit in ihr hochstieg, schloß sie die Augen und dachte o nein, lieber sterben.

Lieber sterben!

Die kleine Übertreibung, eine Redensart, die sie so oft im Leben benutzt hatte, jetzt war sie Wahrheit geworden. Besser hätte sie es gar nicht ausdrücken können.

Und angesichts der Komik des Ganzen wurde sie von Lachen geschüttelt, sie lachte so, daß der Kopf ihr nach vorn auf die Knie fiel und dann wieder zurückgeschleudert wurde, ihr Lachen weckte einen Widerhall in dem alten baufälligen Gewölbe, daß erschrockene Vögel kreischend aufflatterten. Sie lachte, bis das Lachen nur noch Schluckauf und keuchende Atemstöße war – uhuh, uhuh, uhuh – o Gott, keuchte sie und wischte sich mit den Ärmeln über das tränenüberströmte Gesicht, und dann fragte Ham mit zusammengepreßten Lippen, was denn so komisch sei?

«Die Situation», gluckste sie.

«Soll ich daraus schließen . . .»

«Einen Augenblick.»

«. . . daß du dir zu erhaben vorkommst, etwas anzunehmen . . .»

«O nein, nicht erhaben», sagte sie, «gar nicht erhaben, aber . . .»

Wenn sein Gesicht überhaupt einen Ausdruck hätte annehmen können, es wäre Ungläubigkeit gewesen. (Ich wußte doch, daß ich dich wieder zurückkriegen würde.) Seine Augen waren vor Unglauben weit aufgerissen. «Du willst dich lieber holen lassen, als mit mir zu gehen?»

Was konnte sie sagen? Ja, es stimmte. «Es ist nicht möglich.»

«Warum nicht? Bin ich jetzt eine Witzfigur für dich?»

«Nein, lieber Gott, nein. Überhaupt nicht. Ich habe nicht über dich gelacht, Ham, ich bin dir schrecklich dankbar, du bist noch nie so lieb zu mir gewesen, aber ich kann nicht. Es wäre unmöglich.»

Sie streckte ihm eine Hand entgegen, aber er schlug sie weg, als hätte ihn eine Spinne angekrochen, und trat einen Schritt zurück, und sie sah zu ihrer Bestürzung, daß sein Kopf zitterte, daß ein krampfiges leichtes Nicken ihn schüttelte.

«Was soll ich den Palmerstons sagen?» Seine Stimme überschlug sich. «Daß du lieber zum Abdecker gehen willst? Daß es dir lieber ist, wenn sie kommen und dich in die Schlafkammer schaffen oder wie sie es nennen? Na, schön. Vielen Dank, vielen Dank. Jetzt sehe ich, wieviel du von mir gehalten hast. Geh nur, geh, zur Hölle mit dir, du undankbares Weibsstück.»

Er versuchte, mit hoheitsvoller Würde davonzuschreiten, aber es wurde nur eine Reihe von kurz aufeinanderfolgenden Zuckungen. Er mußte sich an den Kirchenstühlen festhalten.

«Ham», sagte sie, und er murmelte etwas davon, daß es ihm recht geschehe, warum habe er sich auch überhaupt noch um sie gekümmert.

In einer Wolke von schalen Zimt- und welken Rosendüften stakste er an ihr vorüber. Er setzte sich in einen weit entfernten Kirchenstuhl. «Hau ab, hau ab», rief er nach einer Weile in die Luft hinein.

«Ich kann es nicht», sagte sie zu der Luft. «Ich kann es nicht», sagte sie zu Cyclops.

«Wissen Sie, er hatte fest damit gerechnet», flüsterte Cyclops. «Er hat nicht mehr viele, die ihn bewundern, und er braucht das eben. Er hat geglaubt, Sie würden ihm dankbar sein, Liebe. Er hat immer wieder gesagt, wie begeistert Sie sein würden. Er war wie ein kleiner Junge. ‹Ach, wird das nicht eine tolle Überraschung für sie sein, kannst du dir ihr Gesicht vorstellen, wenn ich es ihr sage?› Ach, warum gehen Sie nicht mit ihm, Liebe? Kränken Sie ihn doch nicht so, Liebe. Die Palmerstons scheinen doch reizende Leute zu sein, und es bedeutet für ihn so viel, und was haben Sie zu verlieren? Oh, bitte, lassen Sie ihn jetzt nicht im Stich. Er ist älter, als er zugibt. Ihm bleibt jetzt nur noch so wenig.»

«Ich wollte, ich könnte es», sagte sie, «aber sehen Sie, es ist ja auch *mein* Leben.»

«Ja, das vergißt er leicht.»

Sie blickten zu der Gestalt hinüber, die so starr und allein dasaß mit dem ärgerlich nickenden Kopf, und nach einer Weile sagte sie zu Cyclops: «Haben Sie einen Lieferwagen da? Könnten Sie mich mitnehmen und irgendwo in der Nähe meines Hauses absetzen?»

Sie folgte Cyclops durch den Mittelgang. An der Tür kehrte sie um und eilte zurück. Ham wandte sich nicht um, als sie sich neben ihn in den Kirchenstuhl setzte.

Sie sagte: «Du weißt nicht, was du getan hast.»

«Anscheinend nicht.»

«Nein, hör zu. Du weißt nicht, was du getan hast, Ham. Ich wußte nicht, wie ich dieser Sache, die da auf mich zukommt, ins Gesicht sehen könnte. Als ich heute morgen aufstand, habe ich so eine Art Gebet gesprochen, obwohl ich, wie du weißt, an nichts glaube, aber ich sagte laut zu jenem, der mir vielleicht zuhörte: Wenn nicht in letzter Minute etwas geschieht, was sie hindert, mich zu holen, dann möchte ich gern dazu imstande sein, es irgendwie mit Würde zu tun. Ja, und das hast du mir geschenkt, weil du mir eine Wahl gelassen hast.»

Er wandte sich zu ihr, und in seinen Augen blitzte etwas auf, als ob er ihr glaubte und schließlich doch überzeugt davon war, etwas Lobenswertes getan zu haben.

«Die Tatsache, daß ich es ablehnen konnte, Ham.»

Er nickte.

«Da fühlte ich, daß ich lebe. Danke, Ham.»

«O. K.»

«Danke, Liebling.»

«O. K.»

«Danke, lieber Ham.»

«Leb wohl, Tess.»

Man stelle sich vor: sie war imstande gewesen, abzulehnen. Man denke nur: es gab etwas noch Schlimmeres. Man denke nur, wie alles sich schließlich genau umgekehrt entwickelt hatte. Man stelle sich vor, daß ausgerechnet Ham mit seinen Zirkusfaxen ihr jetzt die Kraft gegeben hatte, nach Hause zu gehen, vorbei an den düsteren Hohlziegelblocks des Co-op, die ihr altes Haus umgaben, wo einst Oleander und wildes Geisblatt gewuchert hatten, und sich so gestärkt zu fühlen: Unversehrtheit, Ganzheit und Kraft waren aus ihrer Weigerung, wegzulaufen, gewachsen (mochten sie jetzt kommen und sie holen), und sie betrachtete den Garten im Spätnachmittagslicht und fühlte eine ungeheure Ruhe, vielleicht wie ein Deserteur, der sich gestellt hat. Sie stieß das alte rostige Eisentor auf, das seit ihrer Kindheit da gewesen war. Gesund fühlte sie sich, und sie sah das Wort in der Abendluft aufleuchten wie ein Glühwürmchen. Was für ein kostbares Wort, ein Wort für diese Welt, und sie sagte es laut, sagte es langsam wie Musik; es war heilsam, es war wie klares kaltes Wasser, gesund. Ich bin gesund, sagte sie zu den morschen alten Bäumen. Daß ich wiederkomme und es auf mich nehmen will, ist ein Zeichen dafür, daß ich gesund bin. *Sie* sind geisteskrank und bedürfen des Mitleids.

Rasch wie ein Lichtstrahl kam ihr der Gedanke, daß man mit Harry Platt Erbarmen haben müsse. Aber dazu eine Gelegenheit finden – das hieße Gott um zwei Wunder an einem Tag zu bitten. Sie schlenderte die Auffahrt hinauf und genoß das Gefühl, das bißchen Zeit, das ihr noch blieb, zu verschwenden; die bleiche Süße des Erdbeerbaums schwebte noch irgendwo, und sie atmete sie ein, als Barbara von der Tür her schrie: O Mutter, o Mutter, bist du's? Oh, sie ist da, sie ist da, rief Barbara ins Haus, und dann kam sie den Fußweg heruntergelaufen und sagte drängend, Harry war schrecklich böse, ich möchte dich warnen, Mutter, er ist wütend, wir glaubten, du wärest irgendwohin weggelaufen, Mutter, du hättest das nicht tun sollen. Ach, du meine Güte, sagte Barbara und fühlte sie an, du bist ganz feucht, bist du in den Regen gekommen? «Zieh dich lieber um, damit du dich nicht erkältest», sagte die verrückte Barbara, die Barbara mit dem gewaschenen Gehirn, die keine Paradoxa mehr bemerkte, die nicht mehr sah, wie töricht es war, sie zu drängen, sich umzuziehen, damit sie sich auf dem Weg in die Todeskammer nicht erkältete.

«Laß nur», sagte sie. Arme Barby. Zu denken, daß ich ihr nicht Lebewohl sagen muß. Der wirklichen Barbara habe ich vor Jahren Lebewohl gesagt, an dem Abend, als sie nach Sea Island gebracht wurde.

Sie ging ins Haus, und Barbara watschelte hinter ihr her und sagte, Harry werde erleichtert sein, Harry habe seinen Rückflug nach Washington aufgeschoben, Harry habe sich mit der Polizei in Verbindung gesetzt.

«Und dieses ganze Theater meinetwegen?» sagte Tess.

Offensichtlich waren sie äußerst besorgt gewesen. Es hätte ja bis in die höchsten Kreise durchsickern können, daß die Schwiegermutter des großen Harry Platt tatsächlich entwischt war.

Aber ich muß daran denken, daß ich gesund bin, dachte sie, ich bin die einzige Gesunde.

«Sie ist da, sie ist wiedergekommen», rief Barbara Harry zu, der die Tür des Arbeitszimmers geöffnet hatte und dort mit zwei Männern von der Militärpolizei stand, und Barbara versuchte, Tess zu ihnen hin zu steuern, aber Tess ging ruhig an den Polizisten vorüber, die sie anstarrten, diese Greisin in ihren nassen Kleidern, die sich gegen alle Vorschriften allein herumgetrieben hatte. Sie überhörte das Schnellfeuerbombardement von Fragen um sie herum – wie Flakfeuer klang es. «Mutter, komm her», blaffte Harry, aber sie ging gelassen weiter die Treppe hinauf und fühlte sich noch einmal als Hausherrin, sogar als sie beim Betreten ihres Schlafzimmers feststellte, daß alles fort und ausgeräumt war; Möbel, Vorhänge, alles war in großer Eile weggeschafft worden, möglicherweise schon als Sicherung gegen irgendwelche offiziellen Nachforschungen wegen ihres Weglaufens. Harry hatte sie vorübergehend für nichtexistent erklärt. Die statistische Selbsttäuschung kannte keine Grenzen.

«Tessa», rief Harrys Stimme. «Komm runter. Ich möchte dich sprechen.»

Die Stimme der Autorität, die Stimme Amerikas.

Es war wie tiefes Atmen, dieses Gefühl von Frieden und Ruhe, das sie jetzt, da sie ihr Ende akzeptiert hatte, einhüllte. Sie war völlig beherrscht. Sie öffnete das Fenster und blickte hinaus, als wäre es vor zwanzig Jahren und Elton jätete ein bißchen da unten im Garten, und sie war wieder Herrin dieses Hauses, und die anderen da waren Kinder, ungezogene Kinder, psychisch gestörte Kinder, die ihr Haus, ihre Welt vereinnahmt hatten. Und dennoch, es waren Kinder. Sie ging aus dem leeren Schlafzimmer durch die Halle in das Herrenschlafzimmer, wo Joan, noch immer halb betäubt, in einem hochlehnigen Korbstuhl saß und aus dem Fenster schaute, und ihr Blick war so leer wie die Fensterscheibe. Wahrscheinlich war es sinnlos, es zu sagen, aber sie hatte ein mütterliches Gefühl wie für einen Fötus.

Sie sagte: «Hör zu, Liebling, kannst du mich hören, kannst du mich verstehen? Ich muß in wenigen Minuten fort, und ich möchte dir etwas sagen. Joan, verlaß ihn. Du mußt ihn verlassen. Sieh zu, daß du einen Weg findest. Willige in alles ein, was er verlangt, aber verlaß ihn. Selbst in einer von den Kolonien für Geschiedene wirst du es besser haben. Verlaß ihn, Liebling. Kannst du mich hören? Kannst du mich verstehen?»

Joan nickte. Vielleicht hatte sie verstanden, vielleicht nicht. Joan nickte langsam, als hätte sie es begriffen. Aber es war ebensogut möglich, daß sie an Pfannkuchen dachte.

Tess küßte sie leicht auf die Stirn und ging hinaus. Sie schloß die Tür und ging hinunter, um sich zu stellen.

Die Polizeibeamten waren weg, und Harry lächelte sein charmantes Lächeln. Ihre Entgleisung, so sagte sein Lächeln, war ihr also verziehen; er war unerträglich gütig. «Hast du einen hübschen Spaziergang gemacht?» fragte er. Er stand da in seinem altmodischen, konservativen Anzug aus den sechziger Jahren und sah kleiner aus denn je, weil er für sie seine Bedeutung eingebüßt hatte, ein kleiner Fisch, armselig und belanglos.

Sie ging, ohne ihn zu beachten, direkt an ihm vorbei in ihr Wohnzimmer, als wäre es fünfundzwanzig Jahre früher und er der aufdringliche, aggressive, unverschämte kleine Eindringling.

Sie sah an der kleinen goldenen Uhr auf dem Kaminsims, daß es ein Viertel vor sieben war. Sie hatte also noch etwa fünfzehn Minuten, bis der Bus kam. Sie entdeckte ihre Handtasche, die wahrscheinlich durchsucht worden war, und nahm Lippenstift und Kamm heraus. Warum sollte sie wie eine Vogelscheuche aussehen? Die ganze Zeit redete Harry im Hintergrund, sie hätten sich natürlich halbtot geängstigt um sie, wie konnte sie in ihrem Alter einfach allein ausgehen, er habe alles mögliche erfinden müssen, um es zu vertuschen. Schließlich gab es heutzutage Vorschriften; ohne Vorschriften könne man ein Schiff nicht steuern.

Sie ließ ihn reden (er war geradezu zärtlich zu ihr, klopfte sie sanft aufs Knie, fragte, ob sie einen Drink wollte, Scotch mit Soda) und hörte ihm höflich zu wie eine ermüdete Gastgeberin einem Gast, der zu lange bleibt, und dann ganz plötzlich, ohne Warnung, feuerte sie ihm den Schuß sozusagen direkt vor den Bug.

«Ich war heute bei Bracken», sagte sie. «Ich habe deinen Sohn besucht.»

Bei diesem unsichtbaren Kinnhaken schnellte sein Kopf zurück und er steckte rasch einen Finger zwischen Hals und Kragen, um nicht zu ersticken. Er kam in seinem steifen, hölzernen Gang und mit schwingenden Armen durchs Zimmer zu ihr herüber.

«Also, Tessa, Tessa, ich habe ganz etwas Besonderes für dich, einen schönen, unverzollten Bourbon, wenn du lieber –»

«Ich war im Kloster und habe Bracken gesehen, deinen Sohn.»

Dann der Wink, das Nicken, das Lächeln des Kirchendieners.

«Aber ich habe keinen Sohn.»

«Er ist wahrscheinlich das einzige, worauf du stolz sein könntest, Harry.»

«Leider habe ich keinen Sohn», sagte Harry und lächelte und lächelte.

«Wenn du begreifen würdest, was Charakter und Überzeugung und dergleichen bedeuten, könntest du stolz auf ihn sein.»

«Nein, ich habe nie einen Sohn gehabt.»

«Er hat sich seine Überzeugung bewahrt.»

«Joan und ich haben keine Kinder.»

«Jedenfalls hat er sich dir widersetzt.»

«Keine Kinder.»

«Hat sich euch allen widersetzt.»

«Niemand.»

«Vielleicht wird er eines Tages herauskommen und dich von Angesicht zu Angesicht herausfordern.»

«In meiner hohen Stellung war es nicht ratsam, Kinder zu haben.»

«Auf lange Sicht kommt er vielleicht wirklich heraus. Schließlich und endlich geschieht alles einmal.»

«Da ich ein hohes öffentliches Amt bekleide, habe ich dadurch, daß ich keine Kinder habe, ein Beispiel gegeben.»

«Bracken hat gesagt, du seiest in mancher Hinsicht ein bemerkenswerter Mann; du könntest an etwas glauben und andere von etwas überzeugen.»

Er lächelte noch immer, aber er konnte es nicht verhindern, daß die eine Augenbraue auf und ab zuckte, und er wandte sich ab und blickte aus dem Fenster, als hoffte er, dort den Bus ankommen zu sehen, als könnte der Bus ihn retten. Als er sich wieder zu ihr umwandte, sah sie, daß ihn das, was sie ihm von Bracken erzählt hatte, in irgendeinem entlegenen, unter allerstrengster Bewachung stehenden Bezirk der Seele angerührt hatte.

«Ich hoffe, ich habe die Menschen überzeugt, daß alles zu ihrem Besten ist», sagte er.

«Ich glaube, daß du das glaubst, Harry.»

«Ich glaube, ich habe einen Beitrag für die Gesellschaft geleistet», sagte er und setzte das Hafermehllächeln auf, das sie so verabscheute. «Ich darf, glaub ich, sagen, daß ich auf den Tafeln der Geschichte einen kleinen Kratzer hinterlassen werde.»

Und da war jemand gekommen und hatte sich halbtot gelacht und hatte zu ihr und Elton gesagt, kommt doch bloß mal und seht euch diesen komischen Jungen, diesen verrückten Jungen an, der Tennis spielt wie Jaques Tati. Alle hatten über ihn gelacht, aber er war todernst geblieben.

Die Kraft und diese schreckliche Entschlossenheit, mit denen er die Bälle übers Netz knallte – der würde es noch zu was bringen.

Und damals sah er nicht, was für ein klägliches Etwas er war, und heute konnte er es nicht sehen, weil er seit langem verschmolzen war mit dieser Gesellschaft, an deren Zustandekommen er selber beteiligt war. Er gehörte zu den Leuten, die das Spiel gewinnen müssen, auch wenn das hieß, daß sie selbst die Regeln aufstellten. Irgend jemand hatte einmal gesagt, manchmal bekämen solche Leute zwangsläufig das Gefühl, daß sie etwas versäumt hätten (jetzt fiel es ihr ein: Zina Edwards war es gewesen, die gesagt hatte, vielleicht sei es gar nicht fair, daß sie zu dem Gefühl gezwungen würden, sie hätten etwas versäumt, wie zum Beispiel Liebe); hatte die Tatsache, daß sie von Bracken und seiner kalten Bewunderung Harry gegenüber gesprochen hatte, eine tief in Harry verborgene Alarmglocke ausgelöst, die jetzt mitten in der Nacht von einem Feuer des Zweifels kündete?

War es fair, Harry zu dem Gefühl zu zwingen, daß er etwas versäumt hatte? War es grausam, ihm zu sagen – sie ertappte sich dabei, daß sie wie eine enttäuschte Mutter sprach: «Was für Möglichkeiten du gehabt hättest. Welch ein Jammer, daß du nichts daraus gemacht hast.»

Seine Stimme war schrill, als müsse er die innere Alarmglocke übertönen.

«So, und du findest es nicht wichtig, zum Stab des Weißen Hauses zu gehören? Und die Reden des Präsidenten zu schreiben, ist auch nichts Besonderes?»

«Du schreibst eine Menge Unsinn für jemanden, der gar nicht existiert –» er hob die Hand, um sie zu unterbrechen; die Augenbraue zuckte wie verrückt – «und es ist weiter nichts als schön klingendes Gewäsch, und du weißt es. Du bist zu gescheit, es nicht zu wissen, um so schlimmer.»

Er winkte ihr, still zu sein. «Sei jetzt still», sagte er. «Tu das nicht, Tessa. Es ist das letzte Mittel der Verlierer, den anderen zu erniedrigen.»

Und sie hatten ihn erniedrigt, wieder und wieder; wie oft hatten sie ihn verächtlich behandelt und bewußt beleidigt, und er hatte, ohne es zu beachten, ruhig weitergemacht und sich so leise wie eine Termite in ihr Haus hineingefressen. Und sie dachte an den Sonntagnachmittag, als sie versucht hatte, ihn ein für allemal loszuwerden. Den Sonntag, an dem er an allen Türen des Hauses geklingelt hatte, bis sie dem Wahnsinn nahe war; wie er geklingelt und geklingelt hatte, um eingelassen, um aufgenommen zu werden, und wie seine schreckliche Entschlossenheit, zu ihnen zu gehören, sie erschreckt hatte, und wie sie die Tür aufgerissen und geschrien hatte: Warum stören Sie uns? Was wollen Sie? Wir wollen Sie nicht hier haben, gehn Sie, gehn Sie.

Und er hatte sie mit dem Blick eines geprügelten Hundes angesehen, den man in den Schneesturm hinausjagt. War wie ein armer geprügelter Hund davongekrochen zu den anderen geprügelten Hunden. All die geprügelten, ausgestoßenen, heimatlosen Hunde schlossen sich zu einer Meute zusammen und durchstreiften das Land und nahmen sich, was sie wollten, und sagten untereinander: Jetzt wissen wir, wie man eine Gruppe wird; wir werden zurückgehen und die Häuser verwüsten, wo sie uns kein Stück Brot und keinen Knochen geben wollten.

«Ich möchte wissen», sagte sie, «wenn ich dich an jenem Sonntag, als du an allen Türen des Hauses geklingelt hast, nicht weggejagt hätte, wenn ich nur ein bißchen freundlicher gewesen wäre – vielleicht wäre dann alles anders gekommen? Du hättest dich nicht an uns, an allen Menschen rächen wollen, Harry. Du wärest vielleicht einen anderen Weg gegangen. Du hättest vielleicht wirklich etwas aus dir gemacht.»

Er war sehr rot geworden und hielt seine aufgedunsenen kleinen Hände fest zwischen die Beine gepreßt.

«Nichts wäre anders gekommen. Nichts.»

«Wenn jemand freundlicher gewesen wäre –»

«Nichts.» Er brüllte es fast, um den Alarm in sich zu übertönen. «Ich gehöre zu meiner Zeit, vergiß das nicht. Ich gehöre zu meiner Zeit. Sonst würde ich nicht hier sein, und wenn ich für dich etwas Verächtliches bin, eine Art Schuft, sieh dir an, was für Schufte ihr wart für mich und meine Generation, ihr mit eurem Geld und eurem Snobismus und eurer Selbstsucht gegen eure Mitmenschen.»

Jetzt spuckte er lauter Gewäsch aus, lauter Wortfetzen aus den Reden, die er schrieb. Das war genau sein Stil.

«Da habt ihr in euren Kirchen gesessen mit eurer Heuchelei und eurer miserablen Moral, die das Land und den Geist vergiftet und den Menschen nichts gegeben haben. Es war Zeit, daß jemand wie ich, wie wir, jemand mit dem wahren Geist kam und ihnen etwas gab, und du weißt, was wir ihnen gegeben haben. Eine brauchbare Religion, Lebensmittelmarken und Hoffnung, und jetzt gibt es keinen einzigen verschmutzten See mehr im Lande, keinen einzigen verunreinigten Fluß. Es gibt keinen Krebs und keine Herzkranken, ein Minimum an Kriminalität, keine Armut und im ganzen Land geistige Gesundheit, und das alles haben wir in kaum mehr als zehn Jahren fertiggebracht. Wir sind von gewissen Minderheiten, die immer Unruhe stiften müssen, bösartig angegriffen und verleumdet worden, aber wir sind nie einen Schritt von unserer heiligen Pflicht und Aufgabe abgewichen, vergiß das nicht. Denn es war Zeit dafür. Wir haben alles verwandelt, weil die Zeit dafür gekommen war – es war Zeit.»

Seine Zeit, meinte er. Er war genau zur richtigen Zeit gekommen. Möglich, daß es solche Leute gibt. Daß die Zeit selbst sie für irgendeinen Zweck geschaffen hat, und vielleicht, dachte sie, ging die Bildung und Umbildung von Gesellschaftsformen nach einer Strategie vor sich, und die dunkeln Winde wehten nicht grundlos über diese schreckliche Welt. Aber die Winde können sich drehen, und sie hatte plötzlich eine Vision von Harry in der Zukunft. Es war, als sähe sie ihn sehr klein und allein in einem riesengroßen Raum sitzen, und er redete immer noch so über sich und seine Zeit, und niemand war da, der ihn hörte (vielleicht hatte der Wind sich gedreht und nun waren Menschen wie er verachtet und verbannt), er saß allein da mit seinem Selbstlob und redete ins Leere, dies oder jenes in seinem Leben habe er nie gewollt, er sei vollkommen.

Jetzt schien er gespannt darauf zu warten, daß sie etwas sagte, sein Blick durchbohrte sie. «Also, jedenfalls», sagte er, «nichts, was du gesagt oder getan hast, hätte irgendeine Veränderung bewirkt. Es war der Lauf der Geschichte.» Das war es also. Die Geschichte hatte ihn mit Königen und Präsidenten an einen Tisch gebracht. «Also jedenfalls», sagte er (mußte er sagen, weil sie es nicht tat), «bin ich einen weiten Weg gegangen seit damals, als ich die Eiswürfel brachte, findest du nicht?» Er blitzte sie mit seinem Lächeln an, diesem zugleich funkelnden und triumphierenden automatischen Lächeln, und weiß der Himmel, welch ungeheure Anstrengung es ihn gekostet hatte, das Feuer des Zweifels, das in ihm aufgeflammt war, zu löschen, so daß es sich in eine einzelne Träne geflüchtet hatte, die wie ein Stern an einer Augenwimper hing. Sicherlich hing sie dort aus Gründen, die nur Harry Platt einmal gekannt, aber wahrscheinlich längst vergessen, bewußt ausgelöscht hatte: die andere Seite seines Charakters, die möglicherweise menschlich und anständig, aber für den notwendigen Triumph nicht erforderlich gewesen war, die keine Beziehung hatte zu dem verzweifelten Verlangen nach Ehre und Ruhm und also erstickt wurde; und sie sah (die Träne hing dort, er schien sie nicht zu bemerken), daß er unterbewußt erkannt hatte, daß er gescheitert war, daß er noch immer der verzweifelte Junge war, der um den Tennisplatz herumraste, der sie um ein armseliges Bröckchen Achtung anbettelte, der sie daran erinnern mußte, daß er einmal das Eis gebracht hatte. In Wirklichkeit war er mit seinem Ehrgeiz nie weitergekommen, trotz all seiner großen Erfolge in einer Gesellschaft, an deren Entstehung er maßgeblich beteiligt war. Aber er war nie bedeutend gewesen, nur erfolgreich; nie ehrlich, nur offen; nie grausam, nur ein kleiner Fisch; nie intelligent, nur schlau. Und niemals, nicht eine Stunde lang, hatte er Spaß am Leben gehabt.

Sie sah es so klar wie das grelle Licht der Scheinwerfer, das ins Zimmer fiel, als der gelbe Bus in die Auffahrt einbog.

«Armer Harry», sagte sie, und sie meinte es ernst, bestürzt von dem überwältigenden Gefühl des Mitleids mit ihm; jetzt, nach all diesen schrecklichen Jahren, hätte sie ihm gern gesagt, daß sie verstand, was er gebraucht hätte, und wie sie ihn allmählich hatten verkümmern und verkrüppeln lassen. In der Ekstase der Vergebung liefen ihr warme Tränen übers Gesicht, ihr, der man gesagt hatte, sie könnte nur kalte Tränen um sich selbst weinen, und jetzt weinte sie um Harry. Dieses besondere Wunder war ihr im letzten Augenblick gewährt worden: salzige Tränen des Mitgefühls zu weinen, um den armen, verkümmerten, öden Harry Platt.

«Armer Harry», sagte sie und berührte ihn leicht, aber er wich zurück und sah ihre Aufrichtigkeit und errötete vor Schreck darüber, und so standen sie, zwei getrennte Welten, bis ein Wärter hereinkam und höflich hustete und sagte, sie warteten auf Mrs. Bracken, der Bus sei da, um Mrs. Bracken abzuholen.

Sie ging aus dem Zimmer und durch die Halle, gleichsam verklärt von der Erkenntnis ihres Lebens.

Draußen wartete der alte gelbe Bus (jemand mit einer Liste verlas ihren Namen und ihre Nummer; alte Gesichter, resigniert und angstvoll zugleich, preßten sich an die Busfenster), und sie fühlte nichts dabei, denn das, was jetzt kam, war schließlich nichts. Aber was gewesen war, war unermeßlich. Es kam ihr so vor, als sei in diesem Augenblick ihre ganze Existenz in einer Blase komprimiert, nicht größer als Harrys Träne, und mit wilder Freude erkannte sie: was ihr widerfahren war, war das Wesentliche. Geburt und Schmerz, Freude und Kummer, Schrecken und Langeweile und Erwartung und Eltons «Danke, daß du auf dem Vesuv ausgerutscht bist», und Daddys «Liebling, niemand ist glücklich, aber versuch, es dir möglichst nett zu machen».

Das war es, was zählte, und sie war erfüllt von freudigem Stolz wie von einem Lied, und alles um sie her, Erde und Himmel, war davon erfüllt, es war das Lied des Lebens. Oh, wunderbar und schrecklich. Wie schrecklich, nicht alles gelebt zu haben. Nicht alles erfahren zu haben.

Nicht jeden Augenblick, alles durchlebt zu haben.

Selbst dies.

Selbst dies, jetzt.

Jetzt.

Es hob sie empor. Sie lief zum Bus.

Moderne amerikanische Autoren bei Rowohlt

JAMES BALDWIN · Beale Street Blues; Roman, 190 Seiten, geb. • Sag mir, wie lange ist der Zug schon fort; Roman, 432 Seiten, geb., Taschenbuch-Ausgabe: rororo 1863 • Gesammelte Erzählungen; Sonderausgabe, 256 Seiten, geb. • Gehe hin und verkünde es vom Berge; Roman, 272 Seiten, geb., Taschenbuch-Ausgabe: rororo 1415 • Giovannis Zimmer; Roman, Taschenbuch-Ausgabe: rororo 999 • Eine Straße und kein Name; das neue buch 23 • Teufelswerk; Ein Essay, das neue buch 83 • Sie nannten ihn Malcolm X; Ein Drehbuch, rororo 1750 • Des Menschen nackte Haut; Erzählungen, rororo 1789 • Schwarz und Weiß oder Was es heißt, ein Amerikaner zu sein; rororo 4055 • Eine andere Welt; rororo 4103

JOHN BARTH · Ambrose im Juxhaus; Fiktionen für den Druck, das Tonband und die menschliche Stimme, das neue buch 28 • Der Tabakhändler; Roman, 800 Seiten, geb.

TRUMAN CAPOTE · Frühstück bei Tiffany; Silhouette eines Mädchens, Nachttisch-Büchlein; geb., 180 Seiten, rororo 459 • Kaltblütig; rororo 1176 • Wenn die Hunde bellen; rororo 4038

ROBERT CRICHTON · Die Camerons; Roman, 456 Seiten, geb. • Das Geheimnis von Santa Vittoria; rororo 1959

E. L. DOCTOROW · Ragtime; Roman, 200 Seiten, geb.

SUMNER LOCKE ELLIOTT · Der Apfel rötet sich in Eden; Roman, 303 Seiten, geb., rororo 1916 • Der Mann, der verschwand; Roman 256 Seiten, geb. • Leise, er könnte dich hören; rororo 1269

WILLIAM FAULKNER · Licht im August; Roman, geb., 368 Seiten, rororo 1508 • Sartoris; Roman, geb. 340 Seiten

R. BUCKMINSTER FULLER · Bedienungsanleitung für das Raumschiff Erde und andere Schriften; 240 Seiten mit über 100 Abb., das neue buch 13

SHIRLEY ANN GRAU · Die Hüter des Hauses; Roman, 320 Seiten, geb., rororo 1464 • Der Kondor; Roman, 448 Seiten, geb. • Ein Mädchen aus New Orleans; Roman, 256 Seiten, geb., rororo 1856

JUDITH GUEST · Eine ganz normale Familie; Roman, 280 Seiten, geb.

ERNEST HEMINGWAY · Die Nick Adams Stories; 272 Seiten, geb. • Die Sturmfluten des Frühlings; 136 Seiten, geb., rororo 1716 • Inseln im Strom; Roman, 448 Seiten, geb. • Sämtliche Erzählungen [Sonderausgabe]; 480 Seiten, geb. • 49 Depeschen; 400 Seiten, geb. • Inseln im Strom; rororo 4080 • Fiesta; rororo 5 • In einem andern Land; rororo 216 • In unserer Zeit; rororo 278 • Männer ohne Frauen. 14 stories; rororo 279 • Der Sieger geht leer aus. 14 stories; rororo 280 • Der alte Mann und das Meer; rororo 328 • Schnee auf dem Kilimandscharo; rororo 413 • Über den Fluß und in die Wälder; rororo 458 • Haben und Nichthaben; rororo 605 • Die grünen Hügel Afrikas; rororo 647 • Tod am Nachmittag; rororo 920 • Paris – ein Fest fürs Leben; rororo 1438 • 49 Depeschen; rororo 1533 • Gesammelte Werke; Vorwort von Rolf Hochhuth, Chronik und Bibliographie von Martin Christadler, 3616 Seiten und 65 Bildtafeln, bibliophile Leinenausgabe auf Dünndruckpapier in 6 Bänden, Taschenbuchausgabe in 10 Bänden.

ALAN LELCHUK · Amerikanische Streiche; Roman, 496 Seiten, geb.

SINCLAIR LEWIS · Gesammelte Erzählungen; 256 Seiten, geb. • Babbitt; rororo 4024

ARTHUR MILLER · Brennpunkt; Roman, 312 Seiten, geb., rororo 147 • Nicht gesellschaftsfähig; 168 Seiten, geb. rororo 446 • Ich brauche dich nicht mehr; Erzählungen, rororo 1620

HENRY MILLER · Wendekreis des Krebses [Sonderausgabe]; Roman, 368 Seiten, geb. • Wendekreis des Steinbocks [Sonderausgabe]; Roman, 336 Seiten, geb. • Sexus [Sonderausgabe]; Roman, 608 Seiten, geb. • Plexus; Roman, rororo Band 1285 • Nexus; Roman, rororo Band 1242 • Stille Tage in Clichy; Roman, Vorwort von Toni Miller, mit 28 Fotos von Brassaï, Sonderausgabe zum Film, 200 Seiten, br. • Jugendfreunde. Eine Huldigung an Freunde aus lang vergangenen Zeiten; 160 Seiten mit 7 Fotos, geb. • Mein Leben und meine Welt, rororo Band 1745 • Land der Erinnerung; rororo Band 934 • Der Koloß von Maroussi / Eine Reise nach Griechenland; rororo Band 758 • Big Sur und die Orangen des Hieronymus Bosch; rororo Band 849 • Lachen, Liebe, Nächte; sechs Erzählungen, rororo Band 227 • Schwarzer Frühling; Erzählungen, rororo Band 1610 • Sämtliche Erzählungen [Sonderausgabe]; 352 Seiten, geb. • Vom großen Aufstand; Henry Miller über Rimbaud, rororo Band 1974 • Henry Miller Lesebuch; herausgegeben von Lawrence Durrell, rororo Band 1461 • Lawrence Durrell/Henry Miller: Briefe 1935–1959. Herausgegeben von Georges Wickes; 352 Seiten, geb. • Walter Schmiele, Henry Miller. In Selbstzeugnissen und Bilddokumenten; rm Band 61 • Die Welt des Sexus; mit einem Vorwort von Lawrence Durrell; 160 Seiten, Pp. • Insomnia oder die schönen Torheiten des Alters; mit 12 Aquarellen von Henry Miller, rororo Band 4087

VLADIMIR NABOKOV · Maschenka; Roman, 160 Seiten, geb. • Ada oder Das Verlangen; Roman, 576 Seiten, geb., Taschenbuchausgabe: rororo Band 4032 • Fahles Feuer; Roman, 342 Seiten und 116 Seiten Marginalien, geb. • Lolita; Roman [Sonderausgabe], 448 Seiten, geb., Taschenbuchausgabe: rororo Band 635 • Gesammelte Erzählungen [Sonderausgabe]; hg. von Dieter E. Zimmer, 352 Seiten, geb. • Pnin; Roman, 208 Seiten, geb. • Das Bastardzeichen; Roman, 288 Seiten, geb. • Andere Ufer; ein Buch der Erinnerung, 244 Seiten, geb. • Das wahre Leben des Sebastian Knight; Roman, 232 Seiten, geb. • Einladung zur Enthauptung; Roman, 216 Seiten, geb., Taschenbuchausgabe: rororo Band 1641 • Verzweiflung; Roman, rororo Band 1562 • Gelächter im Dunkel; Roman, rororo Band 460 • Lushins Verteidigung; Roman, 264 Seiten, geb., Taschenbuchausgabe: rororo Band 1699 • König Dame Bube. Ein Spiel mit dem Schicksal; rororo Band 353 • Die Mutprobe; Roman, 256 Seiten, geb.

RON PADGETT · Große Feuerbälle; 120 Seiten, dnb 34

RICHARD PRICE · Scharfe Zeiten; Roman, 248 Seiten

THOMAS PYNCHON . Die Versteigerung von No 49; Roman, 160 Seiten, dnb 42 • V; Roman, 560 Seiten, dnb 74

PHILIP ROTH · Portnoys Beschwerden; rororo 1731 • Unsere Gang; Die Story von Trick E. Dixon und den Seinen, 144 Seiten, dnb 10

HUBERT SELBY · Letzte Ausfahrt Brooklyn; Roman, 288 Seiten, geb., rororo Band 1841

ISAAC BASHEVIS SINGER · Der Zauberer von Lublin; Roman, 232 Seiten, geb. • Gimpel der Narr; Ausgewähle Erzählungen, 372 Seiten, geb. • Jacob der Knecht; Roman, 320 Seiten, geb. • Mein Vater der Rabbi; 320 Seiten, geb. • Satan in Goraj; Roman, 192 Seiten, geb.

JOHN UPDIKE · Das Fest am Abend; Roman, 230 Seiten, geb. • Hasenherz; Roman, 398 Seiten, geb., Taschenbuchausgabe: rororo Band 1975 • Der Zentaur; Roman, 324 Seiten, geb. • Auf der Farm; Roman, 204 Seiten, geb. • Ehepaare; Roman, Taschenbuchausgabe: rororo Band 1488 • Unter dem Astronautenmond; Roman, 400 Seiten, geb. • Der Sonntagsmonat; Roman, 210 Seiten, geb. • Gesammelte Erzählungen; Sonderausgabe, 320 Seiten, geb.

EUDORA WELTY · Die Tochter des Optimisten; Roman, 160 Seiten

THOMAS WOLFE · Briefe; Hg.: Elisabeth Nowell, 624 Seiten, geb. • Es führt kein Weg zurück; Roman, 624 Seiten, geb. • Sämtliche Erzählungen; 448 Seiten, geb. • Schau heimwärts, Engel!; rororo Band 275

TOM WOLFE · Das bonbonfarbene tangerinrotgespritzte Stromlinienbaby; 308 Seiten, Pp. • Radical Chic und Mau Mau bei der Wohlfahrtsbehörde; 112 Seiten, dnb 5 • Das silikongespritzte Mädchen und andere Stories von Amerikas rasendem Pop-Reporter; rororo 1929

Rowohlt